与诗词共成长

谢金凌 编著

谢金凌题

江苏大学出版社
JIANGSU UNIVERSITY PRESS
镇江

图书在版编目(CIP)数据

与诗词共成长 / 谢金凌编著. -- 镇江：江苏大学出版社,2022. 11
ISBN 978-7-5684-1883-6

Ⅰ. ①与… Ⅱ. ①谢… Ⅲ. ①故事—作品集—中国—当代②诗词—作品集—中国 Ⅳ. ①I247. 81②I22

中国版本图书馆 CIP 数据核字(2022)第 215380 号

与诗词共成长
Yu Shici Gong Chengzhang

编　　著/谢金凌
责任编辑/李　娜
出版发行/江苏大学出版社
地　　址/江苏省镇江市京口区学府路 301 号(邮编：212013)
电　　话/0511-84446464(传真)
网　　址/http://press.ujs.edu.cn
排　　版/镇江文苑制版印刷有限责任公司
印　　刷/江苏扬中印刷有限公司
开　　本/710 mm×1 000 mm　1/16
印　　张/26. 5
字　　数/480 千字
版　　次/2022 年 11 月第 1 版
印　　次/2022 年 11 月第 1 次印刷
书　　号/ISBN 978-7-5684-1883-6
定　　价/86. 00 元

如有印装质量问题请与本社营销部联系(电话:0511-84440882)

自序

我自幼与诗词结缘。

从小到大，爸爸经常陪伴我学习中国传统文化。他讲述的诗词和故事，总是妙趣横生，让我兴趣盎然。他说，我很小的时候记忆力就很好，很多诗词只听一遍就能背出来。

除了背诵诗词外，我们还经常练习对对联、成语接龙、飞花令等，这些练习更让我觉得中华优秀传统文化博大精深，趣味无穷。那段时间，我受益匪浅。六岁时，有一次去金山湖，看着眼前的景色，我竟也能数步成诗。妈妈当时用视频记录了下来，到现在她还喜欢看一看。

记得小学入学的时候，面试的老师让我背诵《静夜思》，而我觉得太简单了，选择背诵长诗《侠客行》。这让面试老师很意外，也让我很开心。

之后的生活中，诗词一直陪伴我成长。2020 年，诗词更是带给我太多惊喜。这一年，我先是参加了校内比赛并脱颖而出；接着参加城市海选，走进江苏卫视《我爱古诗词》节目，拿到单期冠军；再后来，受到中央广播电视总台的邀请，登上 CCTV-1《中国诗词大会》（第六季）舞台……多家媒体进行了报道，一条比赛短视频更是短时间内播放了 8000 多万次，收获 90 多万次点赞。

2021 年 2 月 13 日，《中国诗词大会》（第六季）开播的当天，我在喜马拉雅平台开播了一档自编自讲的诗词讲解类节目《与诗词共成长》。之后，我每天讲解一首诗词名篇，还结合亲身经历和相关的节日、节气播讲特别篇。节目坚持了一年，从不间断。365 天，365

期，目前，已有30多万的播放量。

这一年，在爸爸的指导、妈妈的鼓励下，我还试着结合作者、诗句、背景等，每天创作一首“名篇有感”。从自己的角度，用“诗词解读诗词”，试着用五言对应名篇七言，七言对应名篇五言，还不断尝试不同的诗词体裁，学写了三五七言诗，以及《忆江南》《浪淘沙》《钗头凤》等词。

本书一方面记录了我与诗词的故事、参加比赛的经历，介绍了与传统节日、节气有关的诗词；另一方面选取了300多首名家诗词，每首又分为四个部分——古诗原文、诗文释义、内容赏析、名篇有感。其中，内容赏析包括了诗人生平、创作背景，以及我的自身经历和相关感悟；名篇有感则是我综合某一篇诗词的诗人诗句、相关背景、个人感悟等创作的诗词。

本书总体上按照我讲解诗词节目的时间顺序排列，间隔呈现，有一定的趣味性和可读性。希望大家能把我这本书看作一本与诗词有关的故事书、参考书。

书中选择的名家诗词主要包括部分中小学必背篇目，还有一些我觉得有意思的诗词。因为水平有限，创作的名篇有感只是自己不成熟的感想。清人龚自珍曾作《己亥杂诗》，留诗315首。我这一年下来，累计创作了不成熟的各类诗词365首。如果勉强称之为“辛丑杂诗”的话，那么，至少数量上有幸超越了前人……

也许以后来看会觉得书中内容非常幼稚、浅薄，但这至少是对我自己小学阶段特别是五年级以来，整整一年努力的一个总结。

我希望把自己学习诗词的经历、感悟分享给大家，希望能有更多人因此爱上中国传统文化，希望我们都能更好地与诗词同行，与诗词结伴成长……

谢金凌

壬寅二月

目录

我是谁?

2021年2月13日，牛年春节的大年初二晚八点，CCTV-1中央广播电视总台《中国诗词大会》（第六季）如约而至，这一天也是我主讲的节目《与诗词共成长》开播的日子。

首先做个自我介绍，我叫谢金凌，是一名五年级小学生，我热爱学习，喜欢读书、写作，会吹葫芦丝，能写书法，是镇江市羽毛球队的一员。我的书法、绘画都曾多次获奖，多篇作品在报刊等媒体刊登，十岁时发表了第一部作品集《青崖白鹿》。

我有较好的舞台表现和演讲能力，五岁开始就主持亲人的婚宴、寿宴，还主持了多名同学的十岁生日宴。在小超模比赛中，我获得了“最佳T台气质奖”，当时给我颁奖的可是中国名模哦！

我经常参加各种公益活动，多次用压岁钱捐资助学，资助贫困家庭的哥哥姐姐上学；我曾去养老院慰问，给老人按摩捏肩、表演节目；我还作为“社会儿女”小天使到孤寡老人家中拜年，当时还上了新闻……

我生活的城市是江苏镇江，这是一座有着三千多年历史的文化名城、诗词名城，无数的文人墨客曾在这里留下诗篇。我生在长江边，长在北固山下。小时候，爸爸经常带我爬北固山，我站在“何处望神州”的山顶，看着“满眼风光北固楼”，想着“大江东去，浪淘尽，千古风流人物……”。

2021年夏天，经历了网络答题、校内选拔、城市海选、终极面试等多个环节，我从华东三省一市三十多万名选手中脱颖而出，在江苏卫视举办的《我爱古诗词》第二季节目中，夺取了单期冠军。

2021 年年底，我又接到中央电视台的邀请，成为《中国诗词大会》第六季的选手，参加了一到十期全部的比赛。与来自全国各地的诸多诗词达人相聚一堂，同台竞技；听评讲嘉宾侃侃而谈，说古论今，让我获益匪浅。

我热爱诗词，也热爱中国传统文化。中华传统源远流长，诗词名篇千古流芳。虽然参加了两次高水平的比赛，也取得了不错的成绩，但是我觉得自己还有很多不足，还有很多需要学习的东西。开播《与诗词共成长》这个节目，也是为了让自己的诗词学习更加深入，在学习传统文化的道路上越走越远……

“长风破浪会有时，直挂云帆济沧海”，希望大家能够喜欢我的节目，也期待和更多朋友一起学习诗词，让我们“与诗词共成长”！

我住江南岸，
爱登北固山。
诗文千古业，
词赋韵流传。

我与诗词

孔子云：“知之者不如好之者，好之者不如乐之者。”古典诗词就让我乐在其中。今天，就来说说我与诗词的故事。

我特别喜欢中国的古诗词，因为它用词明练，朗朗上口，情景交融，耐人寻味，令人百读不厌！那些传统经典，让我思接千载：仿佛和庄子一起乘鹏而起，仿佛听到曹操横槊赋诗，仿佛陪着陶渊明采过菊，仿佛见过李白斗酒诗百篇，仿佛跟着白居易折过柳……

我特别喜欢诗仙李白，喜欢他“大鹏一日同风起，扶摇直上九万里”的豪情壮志；喜欢他“天生我材必有用，千金散尽还复来”的豁达胸怀；喜欢他“飞流直下三千尺，疑是银河落九天”的浪漫想象。

记得，我学的第一首古诗就是李白的《静夜思》，“床前明月光，疑是地上霜”；幼儿园时，老师教的诗词里，印象最深的就是李白的《古朗月行》，“小时不识月，呼作白玉盘”；小学入学时面试，老师让我背诵《静夜思》，我觉得太简单了，就选择了李白的长诗《侠客行》，“银鞍照白马，飒沓如流星”……

二年级的时候，我和爸爸花了半个多月的时间，在每天早晨上学的路上，一起背诵了李白最长的一首诗——《经乱离后天恩流夜郎忆旧游书怀赠江夏韦太守良宰》。怎么样，听名字就很长吧？

“天上白玉京，十二楼五城。仙人抚我顶，结发受长生……”这首诗有一千多字，是李白的一首自传体长诗，几乎完整地记录了他的一生。《中国诗词大会》（第六季）中，我遇到的很多选手都不知道这首诗，就连康震老师点评节选的诗句时都说："这首诗太长，名字也太长，不给大家展开说了……"

除了李白，我还喜欢陶渊明"采菊东篱下，悠然见南山"的田园悠闲；喜欢杜甫"烽火连三月，家书抵万金"的真情实感；喜欢苏轼"老夫聊发少年狂，左牵黄，右擎苍"的豪放情怀；喜欢李清照"生当作人杰，死亦为鬼雄"的巾帼气节……

我一直相信"腹有诗书气自华"，多读诗词可以让自己更多地了解古代经典，多读诗词能够帮助我们更好地理解传统文化，多读诗词能够给予自己一个诗意的人生！

因为人生不止眼前的苟且，还有诗和远方哦！

共话古今事，
同品好诗词。
成集分享乐，
长进需坚持。

饮酒·其五

东晋·陶渊明

结庐在人境，而无车马喧。
问君何能尔？心远地自偏。
采菊东篱下，悠然见南山。
山气日夕佳，飞鸟相与还。
此中有真意，欲辨已忘言。

释义：

将房屋建造在有人家的地方，但没有车马往来的世俗喧扰。

问我为什么能这样，只要心中有远离世俗的想法，自然就会觉得所处地方僻静了。

在东篱之下采摘菊花，抬起头就能看到那远处的南山。

傍晚时分南山景致甚佳，雾气缭绕，飞鸟也结伴而还了。

这里面蕴含着人生的真正意义，想分辨清楚，却不知该怎样表达。

赏析：

公元405年秋，陶渊明因不愿为了县令的五斗薪俸低声下气向那些小人献殷勤而辞官归隐田园。这首诗，就是写陶渊明弃官归隐田园后悠然自得的心态，对比“在人境”和“无车马喧”，通过描写自然景观，体现出沉醉在自然界中乃至步入“得意忘言”境界的人生态度和生命体验。

读《饮酒·其五》有感

虽住人间远俗世，洁身自好隐居地。
采菊南山归田园，暮色鸟飞观山气。
自然美景人生意，至情无言有真谛。

春夜洛城闻笛

唐·李白

谁家玉笛暗飞声，散入春风满洛城。
此夜曲中闻折柳，何人不起故园情。

释义：

不知道从哪家飘出了悠扬笛声，随着春风，传遍洛阳全城。
客居之夜听到《折杨柳》的曲子，谁又能不生出怀念故乡之情呢？

赏析：

这首诗从题目“春夜洛城闻笛”可以看出，当时是春天，李白身处洛城，听到悠扬的笛声，因《折杨柳》的曲声而触发思乡之情，写下此诗。

《折杨柳》传说是汉代张骞从西域带来的《德摩诃兜勒曲》，李延年因之作新声二十八解，以为武乐，后人多用之为伤春惜别之辞。折柳相送是唐代人们分别时很流行的民间习俗，尤其在文人墨客中已成为一种时尚。“柳”谐“留”音，赠柳表示留念，一为不忍分别，二为永不忘怀。

“折柳”二字是全诗的关键。李白虽然写的是闻笛，但意义不限于描写音乐，自然引发了对故乡的思念，这才是这首诗感人的地方。

读《春夜洛城闻笛》有感

夜半笛声起，洛城也静谧。
折柳送君去，故园思乡意。

送杜少府之任蜀州

唐·王勃

城阙辅三秦，风烟望五津。
与君离别意，同是宦游人。
海内存知己，天涯若比邻。
无为在歧路，儿女共沾巾。

释义：

三秦之地护卫着巍巍长安，透过那风云烟雾遥望着蜀川。

和你离别心中怀着无限情意，因为我们同样都是在宦海中浮沉的人啊！

四海之内有知心朋友，即使远在天边也如近邻。

所以，不要在岔路分手的时候，像多情的少年男女那样悲伤得泪湿衣巾。

赏析：

杜少府将到蜀州上任，王勃在长安相送，临别赠他此诗。杜少府，名、字、生卒年皆不详，少府是县尉的别称。

古代的送别诗，大多数都体现黯然神伤的情感，充满悲凉凄怆之气。而王勃的这一首送别诗却别开生面，虽写离别场景，但劝诫友人只要存在真挚的友谊，就不必为离别而悲伤。

这首诗节奏明快，语言清新，其中“海内存知己，天涯若比邻”一句更是流传千古，使人明白，只要友情深厚，纵使山高水远，也不能将其阻隔，体现出王勃志向高远、胸怀旷达、观点独特。

读《送杜少府之任蜀州》有感

我自长安望蜀川，求官飘零心不安。
天涯海角如邻在，岔路别行挥泪干。

黄　鹤　楼

唐·崔颢

昔人已乘黄鹤去，此地空余黄鹤楼。
黄鹤一去不复返，白云千载空悠悠。
晴川历历汉阳树，芳草萋萋鹦鹉洲。
日暮乡关何处是？烟波江上使人愁。

释义：

仙人已经驾着黄鹤飞走了，只留下空荡荡的黄鹤楼。
黄鹤一去再也没有回来，千百年来只留下白云悠悠。
阳光照耀下的汉阳树木清晰可见，鹦鹉洲上芳草繁茂。
暮色渐渐漫起，哪里是我的家乡？江面烟波渺渺让人更生烦愁。

赏析：

黄鹤楼在今武汉市武昌区的蛇山上，传说费祎登仙驾鹤于此。《太平寰宇记》："昔费祎登仙，每乘黄鹤于此憩驾，故号为黄鹤楼。"

崔颢登临黄鹤楼，览眼前景色，即景生情，诗兴大作。这首诗前两句中的三处"黄鹤"是特色所在。这首诗虽不协律，但也不拗口，成为历代推崇的名篇。传说李白登黄鹤楼后大为折服，说："眼前有景道不得，崔颢题诗在上头。"2015年1月，我曾去武汉，至黄鹤楼景区，登楼远望，可见武汉长江大桥和烟波之下的鹦鹉洲。

读《黄鹤楼》有感

仙人去无踪，寻常江楼中。
鹤去难复返，江天白云空。
汉阳城树在，洲上芳草笼。
日落乡愁起，迷蒙江雾动。

闻王昌龄左迁龙标遥有此寄

唐·李白

杨花落尽子规啼，闻道龙标过五溪。
我寄愁心与明月，随君直到夜郎西。

释义：

在柳絮落尽、子规啼鸣的时候，我听说您被贬为龙标尉，要经过五溪。

我把我忧愁的心思寄托给明月，希望能随着风陪着你，一直到夜郎以西。

赏析：

这首诗作于天宝年间，当时王昌龄从江宁丞被贬为龙标（今湖南省洪江市）县尉，李白在扬州听到好友被贬后写下了这首诗。

李白通过丰富的想象，将自己的“愁心”交托给“明月”，让它带着对朋友的怀念和同情去往辽远的夜郎之西。不过，李白在写这首诗安慰王昌龄的时候，大概想不到几年之后他也会“翻谪夜郎天”，发出“夜郎万里道，西上令人老”的感慨。

读《闻王昌龄左迁龙标遥有此寄》有感

漂泊欲归去，贬谪艰难路。
相隔借明月，愁思送君子。

竹　里　馆

唐·王维

独坐幽篁里，弹琴复长啸。
深林人不知，明月来相照。

释义：

独自闲坐在幽静竹林里，一边弹琴一边高歌长啸。
人在深深的山林中无人知晓，一轮明月静静与我相照、相伴。

赏析：

这首诗作于王维晚年隐居蓝田辋川时期。王维早年信奉佛教，思想超脱，加之仕途坎坷，四十岁以后就过着半官半隐的生活，故有“诗佛”之称。

竹里馆是辋川别墅胜景之一，因周围有竹林而得名。幽篁，指幽深的竹林。长啸，古代一些超逸之士常用此方式来抒发感情。魏晋名士称吹口哨为啸。通过这首诗，我们可以想象出诗人月下独坐、弹琴长啸的悠闲生活画面。

诗中写景有幽篁、深林、明月，写人有独坐、弹琴、长啸。环境是清幽的，心境是通透的，两相结合，展现出清幽宁静、高雅绝俗的境界。

读《竹里馆》有感

余处幽篁不见天，独坐长啸伴琴弹。
半官半隐竹林中，月下清幽心境淡。

成化辛卯初夏余遊毘陵
過竹爐山房得普照師〻
酌竹林深處談話間出素紙
索画余時薄醉挑燈戲作此
圖以供清賞
南齋沈貞

明　沈贞　竹炉山房图

秋词·其一

唐·刘禹锡

自古逢秋悲寂寥，我言秋日胜春朝。
晴空一鹤排云上，便引诗情到碧霄。

释义：

自古以来文人墨客都常常悲叹秋天萧条，而在我看来，秋天远远胜过春天。

秋日的晴空中，一只仙鹤直飞而起，冲破云层，也把我的诗情带到了云霄。

赏析：

刘禹锡，曾和柳宗元等参加革新政治的王叔文集团，失败后被贬官；后又入朝为官，以太子宾客分司东都，因此世称“刘宾客”。晚年在洛阳和白居易为诗友，并称“刘白”。

古人往往伤春悲秋，描写秋天的诗词大多充满悲伤的气息。刘禹锡的这首《秋词》却与众不同，首先坦言“自古逢秋悲寂寥”，随后提出自己对秋天的看法——“我言秋日胜春朝”，用极大的热情赞颂了秋天的美好。

这首《秋词》是刘禹锡被贬朗州后的作品，诗中不见压抑和沉闷，反而有一种豪情在其中。“晴空一鹤排云上，便引诗情到碧霄”两句虚实结合，鹤飞冲高和诗情凌霄都给人一种豁然开朗、壮志满怀的感觉，晴空和碧霄更是令人充满希望和憧憬。2022 年，我创作的第三本作品集就名为《晴空一鹤》。

读《秋词·其一》有感

自古悲秋惑，秋胜春更多。
晴天一鹤升，诗意上碧落。

登乐游原

唐·李商隐

向晚意不适，驱车登古原。
夕阳无限好，只是近黄昏。

释义：

傍晚时分我心情不太好，独自驱车登上了乐游原。
夕阳照耀下的晚景十分美好，只不过已经到了黄昏时分。

赏析：

此诗当作于会昌四年至五年（844—845）间，时李商隐自河阳退居太原，往来京师过乐游原而作此诗。乐游原在长安（今西安）城东南，是唐代长安城内地势最高地。汉宣帝立乐游庙，又名乐游苑。因“苑”与“原”谐音，乐游苑后被传为乐游原。

李商隐所处的晚唐已不复盛唐景象。诗人的抱负难以施展，很难得志。作者开篇写“意不适”，乘车来到乐游原时，没有看到振奋人心的景象，只看到了一轮即将西坠的夕阳，因此发出“夕阳无限好，只是近黄昏”的感慨。从诗句的表面来看，诗人心情并没有缓解。

不过，有资料表明，“只是”在晚唐时期有“因为”的意思。如果是这种解释，那么诗句最后表达的就不是伤感，而是对大自然景观的一种赞叹。虽然到了黄昏时分，但是夕阳的美景还是“无限好”的。

全诗没有引用典故，只是平铺直叙地描写，却也蕴含哲理。

读《登乐游原》有感

长安东南乐游原，且去散心解闷烦。
夕照观景虽然好，时光易去常慨叹。

登幽州台歌

唐 · 陈子昂

前不见古人，后不见来者。
念天地之悠悠，独怆然而涕下！

释义：

往前不见古代礼贤下士的圣君，向后不见后世求才的明君。
想到只有那苍茫天地悠悠无限，止不住满怀悲伤热泪流下。

赏析：

这首诗写于武则天万岁通天元年（696）。陈子昂的诗风骨峥嵘，寓意深远，苍劲有力，有“诗骨”之称。

陈子昂有政治见识和政治才能，敢于直言进谏，但所谏没有被武则天采纳，从政过程中屡受打击，不免郁郁悲愤。幽州台即蓟北楼，故址在今北京市大兴区，是燕昭王为招纳天下贤士而建。诗人登高远望，不见古之贤君与当今明主，感受天地之间的悠悠孤独，不禁悲从中来，怆然而涕下。这种悲伤的情感，与普通的离别和伤逝不同，充满了对事业、对人生追求的慨叹。

这首诗的寓意和影响一直流传到后世。“前不见古人，后不见来者”，现在往往比喻某个人在某个领域取得了突出的成绩，同时很难被后人超越。

读《登幽州台歌》有感

满怀报国情，却遭降职事。
悲愤幽州台上，生不逢时泪下。

夜雨寄北

唐·李商隐

君问归期未有期，巴山夜雨涨秋池。
何当共剪西窗烛，却话巴山夜雨时。

释义：

你问我回家的日期，我难以确定，今晚巴山下着大雨，雨水已涨满秋池。

什么时候我们才能相聚，烛下长谈，倾诉今宵巴山夜雨时的思念之情。

赏析：

这首诗是李商隐留滞巴蜀（今四川省、重庆市地区）时寄怀长安家人之作。因为长安在巴蜀之北，故题作《夜雨寄北》。

从诗句内容来看，这首诗应该属于回信，家人（妻子）写信询问归期，诗人看着眼前的景色却不知道准确的回家时间。但是，诗人还是对和家人的团聚充满期待，期待着“共剪西窗烛”，述说自己在“巴山夜雨时”的经历。

读《夜雨寄北》有感

思念家中妻，渴望归北地。
巴山夜雨境，剪烛西窗寂。

生查子·元夕

宋·欧阳修

去年元夜时，花市灯如昼。月上柳梢头，人约黄昏后。
今年元夜时，月与灯依旧。不见去年人，泪湿春衫袖。

释义：

去年元宵节的时候，花市的灯光照如白昼。与佳人相约，在黄昏之后、月上柳梢头的时候见面。

今年的元宵节，月光、灯光和去年一样灿烂。可是，再也看不到去年的故人了，相思之泪沾湿了春衫的衣袖。

赏析：

元夜指农历正月十五元宵之夜。自唐朝起，就有在元宵节观灯闹夜的民俗。北宋时，从正月十四到正月十六开宵禁三天，人们游灯街花市，通宵歌舞，盛况空前。

这首词通过去年元夜和今年元夜的对比，表达了物是人非的感觉。去年的花灯照如白昼，今年的圆月和花灯依旧灿烂，人却已改变。去年充满了美好的期待，待到月亮爬上枝头，相约的人儿就能见面了。今年却再也见不到去年的相约之人，只能泪落衣衫。这里外在的景色几乎没有变化，而人的感受和心态却大不相同。

这首词描绘的景色与意境，和崔护的《题都城南庄》相接近，都是从今年景开始，回忆去年事，抒发人事变迁的感慨。

读《生查子·元夕》有感

去年花市闹元宵，人约黄昏月柳下。
今年物是人非夜，情人不见泪落频。

正月十五夜

唐·苏味道

火树银花合，星桥铁锁开。
暗尘随马去，明月逐人来。
游伎皆秾李，行歌尽落梅。
金吾不禁夜，玉漏莫相催。

释义：

元宵节的灯光和烟火灿烂绚丽，四处都可通行，城门的铁锁也打开了。

人潮汹涌，马蹄扬起尘土，月光洒遍每个角落，仿佛跟着人们在走。

月光灯影下的歌伎们花枝招展、浓妆艳抹，一面走，一面高唱《梅花落》。

京城取消了夜禁，计时的玉漏你也不要忙了，别让这美好的元宵之夜匆匆过去。

赏析：

农历正月十五为上元节，也称元宵节。据《大唐新语》和《唐两京新记》记载，武则天时，每年元宵节晚上京都洛阳都要大放花灯，夜间照例不戒严，观花灯处人山人海。豪门贵族车马往来喧哗，市井小民亦是欢歌笑语。那时候的很多文人都会作诗描绘盛景，苏味道的这首诗就是其中之一，也是佳作。

读《正月十五夜》有感

大唐洛阳上元节，灯火辉煌亮如昼。
元夕车马游人盛，月光灯影随人走。
貌如桃李歌舞伎，落梅声中夜歌喉。
执金吾卫不宵禁，今夜铜壶忘滴漏。

登飞来峰

宋・王安石

飞来山上千寻塔，闻说鸡鸣见日升。
不畏浮云遮望眼，自缘身在最高层。

释义：

登上飞来峰顶高高的宝塔，听说每天公鸡一打鸣，这里就能看到旭日升起。

不怕层层浮云遮挡我远望的视线，只是因为我已经站在了最高层。

赏析：

皇祐二年（1050）夏天，王安石浙江鄞县知县任满回江西临川故里，途经杭州时写下此诗。此时王安石正值壮年，心怀壮志，正好借登飞来峰一抒胸臆，表达宽阔胸怀。

古人喜好诗以言志，用诗歌表达自己的观点。在这首诗中，王安石并没有写登山的过程，也没有写沿途的景色，直接就写最高层的景色，写得颇具哲理。

古人常用“浮云蔽日”来形容有奸臣蒙蔽君主，王安石用“不畏”二字表现了他不畏奸邪、力争上游的勇气和决心。李白在《登金陵凤凰台》中则写道：“总为浮云能蔽日，长安不见使人愁。”两种感情色彩是不一样的。

2015年9月，我曾游灵隐寺，登飞来峰。当时有工人在修建山路，也许是因为爬得不够高，那次未曾见到所谓的“千寻塔”。

读《登飞来峰》有感

立足塔上眺，旭日东升到。
小人蔽君贤，不畏在最高。

《中国诗词大会》（第六季）最难一题

今天的特别篇，讲讲《中国诗词大会》（第六季）第四场中出现的一道诗词题目，这道题目不但是这场比赛中最难的一题，更是第六季全部十场比赛中最难的一题。因为这道诗词题目，场上选手没有人答对，台下的百人团选手中居然有九十六人答错。

这一季的诗词大会，除了以往的题型，如“挑战多宫格”、图画线索题，还出现了“大浪淘沙”、“联想对对碰”、“助力千人团”，以及与文物古画相关的知识题等新形式。这些变化，要求参加比赛的选手和诗词学习者在背诵、熟悉诗词名篇、名句的同时，更要具备理解诗词、运用诗词的能力。

在我参加的第六季全部十场比赛里，我认为身临其境题、文物古画相关的知识题都是比较有难度的。这类题型要求选手通过评讲老师展示的外景情况或者是不同博物馆馆藏的重点文物选择合适的诗句，这种题目涉及的诗词、诗句往往比较冷门、偏僻。记得有一场，考到的一个外景是安徽歙县的渔梁坝，据康震老师的讲解，就只有一名诗人写过一首与之相关的诗句。

让我们说回第六季最难的一题，这是一道与古画相关的诗词题。现场大屏幕上展示的是一幅唐代名画，画上有四个人，身处户外，席地而坐，头上顶冠，身着长袍，有的拿着扇子，有的端着酒杯，有的敞开衣服，身边都有童子。要求通过观察选出与画面内容最为接近的诗句，三个选项分别是：A“今日良宴会，欢乐难具陈”；B“奇文共欣赏，疑义相与析”；C“散发乘夕凉，开轩卧闲敞”。

因为现场比赛时回答问题的时间只有十秒钟，所以选手们没有太长思考的时间，从整幅画的画面来看，无疑是第三个选项“散发乘夕凉，开轩卧闲敞”最为合适。当时，在场上回答问题的是我们家庭团的成员，她是古代文学专业的研究生，也选择了C。

这幅画是上海博物馆的镇馆之宝——唐代孙位的《高逸图》，轻易不做展示。这幅画的得名来自宋徽宗赵佶的题字，是一幅彩色绢本人物画。这幅图所描绘的是魏晋时期竹林七贤的故事，刻画了魏晋士大夫“高逸风度”的共性，又刻画出了他们的个性。但可惜的是，现存的《高逸图》为《竹林七贤图》残卷，图中只剩四贤。唱啸歌是阮籍，贪杯的是刘伶，拿着如意的是王戎，喝酒的是山涛，每个人各具特色。

唐　孙位　《高逸图》

竹林七贤指的是三国魏正始年间嵇康、阮籍、山涛、向秀、刘伶、王戎及阮咸七人，他们是当时玄学的代表人物，常在山阳县竹林之中喝酒、纵歌、谈玄。他们都是有思想有情趣的人，也有着很多文艺爱好。

由于展示的《高逸图》是残卷，只剩四人，所以选手们大多没往竹林七贤那个方向去想，而是选择了与画面接近的“散发乘夕凉，开轩卧闲敞”，也导致了这一题少年团、家庭团团灭的悲惨局面。

我们再来分析一下这三句诗：选项 A“今日良宴会，欢乐难具陈”，出自东汉后期佚名的《今日良宴会》；选项 B“奇文共欣赏，疑义相与析”，出自东晋陶渊明的《移居二首》；选项 C“散发乘夕凉，开轩卧闲敞”，出自唐代孟浩然的《夏日南亭怀辛大》。那么从诗句的时代来看，尽管字面所写的意思与画面不够相符，但陶渊明的这两句显然更接近画中魏晋人物当时的状态。

通过我的讲解，大家是不是对《中国诗词大会》（第六季）最难的诗词题有了更清晰的认识呢？

最后，结合这一题，我学郦波老师，口占一绝：

七贤残卷为高逸，
百人对之思不易。
馆藏名画入题来，
诗词运用需仔细。

泊　秦　淮

唐 · 杜牧

烟笼寒水月笼沙，夜泊秦淮近酒家。
商女不知亡国恨，隔江犹唱后庭花。

释义：

迷离月色和轻烟笼罩着寒水白沙，夜晚船只停泊在秦淮河边靠近酒家的地方。

歌女不知道什么是亡国之恨，隔着江水仍在高唱着《玉树后庭花》。

赏析：

六朝至唐代，金陵秦淮河一带一直是权贵富豪游宴之地。如今，秦淮河沿线的风光带，仍是南京人和外地游客常去的繁华之地。

这首诗写杜牧夜泊秦淮河岸，眼见灯红酒绿、酒家喧闹景况，耳听歌女唱曲，想到唐朝国力渐衰，感慨万千。

后庭花指歌曲《玉树后庭花》。南朝皇帝陈后主陈叔宝沉溺声色，作此曲与后宫寻欢作乐，终致亡国，所以后人也称此曲为“亡国之音”。杜牧借商女仍唱后庭花这一景象，讽刺那些没有从陈后主身上汲取教训，依然醉生梦死的晚唐统治者；同时，也表现了诗人对国家命运的关怀和担忧。

读《泊秦淮》有感

烟水月沙罩，酒家河边找。
隔江亡国音，玉树后庭绕。

如梦令·常记溪亭日暮

宋·李清照

常记溪亭日暮，沉醉不知归路。兴尽晚回舟，误入藕花深处。争渡，争渡，惊起一滩鸥鹭。

释义：

时常记起溪边游玩的时候，天色已晚，但仍沉迷在优美的景色中忘记了回家的路。游兴尽了才乘舟返回，不小心迷了路，闯进了藕花深处。

奋力把船划出去！奋力把船划出去！划船声又惊起了一群鸥鹭。

赏析：

这首词是李清照的早期之作，回忆了一次外出游玩的情形。

李清照的这次出游，非常尽兴。“日暮”说明时间很长；“沉醉”可以理解成酒醉，也可以理解成沉浸；“兴尽”方才返回，而且走错了路，“误入藕花深处”。这从另一个侧面表现了词人不愿离去的心情。

前面写景色和自身的感受，是静的一面，“争渡”和“惊起”则体现了动的一面。不论动静，都十分有画面感，让读者有一种跟着词人乘船游览的感觉。

在讲究礼教的宋代，女子外出游玩日暮未归，也体现李清照性格豪放、不受拘束的一面。

读《如梦令·常记溪亭日暮》有感

年少不知苦，也无家国恨。
游兴醉忘返，舟入藕花横。
迷途寻出路，惊起鸥鹭腾。

己亥杂诗·其五

清·龚自珍

浩荡离愁白日斜，吟鞭东指即天涯。
落红不是无情物，化作春泥更护花。

释义：

离别京都的愁思浩荡如水，向着落日延伸，马鞭向东一挥，感觉就是人在天涯一般。

从枝头上掉下来的花不是无情之物，入土后化作春泥，也还要呵护着春花继续生长。

赏析：

这首诗写于道光十九年（1839），农历己亥年。这一年龚自珍因为对清朝统治者大失所望，所以辞官南归故里，后又北上迎接眷属，在南北往返途中，他有所思、有所感，就用笔写在账簿纸上，投入一个竹筐里。在写给友人吴虹生的书信中，他说共“得纸团三百十五枚，盖作诗三百十五首也”。这组诗以年号命名，即《己亥杂诗》。

这一年离1840年第一次鸦片战争爆发只有一年时间，晚清的统治已经岌岌可危。诗人在这组诗里充分反映了自己的生平经历、与好友的往来，抒发了很多自己的思想和观点。其中，有不少对社会的重新认识和对现实问题的批判。

这首诗前两句写了诗人辞官后的感受，后两句则表达了愿意继续报效国家的信念与使命感。花虽然落了，但化作春泥，还要为后来的花提供养料。

读《己亥杂诗·其五》有感

离京沉郁情，举鞭向东行。
脱枝亦有心，不忘护花命。

天净沙·秋思

元·马致远

枯藤老树昏鸦，小桥流水人家，古道西风瘦马。夕阳西下，断肠人在天涯。

释义：

黄昏时分，乌鸦落在枯藤缠绕的老树上。小桥下流水哗哗作响，桥边还有几户人家。古道上一匹瘦马，顶着西风艰难地前行。夕阳渐渐地失去了光泽，慢慢落下。只有孤独的旅人漂泊在远方。

赏析：

马致远年轻时热衷功名，但由于元朝统治者实行民族高压政策，因而一直未能得志。他几乎一生都过着漂泊无定的生活，也因此而郁郁不得志，困窘潦倒。

这首《天净沙·秋思》被誉为“秋思之祖”，因其将多种景物并置，组合成一幅秋郊夕照图。前三句，都由名词构成，一共列出九种景物，言简而意丰。后两句，以夕阳衬托断肠人，又赋予了深厚的情感。因此，全曲虽然只有五句二十八字，但因语言极为凝练而显得内容十分丰富。

读《天净沙·秋思》有感

秋日夕照悲秋景，枯老昏古瘦残影。
秋思之祖为名篇，言简义丰如画境。

浣溪沙·一曲新词酒一杯

宋·晏殊

一曲新词酒一杯，去年天气旧亭台。夕阳西下几时回？
无可奈何花落去，似曾相识燕归来。小园香径独徘徊。

释义：

听一支新曲喝一杯美酒，还是去年的亭台上，天气也相似，西落的夕阳何时能回来？

花儿凋落让人无可奈何，似曾相识的燕子又归来了，我独自在花香小径里徘徊留恋。

赏析：

这是晏殊词中脍炙人口的一首，其中“无可奈何花落去，似曾相识燕归来”两句更是流传甚广的名句。

这首词采用了回忆去年时光和今年眼前景象对比的方式，总体有些感伤。上阕词人一面饮酒听曲，一面看着眼前的旧亭台，感受着和去年差不多的天气。对自然现象的观察，引发了词人对时间变化和人生的思考。下阕则重点写眼前之景，时光的流逝、花朵的凋零、燕子的来去，看着眼前重复发生的景象，在感慨人力无法改变的同时，词人在园中不断徘徊，也想探寻一些更高层次的哲理。

读《浣溪沙·一曲新词酒一杯》有感

听词且饮酒，时光去怀旧。
夕阳去不回，无可奈何留。
似曾相识事，徘徊因何由。

赤　　壁

唐·杜牧

折戟沉沙铁未销，自将磨洗认前朝。
东风不与周郎便，铜雀春深锁二乔。

释义：

江水的泥沙中，有一把生锈的断戟。把它磨洗之后发现这是赤壁之战时代的遗物。

在那场战争中，若不是东风给周瑜方便，恐怕曹操取胜后就要把二乔关进铜雀台了。

赏析：

建安十三年（208）的赤壁之战，奠定了三国鼎足而立的形势。周瑜统率吴军，用火攻大败号称百万雄兵的曹操大军，一举成名。

这首诗应该是杜牧经过赤壁（今湖北赤壁市），有感于三国时代的英雄成败写下的。诗人通过描写战场的遗物，提出自己的观点，认为历史事件的发生、历史人物的成败具有一定偶然性。如果没有东风，恐怕失败的就是周瑜了……

杜牧的咏史诗往往都会提出自己的观点，比如在《题乌江亭》中对项羽的失败也提出了“江东子弟多才俊，卷土重来未可知”的观点。

读《赤壁》有感

折戟沉沙久，前朝事难休。
周瑜若未成，铜雀二乔丢。

相见欢·无言独上西楼

五代·李煜

无言独上西楼，月如钩。寂寞梧桐深院锁清秋。
剪不断，理还乱，是离愁。别是一般滋味在心头。

释义：

默默无语独自缓缓登上西楼，抬起头看到残月如钩。院中梧桐树寂寞地孤立着，幽深的庭院里笼罩着凄凉秋色。

剪也剪不断、理也理不清的是离家之愁、亡国之苦。这样的思绪萦绕心头，又是另一番不同的滋味。

赏析：

开宝八年（975），宋朝灭南唐之后，李煜以戴罪之身被囚禁于汴京。因此，他后期词作更多体现亡国之痛和去国之思，大多情绪沉郁、哀伤低婉，读来十分感人。《相见欢·无言独上西楼》便是李煜后期词作中很有代表性的一篇。

如果单纯从内容来看，这首词更像是一首闺怨词。但是结合李煜自身的境遇，无言上西楼、深院锁清秋就有了更沉重的意味。剪不断、理还乱的就不仅仅是普通的离愁了。这种亡国之恨、离家之痛，又不能说得太明白，只能婉转地表达，也只能是“别是一般滋味”了。

这首词上阕选取带有悲伤气息的典型景物，为感情的抒发作铺垫；下阕则委婉含蓄地抒发真挚的感情，体现悲伤的情感，给人一种意犹未尽的感觉。

读《相见欢·无言独上西楼》有感

月下无言登西楼，满院落寞皆离愁。
纷繁复杂总是忧，别有滋味上心头。

游山西村

宋·陆游

莫笑农家腊酒浑，丰年留客足鸡豚。
山重水复疑无路，柳暗花明又一村。
箫鼓追随春社近，衣冠简朴古风存。
从今若许闲乘月，拄杖无时夜叩门。

释义：

不要笑农家腊月里酿的酒浑浊，丰收的年景农家待客菜肴是很丰盛的。

山峦重叠、水流曲折，正担心无路可走时，忽然柳绿花红又看到另一个山村。

社日将近，路上迎神的箫鼓声随处可闻，这里依旧保留着布衣素冠的淳朴古代风俗。

今夜乘着大好月色出外闲游，我拄着拐杖随时会来敲你的家门。

赏析：

这首诗作于宋孝宗乾道三年（1167）初春，当时陆游正罢官闲居在家。诗中先写村民的热情和物品的丰盛，接着写村外的景色变化，再写村内的春社活动，最后写夜游村庄的感受，把山村的自然风景和村民的习俗活动结合在一起，宛如一幅画卷，慢慢呈现。通过诗的内容可以看出，这时的陆游并没有心灰意冷。他笔下的农村生活是充满希望和光明的，诗中的感受也是惬意和美好的。

读《游山西村》有感

丰年欢愉象，农家待客尝。
山重水复来，柳暗花明朗。
击鼓吹箫社，淳朴古风长。
拄杖乘月行，敲门可言想。

望　岳

唐·杜甫

岱宗夫如何？齐鲁青未了。
造化钟神秀，阴阳割昏晓。
荡胸生层云，决眦入归鸟。
会当凌绝顶，一览众山小。

释义：

五岳之首的泰山是怎么的景色？在齐鲁大地上，那苍翠的山色看上去没有尽头。

大自然把神奇秀丽的景象全都汇聚在这座山里，山南山北一面明亮一面昏暗，晨昏景色不同。

望着山间升腾的层层云雾；傍晚瞪大眼睛看着倦鸟归巢。

一定要登上泰山的最高处，俯瞰在泰山面前显得渺小的群山。

赏析：

泰山在我国古代有着特殊的意义，是国家昌盛、江山社稷稳定的象征。开元二十四年（736）前后，二十四岁的杜甫开始北游齐、赵（今河南、河北、山东等地），这首诗应该作于旅途中。杜甫在《壮游》诗中曾这样描述这段经历："放荡齐赵间，裘马颇清狂。"

诗中描绘了泰山雄伟的自然景象，流露出诗人对祖国山河的热爱之情；同时，还表达了不要惧怕困难，勇于攀登顶峰，最后才能俯视一切的观点和雄心壮志。后人写泰山的诗词，很少有超过杜甫这篇的。"会当凌绝顶，一览众山小"现在常用来鼓励人们勇于竞争、攀登高峰，也是我参加活动时经常使用的开场诗。

读《望岳》有感

自古东岳小众山，且听诗圣登高言。
工部裘马清狂时，意在人生敢登攀。

雁门太守行

唐·李贺

黑云压城城欲摧，甲光向日金鳞开。
角声满天秋色里，塞上燕脂凝夜紫。
半卷红旗临易水，霜重鼓寒声不起。
报君黄金台上意，提携玉龙为君死。

释义：

敌兵如黑云般袭来，想要攻入城池；战士们的铠甲在阳光照射下金光闪闪。

号角声响彻秋天的长空，边塞将士作战时流下的血迹在寒夜中凝为紫色。

红旗半卷，军队赶赴易水，夜寒霜重，鼓声郁闷低沉。

为了报答国君的赏赐和厚爱，手提宝剑甘愿为国血战到底。

赏析：

此诗作于中唐时期，当时藩镇之间和讨伐藩镇的战火此起彼伏，从未终止。一说此诗创作于元和九年（814），当年唐宪宗以张煦为节度使，领兵前去征讨雁门郡之乱，李贺即兴赋诗鼓舞士气，作成了这首《雁门太守行》。

这首诗多用颜色，黑云、金鳞、燕脂、夜紫、红旗……描绘出一幅多姿多彩的边塞风景图，展现了边塞将士的威武、景色的变幻、气候的寒冷，以及忠君报国的坚定意志。

读《雁门太守行》有感

自古边塞有豪气，深秋鏖兵悲壮地。
诗鬼笔下多颜色，百战不退为君意。

渔家傲·秋思

宋·范仲淹

塞下秋来风景异，衡阳雁去无留意。四面边声连角起，千嶂里，长烟落日孤城闭。

浊酒一杯家万里，燕然未勒归无计。羌管悠悠霜满地，人不寐，将军白发征夫泪。

释义：

边塞的秋天景色和江南大不同，飞去衡阳过冬的大雁毫无停留之意。边塞特有的风声、马蹄声随着号角四面响起。群山连绵起伏，夕阳西下，青烟升腾，孤零零的一座城，城门紧闭。

饮一杯浊酒，想起万里之外的亲人，战事未平，功名未立，还不能回家。天气寒冷，霜雪满地，远处传来悠悠的羌笛之声，让人难以入睡，将军听了悲白发，士兵闻之泪流下。

赏析：

宋康定元年（1040），西夏入侵宋朝，宋军惨败，延州前线更是告急。范仲淹主动请缨到前线支援，被任命为陕西经略副使兼延州知州，这首词就作于战争期间。

范仲淹是文学大家，这是他第一次展现出军事才华。

词中通过塞下景色，不仅表现出将军的英雄气概及征夫的艰苦生活，而且体现出将军与征夫既渴望建功立业又不可避免有思乡之情。这种保家卫国的使命和离家思乡的情绪，复杂又矛盾，同时也真切感人。

读《渔家傲·秋思》有感

秋塞非江南，雁去衡阳南。角声随风鸣，山烟日城寒。
思乡仍戍边，勒石待燕然。羌笛传声远，未眠人伤感。

春　望

唐·杜甫

国破山河在，城春草木深。
感时花溅泪，恨别鸟惊心。
烽火连三月，家书抵万金。
白头搔更短，浑欲不胜簪。

释义：

国都被占领但山河依旧，长安城里的杂草和树木茂盛地疯长。
感于当下的时局，看到花开而潸然泪下，听到鸟鸣而心惊胆战。
连绵的战火已经延续了很久，一封家书抵得上万两黄金。
愁绪缠绕，不断搔头，白头发越搔越短，快要插不住簪子了。

赏析：

安禄山起兵反叛后，唐玄宗匆忙逃往蜀中（今四川）。太子李亨于灵武（今属宁夏）继位，为唐肃宗。杜甫将家属安顿在鄜州（今陕西延安富县），只身投奔肃宗所在，想为朝廷出力。可是，他的运气不好，在路上被叛军俘获，之后又被押送至长安。不过，因为官职不高，所以杜甫并没有被囚禁。唐肃宗至德二年（757）春，身处沦陷都城的杜甫目睹了长安城一片萧条零落的景象，十分伤心，写下了这首传诵千古的名篇。

全诗围绕“望”字展开，从国到城，从家到己。整个视角从高到低，从远到近。国家的破灭，城池的沦陷，家书的难及，个人的痛苦，感情也由弱到强，充分地展现了杜甫忧国忧民、悲痛伤怀的情感。

读《春望》有感

战后被俘飘零身，解送长安破败愤。
杜甫沉郁望国都，忧国思家情切深。

过零丁洋

宋·文天祥

辛苦遭逢起一经，干戈寥落四周星。
山河破碎风飘絮，身世浮沉雨打萍。
惶恐滩头说惶恐，零丁洋里叹零丁。
人生自古谁无死？留取丹心照汗青。

释义：

回想早年岁月，经历千辛万苦，起兵抗元如今已过四年艰苦岁月。国家危在旦夕像狂风吹柳絮，自己一生坎坷如无根浮萍，更被雨敲打。惶恐滩的惨败让我至今惶恐，可叹我零丁洋里身陷元虏，孤苦无依。自古以来谁能不死！我有一片忠心，不怕为国牺牲，死后仍可青史留名。

赏析：

宋祥兴元年（1278），文天祥在广东海丰北五坡岭兵败被俘，次年过零丁洋时作此诗。被押解至崖山后，张弘范逼迫他写信招降固守崖山的张世杰、陆秀夫等人，文天祥出示此诗以明志。

这首诗不仅仅是文天祥气贯长虹的表达，更是启迪无数后人的名篇。全诗从个人经历出发，联系国家和个人的变化，描述现在和过往不同的境遇和心情，最后发出表露心志的呐喊。名句“人生自古谁无死，留取丹心照汗青”，激励了一代又一代人，众多仁人志士都受到这句诗的鼓励，投身到爱国主义事业中。

读《过零丁洋》有感

兵败成俘虏，不悔戴月星。
国破君流亡，名相似浮萍。
忧民心惶恐，过洋人零丁。
丹心不怕死，取义留汗青。

《中国诗词大会》（第六季）最简单一题

上一期的特别篇讲解了《中国诗词大会》（第六季）里的最难一题，《竹林七贤图》残卷《高逸图》衍生出来的一道与古画相关的诗词题。因为古画残卷、画面风格造成的难题，击败了百人团选手九十六人，让大家再次感受到中国诗词大会的超高水平，以及中国古典诗词的深厚底蕴。

而在《中国诗词大会》（第六季）第五场里面，则出现了本场比赛乃至整季比赛中最简单的一题。这道题目，不但场上的选手答对了，百人团选手也是全部答对，是整个第六季比赛中百人团表现最出色的一题。

这道题是一道诗词选择题，从三句诗词中选出表达节约粮食的一句，三个选项分别是：A“春种一粒粟，秋收万颗子”；B“谁知盘中餐，粒粒皆辛苦”；C“吏禄三百石，岁晏有余粮”。当时场上回答问题的选手是浙江大学的考古学女博士，她选择了答案B，很轻松地答对了。

因为这道题出现在个人追逐赛中，是要看百人团的成绩的，所以当主持人龙洋揭晓选手击败人数时，连蒙曼老师都发出了惊呼，这是本季百人团第一次拿下100分，也是整个第六季唯一的一次。

这三个选项中，“春种一粒粟，秋收万颗子”“谁知盘中餐，粒粒皆辛苦”两个选项，都出自唐代李绅的《悯农二首》。这两首相信大家都会背，是很多人小时候就学过的诗词，有的人可能平生学的第一首诗就是“锄禾日当午，汗滴禾下土。谁知盘中餐，粒粒皆辛苦。”

这两个选项也很容易理解：“春种一粒粟，秋收万颗子”，春天只要播下一粒种子，秋天就可收获很多粮食；“谁知盘中餐，粒粒皆辛苦”，有谁想到，我们碗中的米饭，一粒一粒都是农民辛苦劳动得来的呀？

“吏禄三百石，岁晏有余粮”则出自唐代白居易的《观刈麦》。白居易是杜甫之后又一位现实主义诗人，他写了很多关于底层人民、劳动人民的诗歌，《观刈麦》就是其中一首。“吏禄三百石，岁晏有余粮”这两句诗翻译过来的意思是，“一年领取薪俸三百石米，到了年底还有余粮”。

那么这样一比较下来，很显然，只有“谁知盘中餐，粒粒皆辛苦”这句诗，是在表达要节约粮食。

明　戴进　春耕图

当然，这道题目并不难，相信大家都能正确选择。但我们通过诗词大会的这道题需要认识到节约粮食是一个重要的主题，国家也多次强调要制止日常生活中的餐饮浪费现象。我们国家虽然是一个大国，物产丰富，但是在人均上还不是很富裕，节约是一种理念和一种价值观，需要大家贯彻到日常生活中。

"一粥一饭，当思来处不易；半丝半缕，恒念物力维艰。"厉行节俭是我们中华民族的传统美德，古人有很多诗词都写到这个方面，如今的我们应该好好地传承，并且发扬光大。

最后，针对这一题，我学郦波老师，口占一绝：

浪费粮食古人愁，
厉行节俭品格优。
百人答题百人对，
日常生活记心头。

蜀　相

唐·杜甫

丞相祠堂何处寻？锦官城外柏森森。
映阶碧草自春色，隔叶黄鹂空好音。
三顾频烦天下计，两朝开济老臣心。
出师未捷身先死，长使英雄泪满襟。

释义：

武侯诸葛亮的祠堂在哪里？就在成都城外那柏树茂密的地方。

碧草照映台阶自当显露春色，树上的黄鹂隔枝相对婉转鸣唱。

刘备三顾茅庐，问计于诸葛亮，诸葛亮辅佐两代君主，忠心耿耿。

可惜北伐还没有取得成功就去世了，这让后来的英雄不断为此感慨，泪湿衣襟！

赏析：

唐肃宗乾元二年（759）十二月，杜甫结束了为时四年寓居秦州、同谷（今甘肃省成县）的颠沛流离的生活，来到成都定居在浣花溪畔。这是他探访诸葛武侯祠后写下的千古绝唱，感人肺腑。

杜甫一直仰慕诸葛亮，写过很多相关诗篇。杜甫一生仕途坎坷，抱负无法施展。这时，安史之乱还没有平息，自己又报国无门。“出师未捷身先死，长使英雄泪满襟”不仅是对诸葛亮的惋惜，也是对自己的慨叹。

2017 年 8 月，我去成都的时候也到过武侯祠。丞相祠堂内外，依旧是树木森森，有阶前碧草，有幽幽鸟鸣。

读《蜀相》有感

诗圣有偶像，成都城外林。
探访蜀丞相，草春鹂空音。
三顾茅庐事，鞠躬尽瘁心。
未捷泪长流，英雄志难尽。

长 歌 行

汉·汉乐府

青青园中葵，朝露待日晞。
阳春布德泽，万物生光辉。
常恐秋节至，焜黄华叶衰。
百川东到海，何时复西归？
少壮不努力，老大徒伤悲！

释义：

园中的葵菜长得郁郁葱葱，晶莹的朝露等待阳光照耀。
春天给大地普施阳光雨露，万物生机盎然欣欣向荣。
时常恐惧秋天的来到，那时候树叶枯黄，百草凋零。
百川向东奔流，归入大海，什么时候才能向西返回？
年轻力壮的时候不奋发图强，等到老了，就只剩下悲伤了。

赏析：

乐府是自秦代开始设立的朝廷音乐机构，除了将文人歌功颂德的诗配乐演唱外，还担负采集民歌的任务，汉武帝时得到大规模的扩建。乐府将民谣、诗文配乐后，备朝廷祭祀或宴会时演奏之用。乐府搜集整理的诗歌，后世就叫“乐府诗”，简称“乐府”。

长歌行是指“长声歌咏”为曲调的自由式歌行体。唱人生而从园中葵开始，这在写法上被称作“托物起兴”。诗中还用了一连串的比喻。“少壮不努力，老大徒伤悲”现在多用来鼓励人们年轻时候要珍惜时间，趁早努力。

读《长歌行》有感

劝人惜时早努力，莫学园葵惧秋日。
可借朝露与春意，光辉伴随青春起。
水流向东不复西，莫待年老再嘘唏。

破阵子·为陈同甫赋壮词以寄之

宋·辛弃疾

醉里挑灯看剑，梦回吹角连营。八百里分麾下炙，五十弦翻塞外声，沙场秋点兵。

马作的卢飞快，弓如霹雳弦惊。了却君王天下事，赢得生前身后名。可怜白发生！

释义：

喝醉酒后，挑亮营帐里的油灯观看宝剑，梦中又回到了当年的军旅生活，连营内号角不停。把酒肉分给部下，乐器奏出的雄壮军乐响彻边塞，战士们在沙场上，等候作战。

战马像的卢马一样跑得飞快，弓箭离弦像惊雷一样震耳。我一心想替君主完成收复失地的大业，取得世代相传的美名。可惜现在年纪渐大，白发多生！

赏析：

辛弃疾出生时家乡历城（今山东济南）就已在金人统治下，他在青少年时期就立下了恢复中原的志向。公元1162年，他率领五十骑兵悄然潜入拥有五万士兵的金国军营，活捉叛徒张定国后直奔南宋朝廷。

回到南宋后，辛弃疾始终极力主张收复中原，却遭到排斥打击。他长期得不到任用，闲居近二十年。这首词是辛弃疾失意闲居信州（今江西上饶）时，写给另一位主战派官员陈亮的。

词的上阕充满激情和豪壮之感，回顾了自己抗击金兵的情景。下阕有些悲凉，表达了白发已生、中原未收的悲愤。辛弃疾醉里、梦中都不忘的爱国之志，在现实中却难以实现。

读《破阵子·为陈同甫赋壮词以寄之》有感

失意居信州，梦中归前线。将军醉看剑，兵士气正酣。
马弓向敌首，为君收复战。欲得世传名，发白志酬难。

使至塞上

唐·王维

单车欲问边，属国过居延。
征蓬出汉塞，归雁入胡天。
大漠孤烟直，长河落日圆。
萧关逢候骑，都护在燕然。

释义：

轻车简从去边关慰问，我要走到远在西北边塞的居延。
出临边塞像蓬草一样随风而去，北归大雁正翱翔胡地云天。
浩瀚的沙漠中，一道孤烟直上云霄，黄河边上落日浑圆。
在萧关遇到侦察骑兵，得知主帅尚在前线作战，还未归来。

赏析：

开元二十五年（737）春，河西节度使崔希逸在青涤西大破吐蕃军。王维以监察御史的身份出使凉州，出塞宣慰，察访军情，并任河西节度使判官。这首诗应作于此次出塞途中。

“大漠孤烟直，长河落日圆”成为边塞诗中的名句，写出了边塞的特色，地域辽阔、空旷荒凉的大漠里，一道狼烟直升入天，远处的落日显得格外圆，照耀着流淌的黄河。

不一样的景色，带给人不一样的感受。王维的诗多为田园诗，比较细腻，而这首边塞诗颇有悲壮之情，也显露出诗人的豁达情怀。

读《使至塞上》有感

出使西北慰将官，胡天风光入眼帘。
田园诗人写边塞，大漠长河有名篇。

次北固山下

唐·王湾

客路青山外，行舟绿水前。
潮平两岸阔，风正一帆悬。
海日生残夜，江春入旧年。
乡书何处达？归雁洛阳边。

释义：

旅客的道路在郁郁葱葱的山外，坐在船上，航行在绿水之间。
潮水大涨，江水与岸相平，江面十分开阔，高挂的船帆被风吹行。
旭日从夜幕中冉冉升起，虽然还是旧年，但江南已有了春天的气息。
我想寄一封家书，北去的大雁啊，请帮我捎到洛阳那边吧！

赏析：

王湾是洛阳人，这首诗是一年冬末春初，王湾沿江东行途中泊舟于北固山下时有感而作的。诗中点明了客路和行舟的处境，写了眼前的景色，表达了思乡之情。

“海日生残夜，江春入旧年”是脍炙人口的一联，表现了时间变化和新旧交替的自然规律，给人积极向上的力量。

北固山就在我的家乡江苏镇江。小时候，我常常去北固山，这里景色优美，古迹众多。不过，你今天到北固山的话，已经看不到王湾所描述的壮阔景观了，因为隋唐时期镇江段长江江面宽 40 多里，清代以后由于江滩泥沙淤积，江岸北移，江面逐渐变窄了。

读《次北固山下》有感

冬末旅江近年关，青山绿水向江南。
平野开阔春潮涌，大江浩渺一船悬。
残夜将尽红日升，春意渐生去旧年。
故乡亲人思念起，传书洛阳托归雁。

明　沈周　雨江名胜图

赠 花 卿

唐·杜甫

锦城丝管日纷纷，半入江风半入云。
此曲只应天上有，人间能得几回闻。

释义：

锦官城里每日响起悠扬的音乐，一半随着江风飘去，一半飘入了云端。这样的乐曲应该是天上才有的仙乐，人世间芸芸众生能听见几回呢？

赏析：

这首诗从表面看来是赞美乐曲的，但联系杜甫将这首诗送给的花卿，就别有意味了。

花卿即花敬定，唐朝武将。上元二年（761），梓州刺史段子璋叛乱，花敬定平叛立功，但他居功自傲，目无朝廷，僭用天子音乐。杜甫赠此诗予以委婉的讽刺。

杜甫没有直接出言指责，而是采取了一语双关的手法：一方面肯定花敬定所赏音乐的水平很高；另一方面指出作为武将沉迷舞乐、不思操练兵马，是非常不对的。

如今，“此曲只应天上有，人间能得几回闻”常常被用来称赞音乐或者歌曲的美妙和无与伦比。

读《赠花卿》有感

武将不练兵，花卿听舞乐。
未登天子堂，古今意已别。

送　友　人

唐・李白

青山横北郭，白水绕东城。
此地一为别，孤蓬万里征。
浮云游子意，落日故人情。
挥手自兹去，萧萧班马鸣。

释义：

青翠的山峦横卧在城的北面，波光粼粼的流水围绕着城的东边。

在这里我们相互道别，你就像孤蓬那样随风飘荡，要到万里之外去了。

浮云像游子一样漂泊不定，夕阳不舍下山，像故人一样有所留恋。

我们离别时，频频挥手，分别的马儿也声声嘶鸣，好像不舍分开。

赏析：

这首《送友人》是李白送别诗的代表作，情意深长，通过对送别环境的描写和对气氛的渲染，表达出浓浓的惜别之情。

首联写告别的地点，“青山”和“白水”颜色亮丽，“横”写山的静态，“绕”写水的动态，“北郭”和“东城”相对应。颔联以孤蓬作比，显示离别之后友人前往的路途遥远。颈联“浮云游子意，落日故人情”是最著名的一句，用“浮云”形容友人未来的漂泊，用“落日”体现自己不舍离别的心情，情景交融，扣人心弦。尾联中的“萧萧班马鸣”出自《诗经・车攻》“萧萧马鸣”。值得注意的是，这里的“班马”是指离群的马。李白和友人挥手告别，两匹马也似乎与主人一样不舍离别，因而发出长鸣。

读《送友人》有感

浮云落日下，友人欲离家。
青山白水城，萧萧离群马。

渡　汉　江

唐 · 宋之问

岭外音书断，经冬复历春。
近乡情更怯，不敢问来人。

释义：

客居岭外与家里的音信断绝了，经过了冬天又到了春天。
离故乡越近心中就越胆怯，不敢向人询问家中的情况。

赏析：

汉江是长江最大的支流，源出陕西，经湖北流入长江。诗人在渡过汉江临近家乡的时候，写下了这首诗。

这首诗写思乡情切，近乡情怯。“近乡情更怯，不敢问来人”一句，真实反映了诗人久别还乡，既激动又复杂的心情，看似矛盾，却思之有理。

宋之问年少时就很有才华，进士出身，后来为官。一次，武则天游洛阳龙门，“命群官赋诗，先成者赐以锦袍”。宋之问因诗作出众，获赐锦袍，留下文坛佳话“龙门夺袍”。但宋之问趋炎附势，还曾卖友求荣，甚至“因诗杀亲”，竟因一首诗害死了外甥刘希夷。

读《渡汉江》有感

年少有才华，武后赐锦袍。
舅争甥名句，人品不见高。

除　夜　作

唐·高适

旅馆寒灯独不眠，客心何事转凄然。
故乡今夜思千里，霜鬓明朝又一年。

释义：

旅馆里的灯光透着凄冷，映照着孤独不能入眠的客人，这孤独的旅人是为了什么事情而倍感凄然呢？

想来，故乡的亲人今夜一定在思念远在千里之外的我，我的鬓发已经变得斑白，等到了明天就又老了一岁。

赏析：

除夜作，顾名思义是写在除夕夜的诗作。作为著名边塞诗人，高适与岑参并称“高岑”，与岑参、王昌龄、王之涣合称“边塞四诗人”。其诗风格大多雄浑豪放，这首《除夜作》却写得平易自然，从眼前景色写出自己在除夕夜的平常感受，把游子在外过年的真实感受写得淋漓尽致，十分感人。

除夕夜是阖家团圆、辞旧迎新的日子，高适这时却身处旅馆，远离家人，面对冷清的灯火，孤独而难以入眠。后面采用自问自答的形式：什么事情让客人感受凄凉呢？原来是家乡的人在思念我啊！最后，再一次突出除夕这个时间节点，到了明天就又老了一岁了。新的一年，思乡愁苦，又要增添白发了……

读《除夜作》有感

除夕夜客居，凄清冷孤独。
千里思亲人，白发添岁诉。

蝉

唐 · 虞世南

垂緌饮清露，流响出疏桐。
居高声自远，非是藉秋风。

释义：

蝉垂下的触角像帽缨一样，吸吮着清澈的露水，从稀疏梧桐树的枝叶间不断传出蝉鸣声。

正是因为身在高处，蝉鸣声才能传得很远，并不是单单借了秋风的外力。

赏析：

唐太宗时期，虞世南任弘文馆学士，成为重臣，深得唐太宗赏识。一天，唐太宗邀请弘文馆学士们共赏海池景色，谈诗论画，并询问大家是否有新的诗歌作品，虞世南便诵读出该诗。

这首咏物诗充满浓郁的象征性，表面看是咏物，诗句写了蝉的形体、习性和声音，实则咏人，诗人暗示自己的品行像蝉一样高洁清远。

虞世南作为唐贞观年间“凌烟阁二十四功臣”之一，不仅博学多才，还敢于直言进谏，常与唐太宗谈论历代帝王为政得失，为“贞观之治”做出独特贡献。为此，唐太宗称他有“五绝”（德行、忠直、博学、文辞、书翰），并赞叹：“群臣皆如虞世南，天下何忧不理！”

读《蝉》有感

五绝皆有成，凌烟阁上臣。
蝉鸣声传远，品洁立自身。

送柴侍御

唐·王昌龄

沅水通波接武冈，送君不觉有离伤。
青山一道同云雨，明月何曾是两乡。

释义：

沅江四处水路相通连接着武冈，送你离开没有感觉到悲伤。

两地青山可以看到一样的云彩，感受一样的雨露，看着同一轮明月，又何曾身处两地呢？

赏析：

王昌龄担任过江宁丞，世称“王江宁”，后来被贬为龙标尉，故又称“王龙标”。从时间上推测，这首诗是王昌龄被贬到龙标（今湖南省洪江市）期间所作。柴侍御应是王昌龄的友人，生平不详。侍御，即侍御史，唐代官名。这位柴侍御将要从龙标前往武冈，诗人写下这首诗为他送行。

古人的送别诗，大多凄楚伤情，感情基调比较悲伤、哀怨。而王昌龄的这首送别诗却向友人传递出一种乐观开朗的情怀。送别时候，“不觉有离伤”，明月照耀之下，“何曾是两乡”，用诗词来安慰柴侍御的离愁。

在抗击新冠肺炎疫情中，“青山一道同云雨，明月何曾是两乡”常常被引用，还曾被印到防疫物资的包装上，用来鼓励不同地域的人们同舟共济，抗击病毒。

读《送柴侍御》有感

七绝圣手贬龙标，送友武冈路不遥。
共享云雨与明月，送别不伤意更高。

贫　交　行

唐·杜甫

翻手作云覆手雨，纷纷轻薄何须数。
君不见管鲍贫时交，此道今人弃如土。

释义：

富贵之交总是在翻手覆手之间，忽云忽雨，反复无常，轻薄之辈却纷纷追随，无法计数。

你没有发现吗？现在世人已经把管仲、鲍叔牙那种贫贱不移的深厚交情如尘土一般抛弃了。

赏析：

此诗大约作于唐玄宗天宝年间。杜甫官场不得志，又目睹了上层社会的奢靡，感受到世态炎凉、人情反复的滋味，愤而写下此诗。

成语“翻云覆雨”就出自这首诗。开篇用翻手覆手、忽云忽雨来形容人情变化迅速无常。之后，诗人对人情淡薄之辈表达了鄙夷和愤慨之情。接着，诗人回忆起古代著名的两位朋友——管仲和鲍叔牙贫贱不移的友谊，可惜的是这样珍贵的友情已被“今人”如尘土般抛弃。

这首诗蕴含了非常强烈的情感，通过夸张、比喻、正反对比，反复突出自己的观点，吐露出诗人心中的愤怒、不满，以及辛酸。

读《贫交行》有感

翻云覆雨手，炎凉情难受。
贫贱不相移，人心可知否？

赠孟浩然

唐·李白

吾爱孟夫子，风流天下闻。
红颜弃轩冕，白首卧松云。
醉月频中圣，迷花不事君。
高山安可仰，徒此揖清芬。

释义：

我敬重孟浩然的为人潇洒，他风流倜傥，天下闻名。
少年时不求当官，不走仕途，年老时仍在山间云中逍遥自在。
常常在月下喝酒，醉倒而归，不事君王，沉醉于自然美景。
品格如高山，如何能仰望？只有向您清高的人品作揖致敬了！

赏析：

此诗大致写在李白寓居湖北安陆时期（727—736），此时他与比自己年长十二岁的孟浩然结下了深厚友谊。

李白开篇就毫不隐讳地表达了对孟浩然的赞美之情，之后写孟浩然的风流生活和人生经历，最后表达自己"高山仰止"的赞叹。全诗赞美孟浩然的人品和才华，同时也抒发了自己对孟浩然的仰慕和崇拜。

李白的律诗常常不屑为格律所拘束，而是追求古体的自然流走之势，直抒胸臆，透出一股飘逸之气。这一点在我不成熟的创作过程中也有所感悟，如果一味追求格律，反而感觉会限制自己的表达。当然，我要学习的还有很多。

读《赠孟浩然》有感

诗仙有偶像，品格受敬仰。
名篇赠前辈，高风气自昂。

《中国诗词大会》（第六季）考题中的建德江

现在来讲讲在《中国诗词大会》（第六季）上多次出现的建德江。

在《中国诗词大会》（第六季）第六场的比赛中，图画线索题第一道题的答案就是“野旷天低树，江清月近人”。

每一季康震老师作画出题的环节，都会受到大家的喜欢和关注。第六季的图画线索题，不仅数量比之前多了，还综合成了一个大主题，比如“江河湖海”“花鸟鱼虫”“春夏秋冬”等。关于建德江的题目，也不是第一次考到了。建德江指今浙江钱塘江上游建德市段。

在第三场的比赛中，先有一道身临其境题，康震老师坐着摇橹船，来到新安江上游，这里有一座著名的水坝，叫作“渔梁坝”。渔梁坝建于唐代，距今已有近 1400 年的历史，有“江南都江堰”的美誉。

渔梁坝由数吨花岗岩砌成，是全国重点文物保护单位。据说，当年徽商最兴盛之时，码头上时常停靠着 300 余艘大小船只，挑夫与商人穿梭在码头和商船之间，十分繁华。明清时期的徽商，如“红顶商人”胡雪岩、“以布衣上交天子”的江春等，由此登船，经商发家，这里足可称得上是“徽商之源”。

渔梁坝附近还有一座紫阳书院，自然与人文荟萃。“紫阳”是宋代理学大师朱熹的号，书院名为“紫阳”是为了纪念朱熹和尊崇理学。

康震老师出题：“哪一联诗写的渔梁坝?”三个选项分别是：A“水落鱼梁浅，天寒梦泽深”；B“路当歙县境，水是浙江源”；C“山寺钟鸣昼已

昏，渔梁渡头争渡喧”。正确答案是 B。选项 A 出自孟浩然《与诸子登岘山》，诗中的“鱼梁”指的是湖北襄阳的鱼梁洲。选项 C 出自孟浩然《夜归鹿门歌》，也是湖北襄阳的鱼梁洲。选项 B 出自明代诗人程敏政《渔梁坝登舟至浦口初闻雷饯者相贺》，作者从渔梁坝这里上船，前往 8 里外的浦口。

接着是一道与文物古画相关的知识题：“元代画家黄公望绘制过千古名画《富春山居图》，画中的江是哪一联诗句吟咏的？”三个选项分别是：A“孤舟蓑笠翁，独钓寒江雪”；B“野旷天低树，江清月近人”；C“江流天地外，山色有无中”。正确答案是 B。

富春江和建德江有什么关系呢？从新安江走到富春江，要经过建德。建德这一段江，被称作建德江。新安江、建德江、富春江、钱塘江，是同一条江流的不同段落，统称为浙江。

选项 A 出自柳宗元的《江雪》，是柳宗元被贬到湖南永州的时候写的湖南的湘江。选项 C 出自王维的《汉江临眺》，写的是汉江。

《富春山居图》被誉为“画中之兰亭”，属国宝级文物，历史上差一点被焚毁，目前被分为两卷，前半卷《剩山图》收藏于浙江省博物馆，后半卷《无用师卷》现藏于台北故宫博物院。2011 年 6 月，前后两卷在台北故宫博物院首次合璧展出。

中国的历史文化源远流长，与建德江相关的故事就有这么多。正所谓：

主题绘画猜诗句，
建德江上聊典故。
浙江一段名称多，
古迹名画难题出。

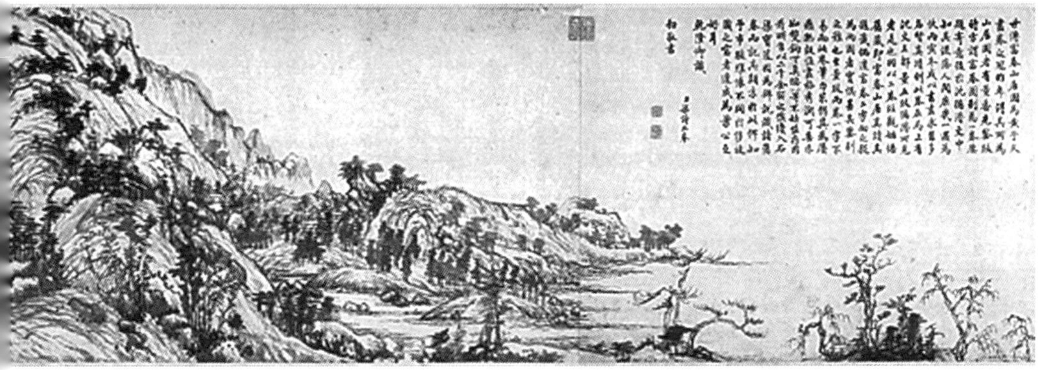

元　黄公望　富春山居图（局部）

江南逢李龟年

唐·杜甫

岐王宅里寻常见，崔九堂前几度闻。
正是江南好风景，落花时节又逢君。

释义：

想当年我们经常在岐王与崔九家中相见，常常听到你的歌声。
现在正是江南风景美好的时候，在这暮春季节再次遇见了你。

赏析：

安史之乱后，杜甫漂泊到江南（唐朝的江南在今湖南省；唐朝的江左在今江南地区）一带，和流落江南的宫廷歌唱家李龟年重逢，回忆往事感慨万千，从而写下这首诗。

李龟年，唐朝著名音乐家，被后人誉为“唐代乐圣”。他不仅擅长唱歌，还擅吹筚篥，擅奏羯鼓，也长于作曲等。和李彭年、李鹤年兄弟创作的《渭川曲》特别受唐玄宗的赏识。

杜甫少年时才华卓著，常出入于岐王李范和中书监崔涤家中，因而得以欣赏李龟年高超的歌唱艺术。前两句回忆旧日时光，后两句述说今日之情，这次的重逢，其中间隔的是几十年的家国变化和人生变迁，言语虽然平淡，却内含丰富的情感。

读《江南逢李龟年》有感

歌者当年红极时，如今颠沛流离失。
江南落花又重逢，思及往昔叹旧事。

送　　别

唐·王维

下马饮君酒，问君何所之？
君言不得意，归卧南山陲。
但去莫复问，白云无尽时。

释义：

分别之前，请你下马喝一杯，想问问朋友你要去往哪里？
你说因为生活不得意，要回乡隐居在终南山旁。
那就去吧，我不会再追问，那里的天空，有绵延不尽的白云。

赏析：

这首诗写的是王维送友人归隐，送的是什么人呢，王维并没有说，但是诗句描绘出一幅生动的送别场景。

可以看出，两个人的感情很好，先是饮酒作别，之后王维才问友人要去何处。友人应该有很多话要说，但只用三个字概括——“不得意”。可见，友人的隐居是不得已的，有一些不满和失意的情绪，所以选择了去终南山边隐居。王维不再追问原因，而是安慰好友不要再挂念俗世的烦恼，隐居之后，可与山中的白云相伴。前几句实写送别的场面，最后一句虚写想象中的景象，别有韵味。

读《送别》有感

送君去南山，禅意随性缘。
饮酒话离别，白云来相伴。

晚　　春

唐·韩愈

草树知春不久归，百般红紫斗芳菲。
杨花榆荚无才思，惟解漫天作雪飞。

释义：

花草树木得知春天不久就要离去，为了留住春天的脚步，竞相吐艳争芳，霎时万紫千红，繁花似锦。

可怜杨花榆钱没有艳丽姿色，又缺少才华，只知道随风飘荡，如片片雪花。

赏析：

此诗为《游城南十六首》中的一首，这首诗最大的特点就是充分运用了拟人的手法。草木随季节的变化繁茂或枯败，应该是正常的自然景象。而诗人在这里认为草木有各自不同的想法：春天即将离开，草木却各出奇招希望留住春天，百花争奇斗艳；杨花榆荚略逊才思，只能像雪花一般漫天飞舞，显示自己在春天的存在。“知”“斗”“才思”“解”都是将草木赋予了生命，诗人在大胆想象中不失幽默。

后两句，不同人有不同的理解，不同的心情会有不同的感悟。但在韩愈看来，只要能为春天添上一景，那么都是值得肯定的。

读《晚春》有感

暮春草木不愿消，百花春景哪肯凋？
杨花榆荚漫天雪，幽默谐趣诗中找。

登　科　后

唐·孟郊

昔日龌龊不足夸，今朝放荡思无涯。
春风得意马蹄疾，一日看尽长安花。

释义：

以往不如意的处境再也不值一提，今日登科令人神采飞扬，兴致高涨。

沐浴着春风，得意地纵马奔驰，感觉好像一天就能看完长安如花的繁华。

赏析：

唐贞元十二年（796），46 岁的孟郊奉母命第三次赴京科考，这一次终于进士及第。这首诗就是孟郊在放榜之日怀着无比激动的心情写下的。

为什么孟郊这么开心呢？这还要从他的前半生说起。孟郊家中并不富裕，父亲早亡。《新唐书·孟郊传》中说："少隐嵩山，性介，少谐合。"他性格孤僻，不善与人交往。贞元九年（793），孟郊第二次科举落第，甚至写下了"死辱片时痛，生辱长年羞"的诗句。

诗人这次高中，仿佛一下子从之前的郁闷中摆脱了出来，登上了欢乐的顶峰。所以，"昔日龌龊"不值一提，现在终于扬眉吐气了，纵马长安，心中也自然畅快。"春风得意马蹄疾，一日看尽长安花"常被人们引用在发生好事的时候。"春风得意"和"走马观花"两个成语也出自这首诗，但往往具有贬义色彩。

读《登科后》有感

金榜题名时，走马观花日。
潦倒从此别，春风且得意。

乌　衣　巷

唐·刘禹锡

朱雀桥边野草花，乌衣巷口夕阳斜。
旧时王谢堂前燕，飞入寻常百姓家。

释义：

朱雀桥边已经荒凉，野花开在野草中，乌衣巷口只有断壁残垣，夕阳斜照。

当年王导、谢安家屋檐下的燕子，如今已飞进寻常百姓的家中。

赏析：

这首诗是刘禹锡的名篇，诗中描写了金陵城的景象，以朱雀桥、乌衣巷作比，抒发对历史变迁、世事兴衰的感慨，进而引发读者心中无限的感怀。

然而，刘禹锡写这首诗的时候并未去过金陵，非现场所作。但他一直对六朝古都怀着憧憬，当友人将其写的五首咏金陵古迹的诗给他看时，他便乘兴和了五首，是为《金陵五题》。这样的神奇之举，真是令人赞叹。

乌衣巷是晋代王、谢两家豪门大族的宅第，东晋开国元勋王导和指挥淝水之战的谢安都住在这里。两族子弟都喜欢穿乌衣以显身份尊贵，“乌衣巷”因此得名。朱雀桥是东晋时建在内秦淮河上的一座浮桥。

直到今天，乌衣巷、朱雀桥仍是南京秦淮河畔的著名景点。

读《乌衣巷》有感

旧时秦淮繁华景，王谢世家已曾经。
野草夕阳燕归来，沧海世事多无定。

八　阵　图

唐·杜甫

功盖三分国，名成八阵图。
江流石不转，遗恨失吞吴。

释义：

三国鼎立，是你的盖世功绩，创造的八阵图阵法，成就了你的声名。任凭江流冲击，石头却依然如故，千年遗恨，在于刘备攻吴的失策。

赏析：

这首诗应该是杜甫在唐代宗大历元年（766）夏迁居夔州后所作。夔州有武侯庙，江边有八阵图，传说为三国时诸葛亮所遗。“八阵图”，指由天、地、风、云、龙、虎、鸟、蛇八种阵势所组成的军事操练和作战的阵图，传说由诸葛亮推演兵法所成。

诗中前两句描述历史史实，从而肯定诸葛亮的丰功伟绩，后两句感慨八阵图遗址，进而抒发大业未成的千古遗恨。全诗言语朴实，情感浓郁，给人一种几百年后遗恨未绝的感受。

当然，杜甫在写诸葛亮的“遗恨”，为诸葛亮惋惜的同时，难免也会掺杂自身壮志未酬的感怀。

读《八阵图》有感

孔明留阵于此处，陆逊被困无从出。
若能劝得玄德听，夷陵避火不输吴。

终南别业

唐·王维

中岁颇好道，晚家南山陲。
兴来每独往，胜事空自知。
行到水穷处，坐看云起时。
偶然值林叟，谈笑无还期。

释义：

中年以后求道之心更加浓厚了，直到晚年才安家终南山边。
兴致来了，常独来独往去游玩，快乐的事情只有我自己知道。
走到水的尽头，就停留一下，坐看云雾升起，也很悠闲。
偶然在林间遇到个老叟，和他谈笑聊天常忘了回家的时间。

赏析：

王维有“诗佛”的美誉，这首《终南别业》是公认的禅诗，诗中处处有禅意。“行到水穷处，坐看云起时”是诗中名句。

此诗应是王维晚年的作品。晚年的王维官至尚书右丞，对仕途的艰险、政局的变化有清醒的认识。所以他吃斋奉佛，归隐南山，想要摆脱尘世的烦扰。

诗句开头就表示诗人中年时就开始信奉佛教，晚年在终南山边安家。之后，没有描绘终南山具体的景物，而是重在表现其隐居生活的悠然自得和心境感受。最后，写自己偶然与山中人物的相遇。在这里，没有世俗的烦恼，人们也不用勾心斗角，有的是相谈甚欢的快乐和闲适的心情。

读《终南别业》有感

终南山下好安家，水穷云起且坐下。
摩诘山中寄故人，谈笑忘归亦豁达。

宿建德江

唐·孟浩然

移舟泊烟渚，日暮客愁新。
野旷天低树，江清月近人。

释义：

烟雾弥漫，把船停泊在江中的沙洲旁，看着日落，新愁又涌上了心头。

原野空旷，一望无边，远处天空显得比近处树木还要低，江水清清映照着明月，显得与人的距离更近了。

赏析：

唐玄宗开元十八年（730），孟浩然离开家乡赶赴洛阳，之后因为仕途不得志，前往吴越之地游览。《宿建德江》应该就是这个时候写的。

旅途劳顿，停舟休息，诗人看着暮色渐近，又增添了新的愁思。愁什么呢？也许是对过往不如意的感慨，也许是对前路未知的惆怅。诗人没有展开叙述，而是笔锋一转，开始描写眼前的景色。

“野旷天低树，江清月近人”勾勒出的不仅是秋江暮色，还给人一种冷清之感，虽不说愁，但也映衬了愁思。

读《宿建德江》有感

漂流在船岸边移，夜宿江上静休憩。
野旷无际树近天，月印江水心愁思。

金陵酒肆留别

唐·李白

风吹柳花满店香，吴姬压酒劝客尝。
金陵子弟来相送，欲行不行各尽觞。
请君试问东流水，别意与之谁短长？

释义：

春风吹起柳絮，酒店飘满酒香，侍女取出美酒，劝我多喝一点。
金陵年轻朋友纷纷赶来相送。想走不让走，各自畅饮酒。
请你问问东流的江水，我们之间离别的情意和它比谁短谁长？

赏析：

25岁的李白出蜀游历，初游金陵（今江苏南京）。那时的李白意气风发，在金陵停留期间认识了很多朋友。有资料显示，这一时期的李白，常和朋友们聚会游乐，城中走马，秦淮游船。

诗人离开金陵，临行之际，朋友为李白送行。我们都知道，李白好酒，送别的地点选择了酒肆。即将与朋友别离的李白，自然作诗相送。

这首诗没有什么离愁别绪，有的只是热情洋溢。看得出来，李白与金陵友人情谊深厚。有美酒，有好友，有豪情，此时的李白很年轻，朋友们应该也都年纪不大，虽然是送行，但是大家都很高兴，饮酒尽意，离别尽兴。

读《金陵酒肆留别》有感

太白欲离别，众人来相送。
持觞问流水，别意柳絮风。

逢入京使

唐·岑参

故园东望路漫漫，双袖龙钟泪不干。
马上相逢无纸笔，凭君传语报平安。

释义：

向东遥望长安，家园路途遥远，眼泪流淌不停，把双袖都弄湿了。

马上匆匆相逢，没有携带纸笔，无法写书信，只有托你捎个口信，给家人报平安。

赏析：

这是一首特别的边塞诗。盛唐的边塞诗空前繁荣，就连擅田园诗的王维、常写实的杜甫也有不少边塞诗作存世。边塞诗多以边疆地区军民生活和自然风光为题材，而岑参的这首诗却与众不同，没有着墨于塞上景色，只写了自己的感受和与入京使者相遇的情景。

据《岑参诗集编年笺注》岑参年谱，此诗应作于天宝八年（749）诗人赴安西上任途中。此时诗人 34 岁，前半生功名不如意，无奈之下，出塞任职。他告别了在长安的妻子，跃马踏上漫漫征途，西出阳关，奔赴安西。

古时从中原前往边塞地区不是一件容易的事情，岑参不知走了多久，也不知道前路还有多远，回望长安，泪湿衣衫。遇到了使者，又无纸笔，只能为家人传个口信。这首诗，反映了诗人既渴望建功立业又思念家中亲人的矛盾心情。

读《逢入京使》有感

西北边疆行，牵挂家人心。
相逢无留字，入京传口信。

题乌江亭

唐·杜牧

胜败兵家事不期，包羞忍耻是男儿。
江东子弟多才俊，卷土重来未可知。

释义：

胜败乃兵家常事，难以预料，能够接受失败、忍受耻辱的才是真正的男儿。

江东子弟大多才能出众，若能重整旗鼓卷土再来，楚汉相争的结局，输赢还很难说。

赏析：

这首诗和前面的《赤壁》一样，是杜牧的咏史诗代表作，是杜牧于会昌元年（841）赴任池州刺史路过乌江亭时所写。

杜牧通过眼前的历史景点引发思绪，分析英雄人物成败因由，发表自己对历史事件不一样的看法。一般的诗人咏史，大多是根据史实来称颂成功者、评价失败者，而杜牧一反常态，经常提出不同的观点。如《赤壁》中“东风不与周郎便，铜雀春深锁二乔”，《题商山四皓庙》中“南军不袒左边袖，四老安刘是灭刘”。

也许正是这样相反的观点，才让人们记住了杜牧的咏史诗。我最近常读历史，也会为一些历史人物的遭遇感到惋惜，会遐想，如果怎样将会如何。读杜牧的诗，能感受不一样的品史角度，容易产生共鸣。

读《题乌江亭》有感

乌江亭前思，霸王自刎惜。
江东子弟多，再战未可知。

食　荔　枝

宋·苏轼

罗浮山下四时春，卢橘杨梅次第新。
日啖荔枝三百颗，不辞长作岭南人。

释义：

罗浮山下的四季都像春天一样，枇杷和杨梅天天都有新鲜的。
如果每天能吃到三百颗荔枝，我都愿意一直留在岭南了。

赏析：

苏轼不仅是著名的书画家、诗词大家，同时也是一个美食家，东坡先生在作品里写过河豚、猪肉、馓子、豆粥、菜羹、鲈鱼等。如果东坡先生生活在现在，估计他自己就能拍一部《舌尖上的中国》。

苏轼的品位很好，才情也高，就是做官做得不太顺利，屡遭贬谪。绍圣元年（1094）六月，他被贬为宁远军节度副使，贬至惠州（今广东惠州）。现在的广东经济发达，而岭南两广一带在宋时为蛮荒之地。

苏轼没有哀怨沉沦，在这首诗中，他依然表现得乐观旷达、随遇而安，甚至还表达了对岭南风物的热爱之情。在惠州期间，苏轼也没有消极怠工，而是利用自己的名气与声望为惠州做了不少实事，受到百姓称赞。

读《食荔枝》有感

一再贬谪至惠州，天生豁达岭南走。
安心居处有美食，超然物外自看透。

赏 牡 丹

唐 · 刘禹锡

庭前芍药妖无格，池上芙蕖净少情。
唯有牡丹真国色，花开时节动京城。

释义：

庭前的芍药妖娆艳丽却缺乏“骨格”，池中的荷花清雅洁净却缺少情韵。

只有牡丹才是真正的天香国色，开花的季节引得无数的人来欣赏，震动了整个京城。

赏析：

在我国，雍容华贵、国色天香、寓意吉祥富贵的牡丹有“花王”之称。唐朝时，人们便视牡丹为珍品。刘禹锡这首诗就写出了唐人赏牡丹的盛况。

题为《赏牡丹》，开始却不提牡丹，诗中共写了三种名花，诗人用了比较和先抑后扬的手法，先是点出芍药和芙蕖的缺点作为铺垫，接着突出牡丹的“真国色”，并用开花时引来无数赏花者进一步印证自己的观点。

通过对比不难看出，刘禹锡认为牡丹兼具妖、格、净、情四种资质，可谓花中之最美。

读《赏牡丹》有感

芍药缺骨格，荷花少情韵。
牡丹一旦开，长安引人来。

明 徐渭 水墨牡丹图

“大浪淘沙”中的“羽毛”与少年团的团灭

这一期的特别篇，我给大家讲一讲一根飘荡在“大浪淘沙”中，让少年团团灭的“羽毛”。

《中国诗词大会》（第六季）和之前相比有很多变化，其中“大浪淘沙”就是一个全新的环节。在每一场节目的开始，由主持人龙洋和两位嘉宾老师向百人团出四道题目，包括读音题、释义题和物品选择题。百人团要在很短的时间内回答，四道题全部回答正确的，才有机会走上舞台。

大家在看节目的时候，看着电视上的字幕，也许觉得这些题目都不难。而在实际比赛中，“大浪淘沙”这一类题目还是具有一定难度的。因为现场是没有字幕的，要听着出题人朗读的题目，然后快速进行答案分析，然后提交答案，这中间其实有着很大的不确定性。

《中国诗词大会》（第六季）第七场的“大浪淘沙”，第一题是：“从两个选项中选择读音正确的。A‘爱上层楼，为赋新词强（qiǎng）说愁’，B‘爱上层楼，为赋新词强（qiáng）说愁’。”这道题目只有51人答对。这是第六季比赛中，“大浪淘沙”第一题答错最多的一次。这题其实有点现场原因，有很多人没有听清题目。蒙曼老师在解说中表示，这里考核的是勉强和强硬的区别，答案应该是A，意思是勉强在说愁。

第二题是：“杜甫诗中称赞诸葛亮‘万古云霄一羽毛’，其中的‘羽毛’是什么？A‘飞鸟’，B‘羽扇’。”这道题目百人团选手有45人答错。大部分人选择了“羽扇”，而正确答案应该是“飞鸟”。之后郦波老师在解释中认为这道题目大家都被电视剧误导了，这里的“羽毛”并不是大家在电视剧《三国演义》里看到的诸葛亮手里不离的羽扇。很多学者都认为这里的“羽毛”是指云霄中的鸾凤，用以表达诸葛亮的不同凡响。

这个时候场上就只剩下6名选手了，而后面两道题目则相对比较简单。

第三题是：“李白诗中‘脚著谢公屐’的谢公屐，其功能最接近现在的哪种鞋子？A‘拖鞋’，B‘登山鞋’。”答案是B“登山鞋”。谢公屐是南朝宋诗人谢灵运发明的一种鞋子，谢灵运平时喜欢游山玩水，所以他发明了这种特殊的鞋子。谢公屐鞋底装了两个木齿，上山去前齿，下山去后齿，爬山的时候十分方便。

第四题是：“白居易诗句中‘胡麻饼样学京都，面脆油香新出炉’的

‘胡麻饼’，与哪一项更接近？A‘煎堆’，B‘芝麻饼’。”这道题目就更简单了，几乎没有什么悬念，答案是“芝麻饼”。

第六季诗词大会中考到了很多与食品有关的题目，特别是“煎堆”，考到了好几次。就像很多食物在中国不同的地方有着不一样的名字一样，“煎堆”在不同的地方叫法也不同，镇江这里叫“麻团”。有一次，康震老师还特意就“麻团”和“煎堆”的区别阐述了一番。

由于第一题的特殊情况和第二题大家被“羽毛”的误导，现场出现了第六季比赛中少年团唯一的一次团灭，青年团、百行团和家庭团各有两名选手留下。

让我印象最深的是青年团的吴幽，她是一位高三的大姐姐，参加这个比赛非常不容易，因为她是一位盲人。参加这次中国诗词大会，给我最深刻的感受就是，不管是诗词学习还是其他的学习，都要注重细节，这样才能学得扎实。而在吴幽身上，我更是感受到了什么是“宝剑锋从磨砺出，梅花香自苦寒来”。她看不见诗文，但通过摸盲文也能将诗词学得很好。后来她也登上了舞台，在诗词答题中表现得非常好。

不管是身处什么样的逆境，遭遇什么样的困难，只要我们自己不放弃，那么心中的希望就一定会实现。

希望我对诗词的解读可以继续陪伴大家，让我们不断努力，与诗词共同成长。

大浪淘沙新创意，
少年团灭遇难题。
云霄羽毛非羽扇，
逆境顺境应努力。

自　遣

唐·罗隐

得即高歌失即休，多愁多恨亦悠悠。
今朝有酒今朝醉，明日愁来明日愁。

释义：

得到的时候就放声高歌，失去的时候就由他去吧，虽有很多愁恨，但一样可以很悠闲。

今天有酒就今天喝到醉，明日的忧愁就等到明天再考虑吧。

赏析：

自遣，意味自己排遣愁闷、宽慰自己，这首诗也就是自己写给自己的诗。唐诗中有多篇以“自遣”为题的作品，比较有名的有李白的《自遣》：“对酒不觉暝，落花盈我衣。醉起步溪月，鸟还人亦稀。”

罗隐生活在晚唐时期，这个时代不管是政治还是社会层面，都不能比肩盛唐和中唐时期。加上罗隐仕途坎坷，十举进士而不第，心情自然不会好。他的作品常常以激愤的心情、锐利的笔锋揭露现实的丑恶，批判政治的腐败，抒发胸中的愤懑。

罗隐的“愁”和“恨”，一方面是对自身境遇的感慨，另一方面也抒写了社会之愁和家国之愁，不管是前者还是后者，都是诗人自己很难解决的。所以只能考虑眼前，今天先把自己喝醉了吧，明天的事情留到明天再说。

读《自遣》有感

一生坎坷不得志，十举进士也不第。
怀才不遇亦高歌，有酒且饮忘愁意。

望洞庭湖赠张丞相

唐 · 孟浩然

八月湖水平，涵虚混太清。
气蒸云梦泽，波撼岳阳城。
欲济无舟楫，端居耻圣明。
坐观垂钓者，徒有羡鱼情。

释义：

八月的湖水水位很高，几乎与岸持平，水天含混迷茫，浑然一体。
云梦泽水汽蒸腾白茫茫一片，汹涌波涛似乎把岳阳城都撼动了。
想要渡水却没有船只，闲居不仕，有愧于圣明天子。
坐看垂钓之人多么悠闲自在，可惜只能看着，空有羡鱼之情。

赏析：

洞庭湖，古称云梦、九江和重湖，是我国第二大淡水湖，在今湖南省北部。张丞相指张九龄。这是一首干谒诗，古代文人常通过含蓄的干谒诗向达官贵人展示自己的才华与抱负，希望得到引荐。

孟浩然后来西游长安，希望时任中书令的张九龄予以援引，但又不能直说，于是先写烟波浩渺的洞庭湖，再发表自己欲渡无舟的感叹，以及临渊羡鱼的情怀，委婉地表达自己希望得到举荐的心愿。

写干谒诗最重要的是要写得得体，不卑不亢，不失身份，这首诗成功地做到了这一点。回看历史，孟浩然似乎并没有因此得到张九龄的推荐，这首诗却是山水诗的杰作。

读《望洞庭湖赠张丞相》有感

浩然西游在长安，遥望洞庭水连岸。
欲学飞熊来垂钓，以诗求官意委婉。

子夜吴歌·秋歌

唐·李白

长安一片月，万户捣衣声。
秋风吹不尽，总是玉关情。
何日平胡虏，良人罢远征。

释义：

秋月皎洁照得长安城一片光明，家家户户传来捣衣声。
声音任凭秋风吹也吹不尽，总是牵挂着玉门关的亲人。
何时才能平息边境战争，夫君就可以不用远征了。

赏析：

《子夜歌》是六朝乐府中的吴声歌曲，相传为晋代一名叫子夜的女子创制，多写哀怨眷恋之情。后人按四时填词，又称之《子夜四时歌》。

李白的《子夜吴歌》也是依照春、夏、秋、冬四季而写，这是第三首。月下的长安，表面平静，但是为征人赶做衣服的声音不曾停歇。秋风容易起哀思，边关更易传噩耗，留守的妻子思念远在边塞的良人，李白没有直接写儿女情长，却饱含着深挚的情感。

“何日平胡虏，良人罢远征”，盼望战事早日结束，希望良人早日归家，这是征妇的心声，同时也是诗人向往和平的愿望。

读《子夜吴歌·秋歌》有感

长安捣衣声远传，在家妻子心难安。
踏平胡虏待何日，良人归来共团圆。

浪淘沙·其八

唐·刘禹锡

莫道谗言如浪深，莫言迁客似沙沉。
千淘万漉虽辛苦，吹尽狂沙始到金。

释义：

不要说谗言如同凶恶的浪涛令人恐惧，也不要说被贬谪的人好像泥沙会沉到水底。

千遍万遍地淘洗、过滤，虽然辛苦，但淘尽泥沙才会得到闪闪发光的黄金。

赏析：

唐朝自安史之乱后，朝廷的势力衰微，藩镇割据，宦官专权，国家和社会都处于比较混乱的状态。

刘禹锡从京官调任地方官之后，辗转于夔州、和州、洛阳等地，《浪淘沙九首》也非在一时一地创作。诗中所涉地点较多，包括黄河、洛水、汴水、清淮、鹦鹉洲、濯锦江等。

这首诗前两句连用两个否定词“莫道”“莫言”，加强了情感的表达；后两句从表面看诗人是在写淘金人的生活和艰辛，说他们得金不易，但实际上刘禹锡应该是在暗喻自己也会经得起时代的“千淘万漉”，虽然要经历各种各样的辛苦，但最后依然会有所成，终能得金。作者通篇采用比兴手法，来寄托自己的情感。

读《浪淘沙·其八》有感

蜀地淘金苦，官场贬谪浮。
心意不消沉，真金沙中取。

贾　生

唐·李商隐

宣室求贤访逐臣，贾生才调更无伦。
可怜夜半虚前席，不问苍生问鬼神。

释义：

汉文帝求贤，在未央宫前殿召见被贬的臣子，贾谊的才气无与伦比。可惜汉文帝半夜移膝靠近贾谊，问的不是百姓之事，而是鬼神之说。

赏析：

贾生即贾谊，西汉初著名政论家、文学家。

李商隐的这首诗意在托古讽今，选取了汉文帝在宣室召见贾谊夜半倾谈的场景，写文帝不能识贤。其实是诗人在借贾谊的遭遇抒发自己同样怀才不遇的感慨。李商隐不止一次在诗中借贾谊来发感慨，比如还有“贾生年少虚垂泪”“贾生兼事鬼”等。

“不问苍生问鬼神”指责的不仅是汉文帝，其实说的也是晚唐皇帝服药求仙、不理政事、不能选贤任能、不顾百姓生活的昏庸做法，只是诗人不便明说而已……

读《贾生》有感

借古讽今时，义山心若失。
鬼神胜苍生，怀才难出世。

玉楼春·春恨

宋·晏殊

绿杨芳草长亭路。年少抛人容易去。楼头残梦五更钟，花底离愁三月雨。

无情不似多情苦。一寸还成千万缕。天涯地角有穷时，只有相思无尽处。

释义：

杨柳依依、芳草萋萋的长亭古道上，送别时年少的人总是能轻易地分别。楼头传来的五更钟声，惊醒了离人的残梦，花底飘洒的三月春雨，增添了心中的愁思。

无情人哪里懂得多情的人的苦恼，一寸相思愁绪化作万缕千丝。天涯地角再远也有穷尽的时候，只有相思是没有尽头的。

赏析：

晏殊这首词为闺怨词，从妇人角度写相思之情。

上阕的“绿杨芳草长亭路”表明了时间和地点，绿柳依依、芳草生长的春天，在长亭古道旁，女子和爱人分别了。分别之后，景色在女子眼中都发生了变化，五更的梦是残的，三月的雨是愁的，心情随着离别已经变得糟糕了。

下阕用比喻和夸张的手法，先是无情与多情作比，一寸和千万作比，强调浓烈的相思之情。之后，更是把相思拔高到一个无法企及的高度，天地尚有穷尽，相思更要超越天地。

读《玉楼春·春恨》有感

年少离别时光促，聚散无常相思苦。
多情无情深情人，天地穷时无尽路。

赠刘景文

宋·苏轼

荷尽已无擎雨盖，菊残犹有傲霜枝。
一年好景君须记，最是橙黄橘绿时。

释义：

荷花凋谢，连那挡雨的荷叶也枯萎了，菊花开败，但还有残枝傲霜斗寒。

一年中最好的光景你一定要记住，那就是橙子金黄、橘子青绿的时节啊。

赏析：

这首诗是苏轼写给刘景文的。元祐五年（1090）初冬，苏轼当时正在杭州任职，与两浙兵马都监刘季孙（字景文）交往甚密。苏轼欣赏刘景文，为他写过《乞擢用刘季孙状》，还向朝廷举荐刘景文。

荷叶和菊花都是古代诗人吟咏的对象，大多夸赞其风格，多为褒义。苏轼反其道而行之，诗文开头就描绘了荷叶破落、菊花残枝的景象，这又是先抑后扬的手法，和我们之前评析的刘禹锡的《赏牡丹》有异曲同工之妙。那么苏轼想突出的是什么呢？自然是他心里一年之中的最好景象——橙黄橘绿之时。

秋末冬初，虽然荷尽菊残，但也有橙橘成熟、硕果丰收的喜悦。这时候的苏轼已经五十多岁了，刘景文年纪也不小了，我想，苏轼应该不是单纯地向他表达自己对时节的喜好，而是想说，不管在人生的什么阶段，都应珍惜时光，力求有所作为。

读《赠刘景文》有感

荷尽菊残日，唱诗酬国士。
花去果正来，人生需惜时。

大林寺桃花

唐·白居易

人间四月芳菲尽，山寺桃花始盛开。
长恨春归无觅处，不知转入此中来。

释义：

四月时分，平原的百花已经凋谢，山中寺庙的桃花才刚刚开始盛放。人们常常惋惜春光流逝，无处寻找，却不知春天已经转到这里来了。

赏析：

这首诗作于元和十二年（817）四月，白居易时任江州（今江西省九江市）司马，年四十六。为什么可以知道得这么准确呢？因为白居易为这首诗写了一段长长的《游大林寺序》，详细地记录了同游的人物、游玩的过程、写诗的事情和相关的见闻。

唐贞元年间，进士出身的白居易曾授秘书省校书郎，再官至左拾遗，可谓仕途顺利。但后来因直谏不讳冒犯了权贵，受朝廷排挤，被贬为江州司马。也正是在江州司马任上，白居易写下了著名长诗《琵琶行》，有“同是天涯沦落人”“江州司马青衫湿”的悲伤感慨，这首小诗却看不出这样的情感。诗人有些惊喜地发现了自然景观的变化，这个现象用气象学很容易解释，海拔越高，气温越低，山地花开的时间就要比平地晚一些。李白的“五月天山雪，无花只有寒”也是这个道理。

读《大林寺桃花》有感

江州桃花开，司马携友来。
山中气温低，春光仍徘徊。

庐山瀑布

唐·徐凝

虚空落泉千仞直，雷奔入江不暂息。
今古长如白练飞，一条界破青山色。

释义：

看庐山瀑布的样子，仿佛从千仞高空直落而下，十分惊人。瀑布落下的声音，像雷声一般轰鸣，之后奔腾入江，毫无暂息之势。

千百年来，这条瀑布如一匹巨大的白练飞挂在崖口，青青山色被这瀑布硬生生地分开来了。

赏析：

这首诗先写庐山瀑布落差极大，千仞而下，后写庐山瀑布声震如雷，奔流不息，从视觉到听觉，都给人震撼的感觉。然后，诗人由近拉远，从近处的感受，转为远处的视角，庐山瀑布如一条白练，而这条白练又宛如一道分界线，把青青庐山分成两半。

虽然徐凝的这首诗不如李白的《望庐山瀑布》出名，但我认为，从眼前景到耳中音，从近处看到远离观，徐凝也很好地把握了庐山特色。尽管徐凝侧重写实，李白胜在想象，但两者是各有千秋的。

有个故事说，白居易曾出题考量张祜和徐凝，两人互不服气，但当徐凝拿出写庐山的“千古”一句后，张祜行歌而返，自认不及。

读《庐山瀑布》有感

庐山飞泉落，声震色青白。
同是写瀑布，不让李太白。

明　日　歌

明·钱福

明日复明日，明日何其多！
我生待明日，万事成蹉跎。
世人若被明日累，春去秋来老将至。
朝看水东流，暮看日西坠。
百年明日能几何？请君听我明日歌。

释义：

明天之后又是一个明天，明天是何等的多。
如果每天只是空等明天，那么只会空度时日，一事无成。
世人若是被明天所累，那么一年年过去，很快就会衰老。
早晨看河水向东流逝，傍晚看太阳从西坠落。
人的一生又能有多少个明天呢？请您听我的《明日歌》。

赏析：

这首诗歌是明代文人钱福所作，最大的特点就是朗朗上口，虽然文中七次提到“明日”，但是读来没有重复之感。诗人不断提及“明日”，实则是想强调要抓住“今日”，今日的事情不及时处理，等来等去就只能“万事成蹉跎”了。

《明日歌》数百年来广为世人传颂，经久不衰。有趣的是，后来明代文人文嘉有感于这首《明日歌》，还写了相呼应的《今日歌》。

读《明日歌》有感

明日之期日日来，今日有事莫懈怠。
时光无情消逝去，时下有为方不衰。

和子由渑池怀旧

宋·苏轼

人生到处知何似？应似飞鸿踏雪泥。
泥上偶然留指爪，鸿飞那复计东西。
老僧已死成新塔，坏壁无由见旧题。
往日崎岖还记否？路长人困蹇驴嘶。

释义：

人的一生到处奔走像什么呢？应该像飞鸿踏在雪地吧。

偶尔在雪地上留下几个爪印，但转眼又远走高飞，哪还记得痕迹留在哪里。

老僧奉闲已经去世，骨灰安放到新造宝塔里去了，当时题诗的那面墙壁已经坏了，也见不到那时题诗的痕迹了。

能否还记得当年赶考时的艰辛，路途遥远，人困马乏，连那头跛脚的驴都忍不住叫了。

赏析：

苏轼、苏辙年轻时候赴京应试，途经渑池，住县中僧舍，在老僧奉闲的僧房墙壁上题诗。嘉祐六年（1061）冬，苏轼赴陕西凤翔做官，又要经过渑池。苏辙送苏轼至郑州，分手回京，作《怀渑池寄子瞻兄》："相携话别郑原上，共道长途怕雪泥。归骑还寻大梁陌，行人已度古崤西。曾为县吏民知否？旧宿僧房壁共题。遥想独游佳味少，无言骓马但鸣嘶。"苏轼因而作《和子由渑池怀旧》。诗中引出的成语"雪泥鸿爪"广为流传，用来比喻往事遗留的痕迹。

读《和子由渑池怀旧》有感

东坡上任过渑池，无处找寻往日诗。
人生感怀昔日难，鸿爪留痕在雪泥。

游园不值

宋·叶绍翁

应怜屐齿印苍苔，小扣柴扉久不开。
春色满园关不住，一枝红杏出墙来。

释义：

园主是不是担心我的木屐踩坏他爱惜的青苔，我敲打柴门久久无人来开。

满园的春色是关不住的，一枝开得正艳的红杏伸到墙外来了。

赏析：

叶绍翁这首诗写了一次春日外出游园的经历，虽然没有遇到自己想见的人，有点“不值”，但是诗人一样将所见所感写得生动有趣。

前两句诗人写了自己访友却未能进门，心中猜测是不是主人担心访客将园里的青苔踩坏。不过，既然是柴扉，虽可以阻人，却不能阻挡视线，诗人一样可以欣赏园内的春色，就算不开门又怎样呢？一枝红杏还不是探出了墙外。

通过这首诗可以看出，叶绍翁并没有因为访友不遇就感到不快，依然带着愉快的心情欣赏眼前的美好。这也许就是乐观人的心态吧……

对最后两句，后人也不再局限景色本身，而是有了一些不同的看法。比如，认为出墙的红杏代表新生事物，纵有阻碍，也会冲破困难；又比如，认为有才华者只要足够努力，就能被他人看见。

读《游园不值》有感

游园赏花心，主人惜苔情。
柴门闭春色，且看墙头杏。

新　沙

唐·陆龟蒙

渤澥声中涨小堤，官家知后海鸥知。
蓬莱有路教人到，应亦年年税紫芝。

释义：

渤海随着潮水涨落，刚刚淤积了一处小小的沙洲，官府先于海鸥发现了这块沙洲。

如果蓬莱仙岛也能有路通行的话，那么官家也会年年跑去向神仙们征收紫芝税的。

赏析：

陆龟蒙是唐末咸通、乾符年间诗文兼善的著名作家，他生活的年代正当唐末藩镇割据与宦官专权时期，社会也愈来愈黑暗，愈来愈动荡，官府对人民的压榨愈加严重，民不聊生。

这首诗用夸张的手法、幽默的语气，反映了残酷的社会现实。按照常理，海中出现沙洲或是礁岛，最先发现的应该是海鸟，而现在先知道的是官家。这在一定程度上说明官家无孔不入，而官家的目的是什么呢？收税！

如果蓬莱仙岛可以通行的话，官家也不会放过仙人，也要让神仙们年年用紫芝来交税。这也说明了官家的胆大妄为。综合上下文，诗人用自己特有的方式来揭露所生活年代的混乱。官府对百姓的压迫和盘剥已经到了令人发指的地步。

读《新沙》有感

海中出沙洲，官家赋税多。
有路到仙境，仙人也难躲。

郦波老师三次肯定的诗句和小老乡

想要在云集了众多古代文学硕士、博士，以及来自全国各地诗词高手的百人团中脱颖而出，登台亮相，不是一件容易的事情。本季比赛中，“助力千人团”的诗词应用题，也会给选手们更多出镜的机会。

当然，这也非常不容易。百人团选手给出的答案，要不弱于台上选手的答案，才会有这样的机会。很荣幸的是，本季比赛中，我和爸爸都赢得了这样的机会。《中国诗词大会》（第六季）第八场的节目中，播出了我独自发言的片段。

央视的节目，立意和站位都非常之高。本季的“助力千人团”是一个新环节，重点考察的是大家联系实际运用诗词的能力。央视选择了四辈传承的手艺家庭、海拔最高的派出所、最北漠河的边境哨所、湖笔技艺的老制作人、冰雪运动的奥运健儿、忙于春运的飞机机长等具备特殊意义和家国情怀的主题。

第八场比赛中，由东海航海保障中心宁波航标处航标管理员安昌鹏为“助力千人团”出题，他是浙江舟山嵊泗花鸟岛上的一名守塔人，守护着有着百年历史的花鸟灯塔。由于嵊泗列岛独特的地理位置，这里可以眺望祖国的浩瀚海洋，人们可以在这里迎接照向祖国大地的第一缕朝阳。这名守塔人想让选手们选择一句诗词来赞美“第一缕阳光”。

场上第一名选手选择的诗句是“飞来山上千寻塔，闻说鸡鸣见日升”，出自王安石《登飞来峰》。她认为，守塔人看到这幅情景，一定会为我们祖国的大好河山感到无比的骄傲和自豪。

场上第二名选手选择的诗句是“东方欲晓，莫道君行早，踏遍青山人未老，风景这边独好”，出自毛泽东《清平乐·会昌》。希望祖国就像这轮红日一样，光芒万丈。

之后，主持人龙洋让现场百人团中给出出色答案的选手发言：

首先，青年团一位选手给出的诗句是“天际霞光入水中，水中天际一时红”，出自唐朝韩偓《晓日》。寓意祖国人民的生活红红火火，蒸蒸日上。

接着百行团选手给出的诗句是“横空出世，莽昆仑，阅尽人间春色”，出自毛泽东《念奴娇·昆仑》。用“横空出世”来形容第一缕阳光。

最后就是我在家庭团的发言，我选择的诗句是“阳春布德泽，万物生光辉”，出自汉乐府《长歌行》。我选择这联诗句是因为第一缕朝阳从嵊泗列岛的海面升起就开始“阳春布德泽”，从这里照向祖国大地后，必然是带来“万物生光辉”。

同时，我用这句诗，不仅是形容第一缕阳光从这里升起的感觉，也表达了对迎着海风、长期坚守、朝阳照耀下的守塔人最美好的祝福。

我在现场发言自我介绍的时候，郦波老师就对蒙曼老师说：“这是我小老乡！”在我说出诗句“阳春布德泽，万物生光辉”后，郦波老师更是连连点头，表示我选择的这句诗词“非常好”！

在几位选手发言之后，主持人龙洋问郦波老师：“您觉得，这道题哪位选手选用的诗句最好？”郦波老师毫不犹豫地说：“我觉得我小老乡选用的这句诗词最好！”

接着，主持人龙洋又继续追问郦波老师：“如果非要在台上的两位选手中选择一句最合适的诗句，您觉得哪个最好？”郦波老师笑了起来，说：“我还是觉得我的小老乡的这句诗词选择得最好！因为这句诗句中充满了万物生长的气息，给人以积极向上的力量。”

这里大家可能要感到好奇了，为什么郦波老师称我为小老乡呢？因为我出生于江苏镇江，生长在长江边。而郦波老师也是江苏镇江人，目前在江苏南京工作。我和郦波老师籍贯相同，又都生活在长江边，可谓“共饮长江水”！

为祖国升起的第一缕阳光送上诗句，为长期坚守的守塔人送去祝福，在中国诗词大会的舞台上获得单独发言的机会，特别是在现场连续三次得到郦波老师的肯定，让我十分开心。

这一类题目也让我更加明白，在诗词学习中不但要全面掌握各种历史文化知识，更需要将所学的诗词化为自己心中所有，并在合适的机会运用出来，这样才会让我们的诗词学习变得更有意义。

登上中国诗词大会的舞台，对我来说是一种荣誉。受到郦波老师连续三次的肯定，对我来说更是一种惊喜。在诗词学习的道路上，我会继续努力。希望以后还有向郦波老师学习的机会，希望以后能成为像他一样博学的人，也希望我录播的《与诗词共成长》节目，可以给爱好诗词、学习诗词的朋友带去帮助。

最后，就更要向郦波老师学习了，口占一绝：

祖国东海升朝阳，
诗词大会遇老乡。
沧溟先生三肯定，
我与诗词共成长。

赠 范 晔

南北朝 · 陆凯

折花逢驿使，寄与陇头人。
江南无所有，聊寄一枝春。

释义：

折梅花的时候遇见北去的驿使，就托他带花给在陇头的你。
江南没有好东西可以表达我的情感，姑且送你一枝梅花代表春天。

赏析：

陆凯出身北魏名门，15 岁时就官拜给事黄门侍郎，身居要职数十年，为官刚正不阿，被称为良吏。

陆凯与南朝著名史学家、文学家、《后汉书》作者范晔交好，当时南朝北朝处于敌对状态，但是陆凯与范晔私下里不断通信，诉说对时世的看法和感愤。陆凯于北魏景明二年（501）把一枝梅花装在信袋里捎给好友范晔，范晔拆开信看到里面赫然放着一枝梅花，并附有这首诗。

这首诗短小简单，构思巧妙，前两句平淡表述，后两句却寓意丰富。虽然寄送的只是一枝梅花，附带的却是整个江南的春天，大有“千里送鹅毛，礼轻情意重”的意味。

读《赠范晔》有感

江南赏梅思友人，友人边塞待春来。
春来赠花送千里，千里友情自江南。

山居秋暝

唐·王维

空山新雨后，天气晚来秋。
明月松间照，清泉石上流。
竹喧归浣女，莲动下渔舟。
随意春芳歇，王孙自可留。

释义：

新雨过后山谷里空旷清新，初秋傍晚的天气特别凉爽。
明月映照着幽静的松林，清澈泉水在山石上缓缓流淌。
竹林中洗衣归来的少女喧笑，莲叶轻摇是有轻舟经过。
任凭春天的美景消失吧，眼前的秋景也一样令人流连。

赏析：

这是王维隐居终南山下辋川别业时所作，描绘了初秋时节作者居所雨后黄昏的景色，是一幅生动的山居秋暝图，这首诗也是他最著名的山水诗之一。

王维的作品一向被誉为“诗中有画，画中有诗”，这首就是“诗中有画”的名篇，每一句都可以是一幅山水画，组合在一起更是多重美景的叠加。诗中的景色，有远有近，有声有色，有动有静，不仅“诗中有画”，还能“字字入禅”，让人沉浸其中，反复品味。

“明月松间照，清泉石上流”是写景的名句，给人一种空灵的感觉。“竹喧归浣女，莲动下渔舟”一句，诗人采用了倒装的手法，以声写形。

读《山居秋暝》有感

辋川山居看秋景，胜似春光隐者情。
诗中有画画中诗，字字入禅声入形。

正月二十日与潘郭二生出郊寻春忽记去年是日同至女王城作诗乃和前韵

宋·苏轼

东风未肯入东门，走马还寻去岁村。
人似秋鸿来有信，事如春梦了无痕。
江城白酒三杯酽，野老苍颜一笑温。
已约年年为此会，故人不用赋招魂。

释义：

春天的风还未吹进东城门，我们已经骑马出城寻找去年去过的村落了。

人像秋天的大雁，往来有音信可寻，可往事好像春梦一样，一点痕迹都没有留下。

去江城酒馆喝上三杯好酒吧，乡间老人面孔饱经沧桑，但都带着温暖的笑容。

我们已约好每年此时都要相会，所以，我的老朋友们，你们就不必担心挂念我了。

赏析：

苏轼虽多次被贬谪，但总是非常乐观。被贬黄州期间，苏轼循例先找好吃的："长江绕郭知鱼美，好竹连山觉笋香。"接着寻精神寄托，手抄《金刚经》、筑南堂、开垦东坡……

幸运的是，苏轼得郡守徐猷庇护，可访游近地，与渔樵相处，还认识了些新朋友。前一年，苏轼作过一首长题七律。一年过去了，想起去年这一天的经历，苏轼又赋诗一首……

读《正月二十日与潘郭二生出郊寻春忽记去年是日同至女王城作诗乃和前韵》有感

东坡最长一诗题，再游女王作和诗。
春梦无痕人事匆，与友同饮长相依。

从军行·其四

唐·王昌龄

青海长云暗雪山，孤城遥望玉门关。
黄沙百战穿金甲，不破楼兰终不还。

释义：

青海湖上乌云密布，遮得连绵雪山一片黯淡，边塞古城和玉门雄关遥遥相望。

大漠里的守边将士身经百战，铠甲磨穿，但是在他们看来，不打败进犯之敌就绝不还乡。

赏析：

这首诗是王昌龄组诗《从军行七首》中的第四首。唐朝前期，国力强盛，皇帝贤明，正是开疆拓土的时候，不仅武将渴望作战立功，很多文人也向往边塞，希望有所作为，这也是边塞诗不断涌现的原因。

王昌龄在盛唐诗人中年辈较长，写作七绝时间也早，成就显著，有“七绝圣手”的美誉，这首诗就是其代表作之一。

前两句描绘了边塞的风光，有辽阔之景，有独孤之意，从远到近，宛如一个镜头的转换。后两句体现了边疆战事的频繁和艰辛，以及将士们坚定的作战意志。同时，青海湖、雪山、黄沙、金甲，鲜明的色彩也让这首诗活跃起来。

读《从军行·其四》有感

云海关山路，戍边生活苦。
沙场百战险，将士欲破胡。

望江南·梳洗罢

唐·温庭筠

梳洗罢，独倚望江楼。过尽千帆皆不是，斜晖脉脉水悠悠。肠断白蘋洲。

释义：

梳洗打扮完毕，在望江楼上独自依靠栏杆远望。上千艘船都过去了，所盼望的人还没有出现，太阳的余晖洒在江面上，江水缓缓流淌。看着远处的白蘋洲，心中极度悲伤。

赏析：

温庭筠是唐代著名的诗人、词人，才华横溢，文思敏捷。他的诗多写闺情，与李商隐齐名，时称“温李”。他的词艺术成就在晚唐诸词人之上，是“花间派”首要词人，与韦庄齐名，并称“温韦”。

这首词写一名女子梳洗打扮之后，登楼远眺、盼望归人的情景。看着江上过往的千艘船只，都不是自己要等待的人，体现了她从希望到失望，再到最后“肠断”的感情变化。

开篇“梳洗罢”，细思之，应该不是晨起的循例梳洗，而是特意为之。为了这个特别的日子，或者是为了等待特别的人归来，特意准备好了妆容，然而最后却没有等到归人。前面的郑重心态和后面的盼归未至，使得情感对比更加强烈。

读《望江南·梳洗罢》有感

倚楼待归夫，清晨到日暮。
千帆不见人，惆怅凄凄苦。

江上渔者

宋·范仲淹

江上往来人，但爱鲈鱼美。
君看一叶舟，出没风波里。

释义：

江上来来往往的人，都喜爱味道鲜美的鲈鱼。
你看那一艘小小渔船，在滔滔风浪里时隐时现。

赏析：

范仲淹是江苏吴县人，生长在松江边上，所以对渔民的生活比较了解，经常可以见到渔民们撑着小船在风浪中出没，冒着危险捕鱼的场景。也有人说，这是北宋景祐元年（1034）范仲淹主政苏州治理水患时现场察看目睹的景象，是有感而发而作。

不管诗人是何时所作，都不影响这首诗的艺术价值。全诗采用对比的手法，前写江上来往的人们都是为了品尝味道鲜美的鲈鱼，图的是口腹的享受，可能无暇思及其他；后写渔民在大风大浪中出生入死的情况，体现了诗人对底层百姓的关注，同时也希望通过作品让那些往来人了解到渔民的艰苦。

伟大的诗人往往都会关注民间疾苦，一些描写社会现实的作品也会流传很广。和这首诗主旨相近的，还有张俞的《蚕妇》、梅尧臣的《陶者》。

读《江上渔者》有感

食客自古爱尝鲜，渔人穿梭风浪间。
松江鲈鱼天下美，民生疾苦多不见。

定风波·莫听穿林打叶声

宋·苏轼

莫听穿林打叶声，何妨吟啸且徐行。竹杖芒鞋轻胜马，谁怕？一蓑烟雨任平生。

料峭春风吹酒醒，微冷，山头斜照却相迎。回首向来萧瑟处，归去，也无风雨也无晴。

释义：

不用在意那穿林打叶的雨声，不妨一边长啸一边从容地走。拄竹杖、穿芒鞋，走得比骑马还轻快。别怕，一身蓑衣任凭风吹雨打，快意平生！

春风微凉吹醒我的酒意，微微有些冷，山头放晴的斜阳照耀相迎。回头看一眼刚刚遇到萧瑟风雨走过的地方，我信步走回去，不管它是风雨天还是晴天。

赏析：

这首词还有个小序，大致意思是说：宋神宗元丰五年（1082）的三月七日，在沙湖道上赶上了下雨，拿着雨具的仆人先前离开了，同行的人都觉得很狼狈，只有苏轼不这么觉得。过了一会儿天晴了，苏轼便做了这首词。

这个时候是苏轼因“乌台诗案”被贬为黄州团练副使的第三个春天。和其他很多作品一样，虽被贬谪，这首词依然体现了苏轼积极开朗的心态。

按理说，外出游玩遇雨是一件狼狈的事情，而苏轼能吟啸徐行，并在风雨中感悟人生，这是何等的自在和潇洒！这里有词人自己遭遇困难、身处逆境却从容面对的豪情，也有通过轻松幽默的言语传达乐观豁达的人生态度。

读《定风波·莫听穿林打叶声》有感

沙湖道中遇大雨，狼狈潇洒各有情。
竹杖芒鞋平生意，酒后山头从容定。
回首起伏多坦荡，吟诗长啸任我行。

惠崇春江晚景·其一

宋·苏轼

竹外桃花三两枝，春江水暖鸭先知。
蒌蒿满地芦芽短，正是河豚欲上时。

释义：

竹林很茂盛，旁边两三枝桃花刚刚开放，初春的江水慢慢回暖，水中的鸭子是最先察觉到的。

河滩上长满了蒌蒿，芦苇也长出了新芽，而河豚在这个季节就要逆流而上，从大海里洄游到江河里来了

赏析：

惠崇，福建建阳人，北宋著名九僧之一，擅诗、画。

苏轼这首诗为题画诗，浅显易懂。诗中写春江的景色，没有直写人的感受，而是通过动植物的感知体现春天的到来和美好。不过可惜的是，惠崇的画已经失传，我们无法目睹，只能通过苏轼的诗去展开想象。

我就生活在长江边，蒌蒿和芦芽都是应季的野菜，味道鲜美。河豚更是有名，有剧毒，需要专业厨师处理。苏轼选择蒌蒿、芦芽、河豚入诗，确实不负“美食家”之名。

读《惠崇春江晚景·其一》有感

早春江景美，名僧善作画。
蒿芽待河豚，鸭戏竹桃花。
观者知水暖，感受思无涯。

剑门道中遇微雨

宋·陆游

衣上征尘杂酒痕，远游无处不消魂。
此身合是诗人未？细雨骑驴入剑门。

释义：

衣服上满是灰尘和杂乱的酒渍，远行游历过的地方没有一处不让人黯然神伤。

难道这一生我就只该是一个诗人？在细雨纷纷中骑着驴，走入剑门关。

赏析：

这首诗作于南宋孝宗乾道八年（1172）冬。当时，陆游由南郑（今陕西汉中）调回成都。南郑是当时抗金的前方军事重镇，陆游在南郑，是以左承议郎处于四川宣抚使王炎幕中，参与军事机密。那时的陆游应该很忙碌，他常常“寝饭鞍马间”。成都则是南宋时除首都临安（杭州）之外最繁华的城市，陆游这次是调任成都府路安抚使司参议官，而安抚使是著名诗人、陆游的好友范成大。

从南郑前往成都，需要经过剑阁剑门关。陆游这次是从前线到后方，作为爱国主义诗人，想来他的心中多少是有些不情愿和不甘心的。他应该还是更愿意留在南郑，为国效力。

所以，这首诗也不是诗人简单地记录路途中的风雨，而是在剑门这个路途节点上抒发自己黯然销魂的感慨，细雨骑驴也让他显得有些孤单。

读《剑门道中遇微雨》有感

壮志犹未酬，剑门冬雨落。
前线骑驴回，归途心中惑。

剑门道中遇微雨

明　唐寅　骑驴归思图

小　池

宋·杨万里

泉眼无声惜细流，树阴照水爱晴柔。
小荷才露尖尖角，早有蜻蜓立上头。

释义：

泉眼悄然无声是舍不得这细细的水流，映在水里的树阴喜欢这晴天里的柔和风光。

荷叶才开始生长，刚从水面露出尖尖的角，就有一只蜻蜓飞立在它的上头。

赏析：

杨万里这首诗描写了一处初夏池塘的美丽景色，看得出来，诗人观察得非常仔细。题为“小池”，则着笔也从小处开始，池塘、泉水、树荫、流水、阳光、小荷、蜻蜓，这些常见的美丽景致，从诗人笔下缓缓流淌，充满了诗情画意。整首诗就像一幅花草虫鸟彩色画卷，玲珑别致，充满生机。

杨万里崇尚自然，很多诗都是描写自然景物的，特别是平日常见的平凡景物，成诗大多清新活泼，语言也都通俗易懂。可以说，不是热爱生活的人，是很难留意到这些细小的美景的，也无法写出这样美好的诗句。

读《小池》有感

初夏池塘美景，玲珑生机相映。
多彩花草虫鸟，池泉流荷蜻蜓。

十一月四日风雨大作·其二

宋·陆游

僵卧孤村不自哀，尚思为国戍轮台。
夜阑卧听风吹雨，铁马冰河入梦来。

释义：

穷居孤村，身体有些僵硬，躺卧不起，不为自己的处境感到悲哀，心中仍想着要替国家戍守边疆。

夜深了，我躺在床上听到那风雨声，梦见自己出征疆场，骑着披着盔甲的战马，跨越冰封的河流。

赏析：

这首诗作于南宋绍熙三年（1192）十一月四日，从题目就能看出来，这一天的天气非常糟糕，显然诗人的心情也不会太好。

绍熙元年（1190），陆游升为礼部郎中兼实录院检讨官。由于陆游“喜论恢复”，谏议大夫何澹弹劾陆游之议“不合时宜”，主和派也群起攻之，朝廷最终以“嘲咏风月”为名将其削职罢官。被罢官后，陆游闲居家乡山阴农村。

写这首诗的时候诗人已经68岁，虽然年迈，但高涨的爱国热情、收复国土的强烈愿望丝毫没有减退。开头“僵卧孤村”四字，体现了诗人境遇的糟糕——身体不太好，只能卧床，远离庙堂，身处偏僻的孤村。尽管是这样糟糕的处境，又是在这样一个“风雨大作”的夜里，诗人听到现实中的风雨声，梦里想去的还是金戈铁马的战场。

尽管诗的基调有些深沉，但是诗人收复国土、报效祖国的情怀依旧热烈。

读《十一月四日风雨大作·其二》有感

风雨大作日，荒村凄凉地。
卧床思边关，满腹英雄气。

鹧鸪天·桂花

宋·李清照

暗淡轻黄体性柔，情疏迹远只香留。何须浅碧深红色，自是花中第一流。

梅定妒，菊应羞，画栏开处冠中秋。骚人可煞无情思，何事当年不见收。

释义：

桂花颜色浅黄而清雅，形貌柔美，性情疏远尘世，但花香浓郁，久久存留。不需要用浅绿或大红的颜色去吸引注意，它本来就是花中第一流的。

梅花肯定妒忌它，菊花也会感到害羞，在花园的画栏里，唯有它（桂花）在中秋时节的花木中冠盖群芳。大诗人屈原啊，可真叫无情无义，在当年的《离骚》里写到那么多花木，为什么不收录桂花呢？

赏析：

每个文人都有自己对于花的喜好。在刘禹锡眼中，最好的花是牡丹，“唯有牡丹真国色，花开时节动京城”；在元稹心里，最好的花是菊花，“不是花中偏爱菊，此花开尽更无花”；而在李清照笔下，那就是桂花了，“何须浅碧深红色，自是花中第一流”。

这是一首咏物诗，开头两句形神兼备，直接写出了桂花的颜色、形态、香味，特点突出，风韵独具。然后，表明词人观点，桂花是第一流的。之后，再用梅花、菊花进行比较，认为桂花依然可以夺冠。最后，还大胆提出自己的疑问，认为屈原当年不把桂花收入《离骚》，是“情思”不够的缘故。

读《鹧鸪天·桂花》有感

愿赏群花青州间，品高迹远心自安。
色浅暗香第一流，从此桂花压牡丹。

游　子　吟

唐·孟郊

慈母手中线，游子身上衣。
临行密密缝，意恐迟迟归。
谁言寸草心，报得三春晖。

释义：

慈祥的母亲手中拿着针线，为即将远游的孩子赶制新衣。
临行前一针针密密地缝制，生怕儿子回来得晚，衣服破损。
谁说像小草那样微小的孝心，能报答得了像春晖般伟大的慈母恩情呢？

赏析：

这是一首歌颂母爱的著名诗篇。孟郊是母亲带大的，参加科举也是奉母命前往，他对母亲的感情必然是深挚的。这首诗没有选取什么宏大的事件和感人的场景，只是从一位母亲为儿子缝补衣服的角度切入，母亲密密缝制的针线，代表着牵挂孩子的心意和担忧，深深的母爱就在这日常的细节中流露了出来。常言道：“儿行千里母担忧。”母爱是最为伟大和无私的，相信我们每个人都会有这样的感受。

“谁言寸草心，报得三春晖”，更是深化了诗中的意义，子女如小草，母爱如阳光，千百年来无数人因此产生共鸣。

读《游子吟》有感

儿行千里人远游，别难归盼心上忧。
手把针线作新衣，谨记孝顺莫让愁。

蒙曼老师说“太刁了”的身临其境题

《中国诗词大会》（第六季）第九场比赛中，有一道与防疫有关的题目。面对这道身临其境题，不仅现场的医生选手回答错误，就连蒙曼老师都说：“这个题目出得太刁了……”

这季《中国诗词大会》中，难题大多出现在诗词运用题型上。十场比赛中，身临其境题、文物古画相关的知识题都是比较难的。今天我们要讲解的，也是一道身临其境题。

根据现场播放的视频，中国工程院院士、天津中医药大学校长张伯礼在视频中表示：“去年疫情肆虐，给全世界带来了前所未有的公共卫生危机，也向大家普及了公共卫生防控工作的重要性。在我们古代三千多年的历史中，有五百多次瘟疫，我们古人也采取了各种方法来防控疫情。请问以下诗词描述的行为，哪一项与防疫风俗有关呢？”

选项 A 是“团扇，团扇，美人病来遮面”；选项 B 是“翰林未用汝脱靴，不知何为勤洗手”；选项 C 是“爆竹声中一岁除，春风送暖入屠苏”。从题面来看，选项 A 的团扇遮面，有类似口罩的作用；选项 B 的洗手，显然是一种清洁措施；选项 C 描写的则是过年时候的景象，感觉与防疫工作不相关。

当时场上答题的是一名来自武汉的医生，她参与了抗击新冠肺炎疫情的“战斗”。答题时，她选择了选项 B。但是很可惜，她回答错误。正确答案却是与防疫看起来不相关的选项 C“爆竹声中一岁除，春风送暖入屠苏”。

这道题主要考核大家对屠苏酒的认识，屠苏酒是一种中草药酒，有着防疫的作用。古时候，春节和其他重大节日都有一个防瘟疫的概念掺杂其中，比如端午节时候的雄黄酒，也具备这样的作用。过年时候喝屠苏酒、放鞭炮，都跟抗瘟疫这样的思想有关。就算到了今日，喝一点中药酒也是不少人的保健习惯。

选项 A 出自唐代王建《宫中调笑·团扇》：“团扇，团扇，美人病来遮面。”意思是：“团扇，团扇，宫中的美人病后用它来遮面。”后一句是：“玉颜憔悴三年，谁复商量管弦。”意思是说：“美人抱病三年，容颜憔悴，再没有谁同她商量管弦！”美人遮面不是怕打喷嚏传染给别人，而是担心憔悴的面容被君王看见。

唐　周昉　挥扇仕女图（局部）

选项 B 出自宋代江端友《玉延行》，这首诗比较冷门，“翰林未用汝脱靴，不知何为勤洗手”引用的是高力士为翰林学士李白脱靴的典故，说身边人没有为李白脱靴而勤洗手，具有一种讽刺意味，与抗疫无关。

选项 C 出自宋代王安石《元日》，“爆竹声中一岁除，春风送暖入屠苏”意思是“爆竹声中旧的一年已经过去，迎着和暖的春风开怀畅饮屠苏酒”。与防疫有关的点是在屠苏酒上。

《中国诗词大会》（第六季）不是单纯地考核选手的记忆、背诵能力，更多的是要求选手们对诗词有所理解，并能运用到合适的场合中。

最后，我还是要结合本期内容，口占一绝：

疫情之下用口罩，
防疫不忘勤洗手。
诗词了解需全面，
屠苏常饮为健康。

饮湖上初晴后雨

宋·苏轼

水光潋滟晴方好，山色空蒙雨亦奇。
欲把西湖比西子，淡妆浓抹总相宜。

释义：

晴天，在灿烂阳光的照耀下，西湖波光粼粼，非常美好，下雨的时候，西湖周围的群山被雨幕笼罩，山色空灵迷蒙，也显得非常奇妙。

若把西湖比作美人西施，那么，不管是淡妆还是浓抹，都是非常适宜的。

赏析：

宋神宗熙宁四年（1071），苏轼上书谈论新法的弊病，王安石颇感愤怒，让御史谢景在神宗面前陈说苏轼的过失。于是苏轼请求出京任职，被授为杭州通判。在杭州期间，苏轼写下大量有关西湖景物的诗词。

这首诗没有单写西湖某一处的景色或者某一季节的景色，而是对西湖美景的全面描写。前两句写晴雨天不同的景象，后两句更是将西湖比作美人，与西施并论，认为不管什么时候，不管是淡妆还是浓抹，都是美丽的。后两句也被后人认为是对西湖最佳的评语，被广泛引用。

因为苏轼的这首诗，西湖也多了西子湖的别称。2015 年秋，我曾去西湖游玩，在苏轼主持修建的苏堤上，全程步行，跨过虹桥，看到了西湖景色从白天到日暮，再到灯火夜色的变化，确实都很美。

读《饮湖上初晴后雨》有感

水光山色影，雨来不见晴。
浓淡皆相宜，西湖多变景。

独坐敬亭山

唐·李白

众鸟高飞尽，孤云独去闲。
相看两不厌，只有敬亭山。

释义：

山中群鸟一只只高飞远去，天空中的最后一片白云也悠然飘走。

只剩下我和敬亭山互相对视，相互看不厌，看来能理解我的只有这敬亭山了。

赏析：

敬亭山位于现安徽省宣城市，属黄山支脉，大小山峰60座，最高峰翠云峰海拔324. 1米。历代文人名士多次造访敬亭山，也留下大量吟诵。自南齐诗人谢朓任宣城太守以来的1000多年间，敬亭山成为“吟无虚日”的江南诗地。

李白一生中多次到访宣城，这首诗应该是他在其中一次独自登山时写下的。从诗中的内容来看，李白已经登上了山顶，见鸟儿高飞，白云远飘。从诗的情感来看，李白的心情是孤单的，人独坐，鸟飞尽，云也去，剩下了什么呢？似乎只有山了。于是，李白延续了自己一向强大的想象力，将大山拟人化。现在能和我互相看着的，就只有敬亭山了……

孤单的人看孤独的景，李白在《月下独酌》中也写过“举杯邀明月，对影成三人”。

读《独坐敬亭山》有感

李白南游到宣城，独上敬亭坐观山。
我与此山两相依，且看鸟去云也散。

元和十年自朗州召至京戏赠看花诸君子

唐 · 刘禹锡

紫陌红尘拂面来，无人不道看花回。
玄都观里桃千树，尽是刘郎去后栽。

释义：

长安道上行人车马川流不息，扬起的灰尘扑面而来，没有一个人不说他是游春赏花回来的。

玄都观里栽种着许多棵桃树，全都是在我被贬离开京城后才栽下的。

赏析：

玄都观在长安城南崇业坊（今西安市南门外），以遍植桃花而闻名，是唐朝著名的道观。诗中前两句描写了人们去玄都观看花的场景，道路上来往的车马不断，每个人都说是去看桃花的。后两句是发表感慨，说这些桃花都是自己离开京城之后种的。

永贞元年（805），刘禹锡被贬为朗州司马。元和十年（815），他从朗州被召回京。这首诗就是他从朗州回到长安时所写的。从表面看，诗人记录了游玩的场面，实则是以花比人，讽刺当时的新权贵。

这首诗刺痛了当权者，权相武元衡将刘禹锡贬往连州。有意思的是，十四年后，刘禹锡再次被召回长安时，他还写下了续篇《再游玄都观》，再一次挑战权贵，表示自己依然没有屈服和妥协。

读《元和十年自朗州召至京戏赠看花诸君子》有感

朗州回长安，刘郎不屑看。
新贵看花来，投机附趋炎。

示　　儿

宋·陆游

死去元知万事空，但悲不见九州同。
王师北定中原日，家祭无忘告乃翁。

释义：

原本知道死去之后就什么也没有了，只是没能见到国家统一，还是感到非常悲伤。

当大宋军队收复中原失地的那一天，你们举行家祭时，一定不要忘记告诉我！

赏析：

这首是陆游的绝笔诗，作于嘉定三年（1210），当时八十五岁的陆游已经重病缠身，但念念不忘的还是收复中原的大业。

从这首诗中我们可以看到，诗人在弥留时刻关心的不是自己的身后事，也没有嘱托家事，全篇都是对国家、对抗金事业的牵挂，对没能亲眼见到收复中原的遗憾和不甘。

陆游一生力主抗金，虽然因此频遭挫折，却始终不改初衷。这首诗的创作时间、环境、内容虽有悲痛的成分，但是读来给人一种充满力量、振奋人心的感觉。

读《示儿》有感

一翁弥留前，一心收中原。
一生与金争，一愿国土全。

蝶恋花·春景

宋·苏轼

花褪残红青杏小。燕子飞时，绿水人家绕。枝上柳绵吹又少，天涯何处无芳草。

墙里秋千墙外道。墙外行人，墙里佳人笑。笑渐不闻声渐悄，多情却被无情恼。

释义：

花儿褪尽残红，树上长出了小小的青杏。燕子在天空飞舞，清澈的河流围绕着村落人家。柳枝上的柳絮已被吹得越来越少，但不要担心，到处可见茂盛的芳草。

围墙里面，一位少女正在荡秋千，少女发出动听的笑声，墙外的行人听得清晰。慢慢地，围墙里边的笑声渐渐消失，仿佛多情的自己被无情的少女所伤。

赏析：

众所周知，苏轼和辛弃疾一样，历来被视作豪放派词人的代表，很多作品读来酣畅淋漓。这首词却是婉约风格。

这首词是伤春之作，但其中又充满生气和希望。上阕写暮春景色，已是花褪残红，不过可以看到带着希望的小青杏，有燕子飞来、柳絮飘空、芳草满眼。下阕写人，与上阕提到的绿水人家呼应，墙外行人被墙内佳人吸引，可惜只听笑声不见人，留下颇多遗憾。

读《蝶恋花·春景》有感

暮春时节残花凋，柳絮芳草惹人笑。
墙道相邻人相隔，春光流去情也恼。

三 五 七 言

唐·李白

秋风清，秋月明。
落叶聚还散，寒鸦栖复惊。
相思相见知何日？此时此夜难为情！

释义：

秋夜的风有些清冷，秋夜的月明亮透彻。

落叶聚起又被吹散，寒鸦本已栖息又被惊起。

彼此相思，却不知何日能相见。此时此刻的我，在这样的夜里情何以堪。

赏析：

三五七言是一种诗歌体式，顾名思义，为“三三五五七七”格式。据说这是李白借鉴了初唐僧人义净的《在西国怀王舍城》。

李白这首悲秋之作，前面写景，后面抒情。秋风、秋月、落叶、寒鸦体现了萧瑟悲凉的气息，两个“相”字和两个“此”字，加重了语气，更有助于表达诗人惆怅的心情。

有人认为这是李白的思家念亲之作，也有人认为这是闺中望远的言情之作。

读《三五七言》有感

深秋夜，望明月。
悲凉秋瑟多，寂寥心意略。
诗仙诗句惆怅情，无穷无尽相思缺。

早春呈水部张十八员外

唐·韩愈

天街小雨润如酥，草色遥看近却无。
最是一年春好处，绝胜烟柳满皇都。

释义：

街上细密的春雨滋润如酥，小草远远看去依稀连成一片，近看时却绿色全无。

这早春的景色是一年之中最美丽的，远远胜过绿柳满城的春末时分。

赏析：

这首诗作于唐穆宗长庆三年（823）的早春时节，是时任吏部侍郎的韩愈写给当时的水部员外郎张籍的。张籍在兄弟辈中排行十八，故称张十八。

创作的背景，大约是韩愈邀约张籍游春，张籍以事忙年老推辞，韩愈于是写了这首诗送给他，应该是希望通过自己描绘的京城景色，来改变张籍的想法。

全诗非常口语化，写了春雨如酥的美好感觉，写了遥看近却无的视觉差异，并和烟柳满城的暮春景色作比。诗人用细致的观察和独特的视角，表达了对早春时节的喜爱，赞美了长安的早春景色。

读《早春呈水部张十八员外》有感

韩公约出游，员外称事忙。
早春朦胧美，写诗赠张郎。

冬夜读书示子聿

宋·陆游

古人学问无遗力，少壮工夫老始成。
纸上得来终觉浅，绝知此事要躬行。

释义：

古人学习知识不遗余力，年轻时下功夫，到年老才有所成就。

从书本上得来的知识终究不够完善，想要透彻地弄明白，还必须亲身实践。

赏析：

这是一首父亲写给儿子讲述读书学习道理的诗。据资料记载，陆游共有七子，子聿是最小的儿子。

这首诗最为后人称道之处在于充满哲理和有些超越时代的教育观点。诗的前两句讲学习要努力刻苦，同时要注重积累，有一个量变到质变的过程。后两句表达了书本知识和自身实践的辩证关系。陆游想告诉儿子，年少时要刻苦努力，但不能死读书，要注重联系实际，这样才能成为一个真正有学问的人。

现在我们都知道“实践是检验真理的唯一标准”，可见陆游的思想和教育理念是多么超前了。

读《冬夜读书示子聿》有感

读书教幼子，学习终身事。
求学需实践，经验告汝知。

晓出净慈寺送林子方

宋·杨万里

毕竟西湖六月中，风光不与四时同。
接天莲叶无穷碧，映日荷花别样红。

释义：

毕竟现在是西湖的六月，景色与其他季节大不相同。

一望无际的碧绿荷叶仿佛与天相接，荷花在阳光映照下显得分外娇艳。

赏析：

净慈寺全名“净慈报恩光孝禅寺”，与灵隐寺为杭州西湖南北山两大著名佛寺。西湖的荷花每年六月前后陆续开花，一直延续到八月中旬。

“接天莲叶无穷碧，映日荷花别样红”成为描写西湖荷花的千古名句。2015 年夏秋之交，我曾漫步西湖十景之一“曲院风荷”，赏接天莲叶，看映日荷花。

这首诗有意思的是其背景：林子方当时担任直阁秘书，是给皇帝草拟诏书的文官。杨万里则担任秘书少监、太子侍读，是林子方的上级，两人关系很好，互为知己。这时候，林子方即将外放福州，杨万里认为“近水楼台先得月”，当地方官员不如留在皇帝身边有更多发展机会，但是又不方便明说，所以写了这首诗。

读《晓出净慈寺送林子方》有感

报恩光孝禅寺，杭州西湖美地。
碧叶红花连天，与友相别依依。

如梦令·昨夜雨疏风骤

宋·李清照

昨夜雨疏风骤，浓睡不消残酒。试问卷帘人，却道海棠依旧。知否，知否？应是绿肥红瘦。

释义：

昨夜雨虽然下得稀疏，但是风却劲吹不停，酣睡一夜仍有余醉未消。问那正在卷帘的侍女，外面的情况如何？她说海棠花依然和昨天一样。知道吗？知道吗？这个时节应该是绿叶繁茂、红花凋零了。

赏析：

这首词是李清照早期的作品，虽然短短几句，却展现了一个从昨夜到今晨，宿醉刚醒，关心花事的完整场景，有天气，有事件，有人物，有对白，有观点，内容丰富，可读性强。词人的遣词造句能力可见一斑。

酒喝多了，人应该很难受，但依然很关心庭院的花儿，可见李清照是多么地怜花惜花了。这首词某种程度上借鉴了唐代诗人韩偓的《懒起》，诗中云："昨夜三更雨，临明一阵寒。海棠花在否，侧卧卷帘看。"

读《如梦令·昨夜雨疏风骤》有感

朝来残酒尽，雨打海棠景。
易老青春去，怜花爱护情。

竹　石

清·郑燮

咬定青山不放松，立根原在破岩中。
千磨万击还坚劲，任尔东西南北风。

释义：

竹子抓住青山一点也不放松，它的根牢牢地扎在岩石缝中。

经历无数磨难和打击，竹子依然坚劲，任凭你刮东风西风，还是南风北风。

赏析：

竹子在我国传统文化中有着多种意义：四季常青象征生命力顽强，内里中空代表虚怀若谷；弯而不折，有做人柔中有刚之意；生而有节，表高风亮节之征。古今文人墨客对竹充满了赞美，留下了大量的咏竹诗和竹画。

国人最早的竹情节可以追溯到魏晋时期，现在仍有“竹报平安”的美好寓意。这首诗生动描写了在恶劣环境下生长的竹子，诗人借物喻人、托物言志，在赞美竹子顽强生长的同时，也借此表露自己刚正不阿、铁骨铮铮的追求，以及不会轻易地随风而倒的人生态度。

“千磨万击还坚劲，任尔东西南北风”，现在也常用来形容即使面对困难也要实现目标的精神。

读《竹石》有感

题咏竹石图，坚韧亦不屈。
画竹慰天下，风来无所惧。

清 郑燮 竹石图

旅夜书怀

唐·杜甫

细草微风岸，危樯独夜舟。
星垂平野阔，月涌大江流。
名岂文章著，官应老病休。
飘飘何所似，天地一沙鸥。

释义：

微风吹拂着江岸的细草，立着高高桅杆的小船在夜里孤独地停泊着。
星星低垂在辽阔的平野上，月亮倒映在江面，随着江水涌动。
我的名声岂能靠文章来显著？做官应该在年老多病时停止。
自己到处漂泊像什么呢？就像天地间孤零零的一只沙鸥。

赏析：

广德二年（764），唐朝中期名将、诗人严武推荐杜甫为检校工部员外郎，“杜工部”因此得名。永泰元年（765）正月，杜甫辞去节度参谋职务，返居成都草堂。同年四月，严武去世，杜甫在成都失去依靠，遂携家眷从成都乘舟东下，经榆州（今重庆市）、忠州（今重庆忠县）至夔州（今重庆奉节）。此诗应为途中所作。

诗的前半部分写景，前两句是近景，颇有渺小寂寞之意，后两句是远景，是写长江夜景的名句。诗的后半部分抒怀，不管是小草、小洲，还是星月、平野和大江，都为了衬托诗人飘零无依、孤苦伶仃似沙鸥的凄凉境遇。

2021 年，我编写的第二本作品集，就以《天地沙鸥》命名。

读《旅夜书怀》有感

乘舟三峡至荆门，月夜孤独寂寞人。
名因文章病弃官，沙鸥飘零感怀深。

清平乐·村居

宋·辛弃疾

茅檐低小，溪上青青草。醉里吴音相媚好，白发谁家翁媪？

大儿锄豆溪东，中儿正织鸡笼。最喜小儿亡赖，溪头卧剥莲蓬。

释义：

草屋的茅檐又低又小，溪边长满了青青的小草。含有醉意的吴地方言，听起来温柔又美好，那满头白发的是谁家的老人呢？

大儿子在小溪东边的豆田锄草，二儿子正在编织鸡笼。最喜欢顽皮的小儿子，他正卧在溪头草丛，剥着刚摘下的莲蓬。

赏析：

杰出文人的伟大之处，就在于可以在不同方面展现自己的文才。豪放派词人辛弃疾写起悠闲的乡村生活，一样可以生动、细致，充满情趣。

淳熙八年（1181）春，辛弃疾在江西上饶兴建带湖新居和庄园，并把庄园取名为“稼轩”，自号“稼轩居士”。辛弃疾始终坚持抗金的政治主张，一直遭受排挤和打压。同年十一月，受弹劾被罢官，辛弃疾开始了长期的闲居生活。在这期间，辛弃疾更加关注农村，写下了大量的悠闲田园作品，这首《清平乐·村居》就是其中之一。在词中，词人描写了一个五口之家的乡村生活：住在溪边草屋，老人带醉交流，孩子们各自忙碌……场景十分美好。

我想，辛弃疾也许是特意寻找闲居生活的美好，以削减自己对抗击金兵、收复中原的渴望。

读《清平乐·村居》有感

溪边村居低茅草，白发夫妻饮酒聊。
三子劳作栩如生，赏心悦目农家好。

祖国最南端的邮政局和明信片

《中国诗词大会》（第六季）播出了最后一场，也就是第十场的比赛。

这季的中国诗词大会没有像以往那样由中央一套在春节期间连播，而是采取了周播的形式，放在每周六晚中央一套晚八点的黄金段。在两个多月的播放时间里，《中国诗词大会》给我们带来了一场无比华丽的诗词盛宴。

参加《中国诗词大会》的这段经历对我来说非常难得。来自全国各地的诗词高手，汇聚一堂；连续多日的高强度比赛，日以继夜；知识渊博的评委老师，侃侃而谈；各种诗词知识的全面展开，博大精深……

总决赛的落幕，让《中国诗词大会》告一段落。然而，古诗词学习的道路还很长。我会继续努力，也会继续做好节目，陪伴大家，与诗词共成长。

今天的特别篇，还是讲一道“助力千人团”的诗词应用题，出题人姜宗授来自海南省三沙市，是中国邮政的一名员工。他所在的位置是三沙市永兴岛上的“海上丝绸之路”三沙邮驿，这里是我国最南端的主题邮局。

在远离祖国大陆的南海上，邮政工作者每日与大海相伴，守卫着祖国的万里海疆，也传递着朋友间的思念与祝福。他们想制作一份明信片，正面是三沙美丽的风光，背面印上一句诗词。出题人想让选手给出一句合适的诗词。

现场第一个回答的是第三期擂主、百人团的李佰聪，他可以说是百人团里的最强选手。他给出的诗词是“欲寄彩笺兼尺素，山长水阔知何处”，这句词出自北宋晏殊《蝶恋花》。他认为，南沙群岛位于祖国版图的南端，与首都北京的距离可以用“山长水阔”来形容，从南沙群岛寄出的明信片，和古代的“彩笺”和“尺素”一样都有通信的功能。在如今，明信片已经不是一种方便快捷的通信方式，但是带给人们的感动和深厚情谊是信息时代、网络电波无法代替的。

第二个回答的选手选择了汉代乐府中的一句“有所思，乃在大海南”，这句出自《有所思》。他认为我国国土海洋面积非常辽阔，用这句诗表达当地人们对陆地上朋友的思念，也能反映地理位置。

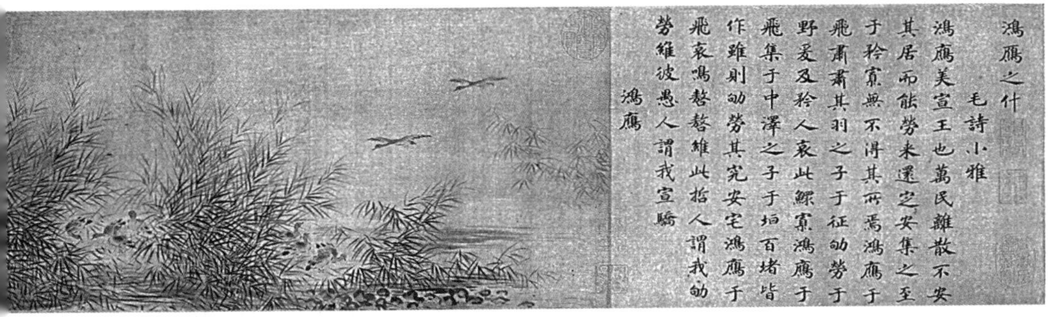

南宋　马和之　小雅·鸿雁之什图

第三个回答的是两期擂主、青年团的黄嘉伟，他给出的回答是“天涯地角有穷时，只有相思无尽处”，这句词也出自北宋晏殊之手，是其《玉楼春·春恨》中的名句。他认为，三沙市的邮政局在祖国国土的最南端，用“天涯地角”来形容毫不过分。一封封来往的信件告诉人们，祖国最南端还矗立有一座邮局。信封里也装载着人们的相思，这种相思既有对家人、对朋友的思念，也有对祖国、对亲人的无限祝福。天涯地角有穷，相思爱国无尽。

由于是决赛，这道题不仅由千人团选手投票，康震、蒙曼、王立群、杨雨、郦波五位评委老师也参与投票。根据现场投票结果，黄嘉伟的“天涯地角有穷时，只有相思无尽处”排第一，李佰聪的“欲寄彩笺兼尺素，山长水阔知何处”排最后。

三个回答里，我最喜欢的是“天涯地角有穷时，只有相思无尽处”，因为在百人团回答时，我选择的也是这句词。而爸爸选择的答案是“欲寄彩笺兼尺素，山长水阔知何处”。我们做出了跟场上优秀选手一样的判断。

我个人觉得，“有所思，乃在大海南”并不贴切，因为从诗句的翻译来看，“我所思念的人，就在大海的南边”，仅有“大海南”体现了地理位置，但忽略了三沙邮局这个概念，更与明信片的制作、邮寄毫无关系。

当然，就像莎士比亚说的，“一千个读者眼中就有一千个哈姆雷特”（There are a thousand Hamlets in a thousand people's eyes），文学作品也好，诗词也罢，都是仁者见仁、智者见智的事情……

本期特别篇的最后，还是循例，口占一绝：

相思无尽大海南，彩笺尺素隔海来。

天涯地角邮政局，山长水阔充满爱。

淮上与友人别

唐·郑谷

扬子江头杨柳春，杨花愁杀渡江人。
数声风笛离亭晚，君向潇湘我向秦。

释义：

扬子江边，杨柳青青春意正浓，漫天飞扬的杨花让渡江之人非常地烦恼。

微风中传来几声笛音，离亭渐渐染上暮色，你要南下潇湘，我却要西向秦地。

赏析：

这首诗是郑谷在扬州和友人分手时所作，本诗和其他送别诗不同，不是一方送别另一方，而是诗人和友人各向两地。友人渡江南往潇湘（今湖南）一带，郑谷则北向秦地（今陕西）某地。

有人说，晚唐绝句自杜牧、李商隐以后单纯议论之风渐炽，抒情性、形象性和音乐性都大为减弱。而郑谷的这首七绝仍然保持了长于抒情、富于风韵的特点，写景咏物出色，描述事件易懂，有离别神品之说。后来常被作为儿童启蒙诗传诵。

诗的前三句都是写景，江上春节，杨柳依依，杨花飞扬，夹杂风笛，充分地描绘了眼前的美好景色，而最后一句突然转折，没有抒情，只是直接点明各自的去向。在未来南北殊途的旅程中，彼此应该会有更多思念，会时常记起这眼前离别时的美景。

读《淮上与友人别》有感

言浅说友谊，童蒙传诵易。
写景善咏物，神品话别离。

蚕　　妇

宋·张俞

昨日入城市，归来泪满巾。
遍身罗绮者，不是养蚕人。

释义：

昨天我进城去卖蚕丝，回来时泪水湿透了手巾。

因为我在城里看到浑身穿着绫罗绸缎的人，他们都不是养蚕的。

赏析：

这首小诗是北宋时期社会生活的真实写照，有着诗人对当时社会的思考和批判。

诗中描写了一位以养蚕卖丝为生的乡村妇人的见闻和感受。她整日辛苦忙碌，应该也很少有机会进城，看到城里有钱人穿绸裹缎，联想到提供原料的像自己一样的养蚕人，不免伤心落泪。

张俞，号白云先生，屡试不第，与苏洵、文彦博相识。诗人通过观察底层劳动人民的生活，选取养蚕人的这一视角，揭露了统治阶级不劳而获、坐享富贵，普通百姓衣食艰难、整日劳作的社会现实，进而表达了对劳动人民的同情，以及对社会现实的不满。

读《蚕妇》有感

卖丝归来泪满巾，权势富贵穿绸缎。
统治阶层可享乐，穷苦百姓衣食难。

牧　童　诗

宋·黄庭坚

骑牛远远过前村，短笛横吹隔陇闻。
多少长安名利客，机关用尽不如君。

释义：

牧童骑着牛远远地经过山村，他横吹短笛，我隔着田垄就能听到。
长安城内那些追逐名利的人啊，用尽心机也不如你这样悠闲自得。

赏析：

据《桐江诗话》记载，这首诗是黄庭坚七岁时创作，即皇祐三年（1051）。黄庭坚父亲黄庶邀请几位诗友一起在家饮酒吟诗时，其中一位说：“久闻令郎少年聪慧，何不让他也来吟一首！”黄庭坚想起了吹笛子的小牧童，便以牧童为题作了这首诗。

这首诗前面写了牧童骑牛、村间吹笛的景象，后面用追逐名利的长安客与牧童相比，指出他们还没有牧童快乐。一闲一忙，一褒一贬，诗人的观点在轻松明快的言语中流露出来。成语“机关用尽”就是出自这里。

读《牧童诗》有感

涪翁七岁作小诗，无忧无虑心陶然。
不为利累向自由，机关用尽出此篇。

南宋　李迪　风雨牧归图

白鹿洞二首·其一

唐·王贞白

读书不觉已春深，一寸光阴一寸金。
不是道人来引笑，周情孔思正追寻。

释义：

专心读书，不知不觉已经到了暮春时节，一寸光阴如同一寸黄金那么珍贵。

如果不是道人来说笑，我还在深入钻研周公礼法、孔子儒学呢。

赏析：

白鹿洞在今江西省庐山五老峰南麓的后屏山之南，这里环境幽静，青山环抱。相传唐代李渤兄弟在此隐居读书，李渤养了一只白鹿，二者相随相伴，人称李渤白鹿先生，他隐居读书的山坳就被称为“白鹿洞”。

著名的白鹿洞书院“始于唐，盛于宋，沿于明清”，有 1000 多年历史。这首诗应该是王贞白在书院读书时所写。

“一寸光阴一寸金”充分说明了时间的宝贵，也成为劝勉世人珍惜时光的至理名言。后来，明代编写儿童启蒙书目《增广贤文》时，还对此句进行了增补——“一寸光阴一寸金，寸金难买寸光阴”。

读《白鹿洞二首·其一》有感

求学五老峰，读书需苦功。
惜时当如金，光阴与金同。

忆江南·多少恨

五代·李煜

多少恨，昨夜梦魂中。还似旧时游上苑，车如流水马如龙。花月正春风。

释义：

有多少遗恨呀，都在昨夜的梦中了。梦中我好像还是故国君主，常在上苑游乐，车子接连不断像流水一样穿梭，马匹络绎不绝像游龙一样走动。那时候，花好月圆，春风醉人。

赏析：

这首词同样是南唐后主李煜亡国之后被囚禁在北宋都城开封期间所写的感怀作品。从占据一方的皇帝，变成了失去自由的囚徒，这样的生活和心理落差一定非常大。所以，作品中就自然体现出词人对现实的无奈和对往昔的追忆。

开篇写梦中留下许多恨，后面写恨的原因，原来是梦中回到了往昔仍是君主的热闹生活。李煜也许是真的做梦了，也许只是借梦说事，如是后者，则更显凄凉。

“车如流水，马如游龙”语出范晔《后汉书·明德马皇后纪》。唐代诗人苏颋改写为“车如流水马如龙”，李煜这里是借用。

读《忆江南·多少恨》有感

重温旧时欢与乐，满腔悲愤心头恶。
车水马龙俱往矣，良辰美景再难得。

画　眉　鸟

宋·欧阳修

百啭千声随意移，山花红紫树高低。
始知锁向金笼听，不及林间自在啼。

释义：

画眉鸟一边自在啼鸣，一边随着自己的心意在林间飞动，在那开满红紫山花的树头高低跳跃。

现在才知道，以前听到的锁在金笼里的画眉鸟叫声，远远不如它在林中的自在啼唱好听。

赏析：

画眉鸟是鸟纲画眉科的中型鸟类，机敏而胆怯，不擅远距离飞行，是常见的笼中鸟。画眉鸟喜鸣叫，从早到晚几乎叫个不停，鸣声婉转动听，古人称其叫声为“如意如意”。

欧阳修采用了对比的手法，前两句写画眉鸟在自然界的生活，随意鸣叫，自由飞翔。后两句说笼中的画眉鸟，鸣叫的声音要差了许多。其实，鸟鸣的声音应该差不了多少，只是诗人赋予了笼中鸟和林中鸟不同的心情。

有人分析，这首诗可能写于欧阳修因在朝中受到排挤而被贬滁州的时候。如果是这样，那么诗人对画眉鸟自由生活的赞美，也就带上了自己向往自由生活的愿望。

读《画眉鸟》有感

随性动听歌，树间自由舞。
朝官贬地方，金笼留恋无。

赠别二首·其一

唐·杜牧

娉娉袅袅十三余，豆蔻梢头二月初。
春风十里扬州路，卷上珠帘总不如。

释义：

十三四岁的少女体态袅娜，举止轻盈美好，就像二月里含苞待放、初现梢头的豆蔻花。

十里扬州路上的春光无限，珠帘翠幕中的佳人没人能比得上。

赏析：

大和七年（833），杜牧被淮南节度使牛僧孺授予推官一职，后转为掌书记。这期间，杜牧居住在扬州。大和九年（835），杜牧被朝廷征为监察御史，赴长安任职。这两首诗是杜牧与相识的年轻歌女分别时所作。

扬州在唐朝时十分繁华，有“扬一益二”之称。杜牧在扬州期间应该是经常和歌女在一起的，他自己都说：“十年一觉扬州梦，赢得青楼薄幸名。”

这首诗里，杜牧主要称赞了这位歌女年轻美好，甚至认为她是扬州城里最美的。

成语“豆蔻年华”就出自这首诗。

读《赠别二首·其一》有感

赠与歌女别，扬州赴长安。
少女豆蔻花，美人记心间。

赠别二首·其二

唐·杜牧

多情却似总无情，唯觉尊前笑不成。
蜡烛有心还惜别，替人垂泪到天明。

释义：

多情的人却像是无情的人一样，只是在离别的酒宴上笑不出声来。
蜡烛仿佛还有惜别的心意，替离别的人一直流泪到天明。

赏析：

《赠别二首》其一赞美了歌女的颜值，其二记录了告别宴会的场景。

诗人说自己因为深情才显得无情，但举杯的时候才发现已经笑不出来了。同时，这首诗用拟人的手法，借蜡烛垂泪表达二人分别的伤心，杜牧从另一个角度写出了依依惜别之情。

读《赠别二首·其二》有感

情深别离难，饮酒笑容少。
伤感看烛心，夜宴终难了。

登鹳雀楼

唐·王之涣

白日依山尽，黄河入海流。
欲穷千里目，更上一层楼。

释义：

站在高楼上，只见太阳随着山势慢慢落下，滔滔黄河向着大海汹涌奔流。

想要看到千里之外的风光，那就要登上更高的一层楼。

赏析：

唐代诗人王之涣留下的绝句不多，这是其中最著名的一首，也是唐代众多登临诗中的名篇。

北周时，宇文护为了镇守蒲州，在蒲州西面的黄河东岸建造了一座戍楼，作军事瞭望之用，这便是后世所称的鹳雀楼。传说常有鹳雀在此停留，故有此名。

这首诗短短二十字，写得气势恢宏，前两句写壮阔景象，后两句写登楼观感。“欲穷千里目，更上一层楼”，表面意思是登高才能望远，后常被人们用来比喻人生要不断向上进取。

沈括在《梦溪笔谈》中认为，唐人在鹳雀楼所留下的诗中，“惟李益、王之涣、畅当三篇，能状其景”。

读《登鹳雀楼》有感

登高望远看山河，黄河岸边鹳雀楼。
极目千里壮阔景，更上层楼第一流。

清平调词·其一

唐·李白

云想衣裳花想容，春风拂槛露华浓。
若非群玉山头见，会向瑶台月下逢。

释义：

看到云就联想到她华美的衣裳，看到花就联想到她娇艳的容貌，春风吹拂栏杆，露珠润泽，花色更加好看。

如此天香国色，不是群玉山头所见的飘飘仙子，就是瑶台殿前月光下的仙女。

赏析：

这组诗共有三首。据史料记载，唐玄宗天宝二年（743）或天宝三年（744）春天的一日，唐玄宗和杨贵妃在宫中的沉香亭观赏牡丹花时召翰林待诏李白进宫写新乐章。李白奉诏进宫，即在金花笺上作了这三首诗。

用现在的话来说，李白接受了一场命题作文的现场考核，而且是符合音律的现场考试。“谪仙人”就是水平高，一下拿出了三首佳作。

这首其一，起调甚高。起句运用比喻的手法，用浮云和牡丹来比喻杨贵妃的衣裳与容颜之美。次句运用了拟人手法，明写春风、花露，暗指君王的宠幸。三句和四句，更是将杨贵妃提升到仙女高度。

读《清平调词·其一》有感

天子贵妃游沉香，同赏国色牡丹花。
翰林待诏写乐章，金花笺上留佳话。

清平调词·其二

唐·李白

一枝红艳露凝香，云雨巫山枉断肠。
借问汉宫谁得似，可怜飞燕倚新妆。

释义：

贵妃真像是一枝带露牡丹，艳丽凝香，楚王神女巫山相会，枉然悲伤断肠。

请问汉宫得宠妃嫔，谁能和她相比？可爱无比的赵飞燕，邀宠还得依仗新妆！

赏析：

如果说在其一中写杨贵妃受宠还有些隐喻，其二则有些直截了当了。这首诗先用花受香露衬托杨贵妃受唐玄宗宠幸，后用楚王遇神女的神话传说、飞燕靠化妆的前朝轶事来衬托贵妃的天香国色，神女、飞燕都不如她。

读《清平调词·其二》有感

花受香露人受宠，楚王神女皆虚妄。
贵妃沐恩实惠多，飞燕新妆也难当。

清平调词·其三

唐·李白

名花倾国两相欢，长得君王带笑看。
解释春风无限恨，沉香亭北倚阑干。

释义：

杨贵妃绝代佳人与红艳牡丹相得益彰，美人与名花常得君王带笑观看。动人姿色似春风，能消释无限愁恨，在沉香亭北，君王、贵妃双双倚靠着栏杆。

赏析：

其三作为总结，更是把现场的牡丹、杨贵妃、唐玄宗联系到一起，写花、写景、写人、写情，融为一体。相信看了这三首诗，皇帝与贵妃一定会很开心，现场所有人都会为李白所折服。

读《清平调词·其三》有感

清歌同赞花与人，平淡除却君王愁。
调起倾城与人国，词出太白流传久。

明　仇英　贵妃晓妆图

春　日

宋·朱熹

胜日寻芳泗水滨，无边光景一时新。
等闲识得东风面，万紫千红总是春。

释义：

风和日丽之时，前往泗水的河边踏青，无边无际的风光，焕然一新。

谁都可以发现春天的面貌，因为春风吹得百花开放、万紫千红，到处都是春色。

赏析：

这首诗表面看起来是一首描写春天景色的写景诗，实际上是一首哲理诗，表达了朱熹在乱世中追求圣人之道的美好愿望。“无边”指儒学深远，“东风”暗喻教化，“万紫千红”喻丰富多彩，寓理趣于春天的形象之中。

朱熹是南宋的理学大家。泗水在今天山东境内。南宋时期，这个区域早已经被金国占领，南宋人想去泗水是不现实的，朱熹也没有去过泗水。

为什么要将春景之地放在泗水呢？那是因为在春秋时期洙泗二水流经鲁国都城曲阜，孔子于二水之间聚徒讲学，创立了儒家学派，洙泗遂成为儒家文化的象征而闻名遐迩。朱熹仰慕孔子当年传道授业的盛事，神游寻芳，寻的其实是圣人之道。朱熹是唯一非孔子亲传弟子而享祀孔庙的人，位列大成殿十二哲者中。

读《春日》有感

道路寻春芳，芳菲新时光。
光景随风来，来学圣人道。

《早春呈水部张十八员外》与韩愈平叛

《早春呈水部张十八员外》共二首，都是韩愈写给张籍的。第一首比较有名，前面已经讲过了，第二首名气就相对小一点。

今天讲一讲《早春呈水部张十八员外·其二》这首诗。

莫道官忙身老大，即无年少逐春心。
凭君先到江头看，柳色如今深未深。

“官忙”是指韩愈写这首诗的时候在吏部任职，公务繁忙。“身老大”是指年纪大，韩愈此时已经五十六岁。“凭君”是请君。“江头”是指曲江，位于唐代金城东南角，为游览胜地。

“莫道官忙身老大”意思是说，不要说官事冗杂，年纪大了，就失去了年少时追赶春天的心情。后两句意思是说，请你忙里偷闲先到江边游春散心，看看如今的柳色是否已经很深了。

《早春呈水部张十八员外》这两首诗，第一首写景，第二首则注重抒情，第二首不仅突出了早春的早字，更以江边春天的柳色映衬官身之路。年少逐春，用自己的童心来感受着大自然的美妙机趣，而老大逐春就别是一番滋味了。韩愈和张籍都多年为官，宦海沉浮，世事沧桑，在充分感受了人间的坎坷之后，忙里偷闲地游一游春，散一散心，是一种享受。韩愈在这里想告诉张籍，放一放公事，看一看春景，会有不一样的收获。

第二首诗的意思并不复杂，在这里重点讲讲与这首诗相关的故事，康震老师在《中国诗词大会》（第六季）的比赛现场也给选手们讲解过。

韩愈此诗作于唐穆宗长庆三年（823）早春，当时韩愈任吏部侍郎。虽然升职时间不长，但此时他心情很好，因为在此前的镇州（今河北正定）藩镇叛乱中，韩愈奉命前往宣抚，说服叛军，平息了一场叛乱。因为平叛有功，穆宗非常高兴，把他从兵部侍郎升任吏部侍郎。

叛乱的背景是：有个叫王廷凑的成德军都知兵马使，把新上任的节度使田弘正全家都杀了，自任代理节度使向朝廷索要节钺，意图获得承认。朝廷因无力镇压，只得答应王廷凑的要求，并任命韩愈为宣慰使前去安抚。

此时的韩愈已年过半百，文武百官都替他捏着一把汗，穆宗也后悔让他前去，便派人追他回来，没想到韩愈却大义凛然，认为“安有受君命而滞留自顾”之理，反而走得更快了，唯恐耽误了时间，又闹出一场“安史之乱”。

抵达镇州后，面对刀剑出鞘的士兵，韩愈面不改色，一番道理说得王廷凑痛哭流涕，真心归顺。返程时，韩愈心情极佳，又作诗一首：

别来杨柳街头树，摆弄春风只欲飞。
还有小园桃李在，留花不发待郎归。

韩愈一个文人身入险境，完成了一项看似不可能完成的任务，难怪后来苏轼评价韩愈用了这么一句话：“文起八代之衰，而道济天下之溺；忠犯人主之怒，而勇夺三军之帅。”对于一个封建时代的士大夫，这可以说是最高的评价。韩愈这样的一次出使工作，也换来了巨大的政治成果。

升官之后的韩愈应该是非常忙的。在文学方面他早已声名大振，在复兴儒学的事业中他也卓有建树。因此，虽然年近花甲，他却不因岁月如流而悲伤，而是兴味盎然地迎接春天。

韩愈约当时任水部员外郎的诗人张籍游春，唐朝的水部是工部的下属部门，张籍以事忙年老推辞。韩愈和张籍年纪差不多，但是职位比张籍高，事情也比张籍多。韩愈于是作诗寄赠，颇有调侃之意，借早春景色之美，邀张籍一同外出。

有道是：

文人豪气平叛归，
相约赏春不成对。
年老亦有逐春心，
不伤岁月迎春回。

遣　怀

唐·杜牧

落魄江湖载酒行，楚腰纤细掌中轻。
十年一觉扬州梦，赢得青楼薄幸名。

释义：

想当年，困顿江湖饮酒作乐放纵而行，专爱那腰身纤细的女子，因为能在掌中起舞。

扬州十年的纵情生活，好像一场梦，到头来，只留下青楼里的一个“薄幸”名声。

赏析：

这首诗从表面看是杜牧对自己在扬州生活的回顾和总结，但其中颇有些感慨人生、怀才不遇的伤感。有资料显示，这是杜牧从京城外放黄州时所作。晚唐时黄州是一处外放“逐臣”的地方，被京官视为“鄙陋州郡”，所以杜牧的心情不大会好，因而遣怀。

杜牧在扬州的生活应该还是惬意的。有人说这首诗是杜牧出入风月场所，醉生梦死，落得“薄幸”名的悔恨。也有人说，这首诗是杜牧对现实处境不满，借诗文抒发感慨。我查阅了相关资料，杜牧其实在扬州也就三年左右的时间，诗中“十年”应是虚指，所以我更倾向于后一种说法。

读《遣怀》有感

江南放浪行，诗酒风流性。
前尘如梦幻，徒留负心名。

落　　花

唐·严恽

春光冉冉归何处，更向花前把一杯。
尽日问花花不语，为谁零落为谁开。

释义：

春光柔媚美好却不知道要去哪里，只有抓紧在花前喝上一杯。

整日问花，花却一直不说话，它到底是为谁开放又为谁凋谢呢？

赏析：

严恽这个人有点悲催，他一生中参加过很多次科考都没考中。

唐代进士科考试一般在春天的二三月举行，经过一个多月的批卷，于四月发榜。在严恽的眼中，春天的花从不为他开，他总是反反复复受到落花的伤害。

严恽和杜牧关系不错，杜牧写过《和严恽秀才落花》：“共惜流年留不得，且环流水醉流杯。无情红艳年年盛，不恨凋零却恨开。”皮日休、陆龟蒙也都喜欢严恽的诗。严恽死后，皮日休写了《伤进士严子重诗》：“十哭都门榜上尘，盖棺终是五湖人。”

虽然严恽只有一首诗传世，但后两句常被名家化用。苏东坡有“太守问花花有语，为君零落为君开”，欧阳修有“泪眼问花花不语，乱红飞过秋千去”，朱淑真有“把酒送春春不语，黄昏却下潇潇雨”。

读《落花》有感

春光归去难，且与春花谈。
不知为谁开，凋零为谁叹。

忆　扬　州

唐 · 徐凝

萧娘脸下难胜泪，桃叶眉头易得愁。
天下三分明月夜，二分无赖是扬州。

释义：

少女娇美的面庞遮掩不住相思离别的眼泪，桃叶眉上挂着容易被人察觉的忧愁。

天下的明月有三分光华吧，可爱的扬州就占去了二分。

赏析：

这首诗题为“忆扬州”，却一半写人，一半写城，写人温柔婉转，写城风光无限。

南朝以来，诗词中男子所恋的女子常被称为萧娘，女子所恋的男子常被称为萧郎。桃叶是晋代王献之的爱妾，王献之为她作过《桃叶歌》，后常被作为咏歌伎的典故，这里代指少女或思念的佳人。

“天下三分明月夜，二分无赖是扬州”是写明月的名句，更是写扬州的名句，把扬州月色拔高到无与伦比的高度，使无数后人对扬州无比向往。这里的“无赖”不是赖皮的意思，而是指可爱。辛弃疾也说“最喜小儿无赖”。

2015 年的“烟花四月”，我曾“上”扬州，夜游瘦西湖。那天恰逢农历四月十四，赏无边月色，看湖边歌舞，有烟花腾空，度过了“二分明月”下的扬州之夜。

读《忆扬州》有感

扬州忆繁华，萧桃思佳人。
一笔荡开来，二分明月生。

绝　　句

唐·杜甫

两个黄鹂鸣翠柳，一行白鹭上青天。
窗含西岭千秋雪，门泊东吴万里船。

释义：

两只黄鹂在翠绿的柳树间鸣叫，一行白鹭直冲上蔚蓝的天空。

开窗就能看见覆盖千年的西岭积雪，门前停泊着来自万里之外的东吴船只。

赏析：

唐肃宗宝应元年（762），成都尹严武入朝，蜀中发生动乱，杜甫一度避往梓州。次年安史之乱平定，又过一年，严武回到成都再次镇蜀。杜甫得知这位故人的消息，也跟着回到成都草堂。

这时杜甫的心情特别舒畅，面对一派生机勃勃的景象，情不自禁，欣然写下了四首绝句。一写草堂，二写浣花溪，三写早春景色，四写药圃，这第三首最为有名。

这首诗最大的特点就是句句对仗、字字对仗，诗中数字多，颜色多，有动物，有方位，有景色，而且完美地融合在一起，真是“绝”句。

读《绝句》有感

一二千万数，黄翠白青色。
鹂柳鹭上天，窗岭门雪船。

江　雪

唐·柳宗元

千山鸟飞绝，万径人踪灭。
孤舟蓑笠翁，独钓寒江雪。

释义：

所有的山上，飞鸟的身影已经绝迹，所有的道路，也都看不见人的踪影。

江上有孤舟，一位披戴着蓑笠的老翁，独自在大雪纷飞的寒冷江面上垂钓。

赏析：

这是一首写景诗，前两句用了夸张的手法，写得颇为悲凉，千山万径，鸟绝人灭，感觉看不到一点希望。后两句写出了一点生气，在如此寒冷寂寞的环境里，还有人在活动，似乎希望又重新被燃起。

这首诗作于柳宗元谪居永州期间（805—815），结合他的经历来看，就很有些“诗言志”的意味了。

唐顺宗永贞元年（805），柳宗元参加了王叔文集团发动的永贞革新运动，推行内抑宦官、外制藩镇、维护国家统一的政治措施。但由于敌对势力的联合反对，运动很快失败，柳宗元被贬为永州司马，流放十年，实际上过着被管制、软禁的“拘囚”生活。

冒着风雪、独自垂钓的老翁，很可能就是作者自比了：不管外部环境怎么恶劣，再孤独寒冷的环境也不畏惧。

读《江雪》有感

大雪弥天未见人，披蓑戴笠且垂纶。
寒江之上横船有，不羁之心傲世存。

枫 桥 夜 泊

唐・张继

月落乌啼霜满天，江枫渔火对愁眠。
姑苏城外寒山寺，夜半钟声到客船。

释义：

月亮已落下，乌鸦啼叫，寒气满天，江边枫树和船上渔火伴随着我带愁入眠。

姑苏城外那寒山古寺，半夜里敲响的钟声，传到了我所在的客船。

赏析：

我国的佛教名寺很多，但论起海内外的声名，寒山寺一定可以排到前列。很多外国人都对寒山寺心向往之，而这一切要归功于张继的这首《枫桥夜泊》。

唐玄宗天宝十四年（755）爆发了安史之乱，中原地带一片混乱。当时江南政局比较稳定，所以不少文士纷纷到今江苏、浙江一带避乱，其中也包括张继，用他的话来说："浮客了无定，萍流淮海间。"

在一个秋天的夜晚，南下的张继泊舟苏州城外的枫桥，看着江南水乡秋夜之色，听着远处寒山寺传来的钟声，写下了这首著名的羁旅诗。从此，月落乌啼、江枫渔火、夜半钟声等意象流传千古。

我曾去过苏州，游过虎丘，上看斜塔，下观剑池，也顺道去寒山寺一游。寺前游人如织，车水马龙。

读《枫桥夜泊》有感

江南旅途中，水乡秋夜泊。
飘零幽静冷，乌啼钟声过。

台　城

唐 · 韦庄

江雨霏霏江草齐，六朝如梦鸟空啼。
无情最是台城柳，依旧烟笼十里堤。

释义：

江上烟雨迷蒙，江边绿草如茵，六朝往事如梦，只剩春鸟悲啼。
最无情的是那台城的杨柳，依旧像清淡的烟雾般笼罩着十里长堤。

赏析：

韦庄是唐末诗人、词人，唐朝灭亡后，他官至五代前蜀宰相。韦庄与温庭筠同为“花间派”代表作家，并称“温韦”。所著长诗《秦妇吟》与《孔雀东南飞》《木兰诗》并称“乐府三绝”。

这是一首凭吊六朝古迹的诗。台城，旧址在今江苏南京市鸡鸣山南，本是三国时代吴国的后苑城，东晋成帝时改建。从东晋到南朝结束，这里一直是朝廷台省（中央政府）和皇宫所在地，既是政治中枢，又是帝王游玩享乐的场所。

中唐时期，昔日繁华的台城已是荒芜，到了唐末，这里就更荒废不堪了。诗中写了烟雨中的江草、鸟鸣，还拟人化了柳树——六朝往事过去后，柳树依然无情地看着历史兴衰。

读《台城》有感

凭吊六朝迹，感叹兴亡失。
无情柳仍在，惆怅沧桑事。

题都城南庄

唐·崔护

去年今日此门中，人面桃花相映红。
人面不知何处去，桃花依旧笑春风。

释义：

去年的今天，我从这扇门里望去，那美艳的脸庞和美丽的桃花彼此相互映衬，红得可爱。

今年今日再来这里，那美人已不知所踪，只有桃花依旧，含笑开放在这春风中。

赏析：

此诗的创作时间不详。唐人孟棨《本事诗》和宋代《太平广记》中都有这样的记载：崔护到长安参加进士考试落第后，在长安南郊偶遇一美丽少女，次年清明节重访此女不遇，于是题写此诗。

尽管未见史册，也不知道是否真有其事，但这首诗确实描绘了一个有传奇色彩的故事。去年和今年，同一时间，一前一后场景既相同又不同。去年有美人、桃花，回忆十分美好；今年只剩桃花，感觉充满遗憾。

人面、桃花角度的选取，既简单体现，又加深了情感。成语“人面桃花”就出自此诗，泛指内心爱慕而不可复得的美丽女子。

读《题都城南庄》有感

人美长安郊，面如桃花俏。
桃花仍摇曳，花去人无笑。

陇西行·其二

唐·陈陶

誓扫匈奴不顾身，五千貂锦丧胡尘。
可怜无定河边骨，犹是春闺梦里人！

释义：

戍边将士誓死横扫匈奴，奋不顾身，五千身穿锦袍的精兵战死胡地。
可怜那无定河边成堆的白骨，还是少妇们春闺里思念的梦中人。

赏析：

陈陶的《陇西行》共有四首，这是其二，四首总体的情感色调是悲伤的。我查阅了陈陶的生平，似乎没有他前往陇西的记录，但他对边塞事件的描写入木三分，宛如亲见。

这首诗前两句颇为悲壮，描写了唐军将士奋不顾身、英勇杀敌、全军覆没的激战场景，后两句转写一名闺中妻子不知丈夫战死，在梦中盼着良人归来。上下文看似有些脱节，其实细想，遭遇这样不幸的家庭还有五千余个。

诗中反映了长期的边塞战争给人民带来的痛苦和灾难，残酷现实和虚幻美梦对应，形成了强烈的感知效果，也成就了这首描写战争的名篇。

读《陇西行·其二》有感

忠勇赴慷慨，陇西悲壮战。
征人凄凉骨，妻子尚梦还。

立春偶成

宋·张栻

律回岁晚冰霜少，春到人间草木知。
便觉眼前生意满，东风吹水绿参差。

释义：

年终时候春回大地，冰霜渐渐减少，春天到来的时候，草木最先知晓。只觉得眼前已是一片生机盎然，东风吹来，水面碧波荡漾。

赏析：

立春为二十四节气之首：立，是“开始”之意；春，代表着温暖、生长。二十四节气最初依据“斗转星移”制定，北斗七星的斗柄指向寅位时为立春。律回，即大地回春的意思，黄帝以音律分十二月之气，阳六为律，阴六为吕。农历十二月属吕，正月属律，立春往往在十二月与正月之交，所以说“律回”。

这是一首写在立春时节的节令诗。首句先写诗人所见，冰霜消融；第二句用拟人手法，草木知春；第三句写诗人感受，眼前充满生机；第四句再写所见，春风拂动水面。这首诗语言生动，情景交融，表达出诗人面对春天到来的欣喜。

“春到人间草木知”的拟人化手法，与苏轼的“春江水暖鸭先知”有异曲同工之妙。

读《立春偶成》有感

残冬冰雪消，春回草木俏。
盎然满生意，荡漾碧波到。

望天门山

唐·李白

天门中断楚江开，碧水东流至此回。
两岸青山相对出，孤帆一片日边来。

释义：

长江犹如巨斧，劈开天门雄峰，滚滚东流的碧绿江水，到了这里开始回转。

两岸青山互相对峙，一叶孤舟从太阳升起的地方悠悠驶来。

赏析：

《望天门山》是开元十三年（725）李白初出巴蜀乘船赴江东，途中初次见到天门山时有感而作。

天门山在今安徽省芜湖市北郊长江畔，是“夹江对峙”的东梁山、西梁山的并称。天门两山中，东梁山最为陡峭，突兀江中，如刀削斧砍，巍巍然砥柱中流，令由西向东的长江在这里回转，所以才有“碧水东流至此回”的奇特景象。

这首诗描绘了一幅色彩绚丽的山水画，碧水、青山、白帆、红日，远近相生，相映成趣；六个动词断、开、流、回、出、来，静中有动，动静相宜。天门山的雄奇景观，跃然纸上。

读《望天门山》有感

川东下天门，两山江边横。
大江转向流，一舟远来呈。

赠 去 婢

唐·崔郊

公子王孙逐后尘，绿珠垂泪滴罗巾。
侯门一入深如海，从此萧郎是路人。

释义：

公子王孙竞相争逐在后面，貌美的女子流泪湿透了罗巾。
一旦进入深幽如海的侯门，从此心爱之人便成了陌生路人。

赏析：

《云溪友议》和《全唐诗话》中都记载了这样的故事：唐代元和年间，秀才崔郊寓居在襄州（今湖北襄阳）姑母家。姑母家婢女姿容秀丽，是出名的美女，崔郊与婢女互生爱恋，但姑母由于家境原因，将婢女卖给了襄州司空于頔。

崔郊对婢女念念不忘，寒食节那天，他在司空府邸外终于等到外出的恋人，两人百感交集，崔郊写下这首诗。后来于頔读到此诗，招来崔郊让他将婢女领去并赠钱万贯，成就了这段姻缘，传为佳话。

绿珠是西晋富豪石崇的宠妾，这里喻指被人夺走的婢女。“侯门一入深如海，从此萧郎是路人”后来常被引用，比喻女子进入帝王或权贵之家后，往日的情人也就成了不相干的路人了。

读《赠去婢》有感

婢女念不忘，如海侯王家。
萧郎怜绿珠，去婢复又嫁。

剑　　客

唐·贾岛

十年磨一剑，霜刃未曾试。
今日把似君，谁有不平事？

释义：

十年磨成一剑，寒光闪烁，只是还未试过锋芒。
如今将它取出，给您一看，谁有冤屈不平的事？

赏析：

贾岛在这首诗中以剑客口吻自述，描绘了一名经过多年积累，功力深厚，有志消除天下不平事，却还没有机会施展才华的剑客。如果我们了解贾岛的经历就能明白，这首诗托物言志，很有意思。

贾岛早年出家为僧，法号无本。据说当时有命令禁止和尚午后外出，贾岛还曾作诗发牢骚。后来贾岛被韩愈发现，在韩愈建议下，他还俗并参加科举，但累试不中。不中就算了，贾岛还写了《病蝉》发牢骚，结果被认为是“无才之人，不得采用”，与平曾等人一起落了个“举场十恶”的名声。

这首诗贾岛其实是在说，自己多年苦学，但还没有机会展示，什么时候才能遇到伯乐赏识自己呢？“十年磨一剑”后来用来比喻多年刻苦磨炼。

读《剑客》有感

早年为僧后为官，自比剑客才似剑。
胸有抱负心欲试，十年霜刃天下安。

端午节与浪漫主义爱国诗人屈原

2021 年 6 月 14 日，农历五月初五，端午节。端午节与春节、清明节、中秋节同为中国四大传统节日。端午文化在世界上影响广泛，除了我国，世界上还有其他一些国家和地区庆贺端午。

端午节源于自然天象崇拜，由上古时代祭龙演变而来。仲夏端午，苍龙七宿飞升至正南中天，处于全年最“正中”之位，如《易经·乾卦》第五爻的爻辞曰：“飞龙在天。”

据统计，端午节的名称在我国所有传统节日当中叫法最多，达二十多个，有龙舟节、重午节、端阳节、五月节、菖蒲节等。

划龙舟与吃粽子是端午节的两大习俗，这两大习俗从古传承至今。

相传战国时期的楚国诗人屈原在五月五日跳汨罗江自尽，后来人们亦将端午节作为纪念屈原的节日。

据南朝梁代吴均志怪小说《续齐谐记》中记载，屈原五月五日投江后，楚国人甚是哀痛，“每至此日，竹筒贮米，投水祭之”。到汉代建武年间，有个长沙人欧回遇到一位自称屈原的人，此人表示，祭祀的筒粽常常被江中蛟龙窃食，希望人们以后祭祀他的时候，“可以楝树叶塞其上，以五彩丝缚之。此二物，蛟龙所惮也”。欧回将要求告知周边民众，此后“世人作粽，并带五彩丝及楝叶。皆汨罗之遗风也”。

屈原是一位伟大的爱国诗人，是中国浪漫主义文学的奠基人。楚国著名的辞赋家宋玉、唐勒、景差都受到屈原的影响。

屈原的主要作品有《离骚》《九歌》《九章》《天问》等，以屈原作品为主体的《楚辞》是中国浪漫主义文学的源头。《楚辞》中的《离骚》与《诗经》中的《国风》并称“风骚”，对后世诗歌产生了深远影响，成为中国文学史上的璀璨明珠。“路漫漫其修远兮，吾将上下而求索”，屈原的“求索”精神，成为后世所信奉和追求的一种高尚精神。

在《中国诗词大会》（第六季）第一期节目中，康震老师出的一道身临其境题就与屈原的《楚辞》有关。外景地点在四川九寨沟的珍珠滩瀑布，壮观的瀑布场面，大家觉得很眼熟，因为这里是著名的 1986 年版《西游记》的拍摄地点。康震老师出的题目就是从三个选项中选出与《西游记》片尾曲中“敢问路在何方，路在脚下”含义接近的。

三个选项分别是：A“路漫漫其修远兮，吾将上下而求索”；B“出不入兮往不反，平原忽兮路超远”；C“蓬山此去无多路，青鸟殷勤为探看”。正确答案就是出自屈原《离骚》的“路漫漫其修远兮，吾将上下而求索”：道路啊非常漫长，非常的遥远，但我依然坚定我的理想，上下而求索。

最后，我还是口占一绝：

端阳传统自古来，
午中正道龙在天。
屈子不平投江后，
长路漫漫待求索。

唐　李昭道　龙舟竞渡图

鸟 鸣 涧

唐 · 王维

人闲桂花落，夜静春山空。
月出惊山鸟，时鸣春涧中。

释义：

寂静山谷，悠闲的人听着春桂花无声飘落，宁静夜色的春山一片空寂。月亮升起，惊动了山中栖鸟，在春天的溪涧里时不时地鸣叫。

赏析：

这是王维组诗《皇甫岳云溪杂题五首》中的一首，其他四首分别为《莲花坞》《上平田》《萍池》《鸬鹚堰》。推测此诗是王维在唐开元年间（713—741）游历江南，寓居在今绍兴县东南五云溪（即若耶溪）期间，至友人皇甫岳所居的云溪别墅所写。

诗的前两句采用了通感的手法，描绘了一个非常静谧的意境。因为夜深人静、人闲心静，在山中不被打扰，才能感觉到白日喧闹时无法感知的东西，感受到花落的过程。这里的桂花应该是春桂。

后两句则采用了以动写静的方式，月出惊鸟，鸟鸣春涧，而这样的声音没有打破宁静的环境，反而有一种更加真实的感觉。这样的表述，和王籍的“蝉噪林逾静，鸟鸣山更幽”有异曲同工之妙。

读《鸟鸣涧》有感

夜深人寂桂花落，皇甫岳下别墅中。
一轮明月破云出，山惊鸟鸣云溪空。

送灵澈上人

唐·刘长卿

苍苍竹林寺，杳杳钟声晚。
荷笠带夕阳，青山独归远。

释义：

遥望苍苍山林中的竹林寺，竹林深远处遥遥传来钟声。

戴着斗笠身披斜阳余晖，独自向青山走去，渐行渐远。

赏析：

竹林寺在镇江，离市区不远，在南山国家森林公园内。竹林寺始建于魏晋南北朝时期，已有1500多年的历史，因寺庙附近竹林如海而得名。有一段时间，我常去南山，也去过竹林寺前，不过多是上午，未见竹林夕照。

这是唐代山水诗的名篇。刘长卿写的是傍晚时分他送灵澈返回竹林寺途中的所见所感，走在竹林中，听到寺庙的钟声响起，看着夕阳照着青山。

灵澈上人是中唐时期一位著名诗僧，俗姓杨，字源澄，会稽（今浙江绍兴）人，云门寺僧。这时候他应该是游方到竹林寺。

有资料显示，两人相遇时刘长卿不得志。唐肃宗上元二年（761），刘长卿贬谪南巴（今广东茂名南）归来，和灵澈相遇于润州，灵澈此时也未出名，在润州停留后还将返回浙江。两人这时的相遇相交，不为名利，不尚虚华，所以这首诗也写得自然宁静，淡泊致远。

读《送灵澈上人》有感

傍晚送僧至竹林，远寺钟声催人归。
山水清远望友去，黯然神伤独自回。

金　缕　衣

唐·佚名

劝君莫惜金缕衣，劝君惜取少年时。
花开堪折直须折，莫待无花空折枝。

释义：

劝你不要太注重追求功名利禄，劝你要珍惜少年学习的最好时光。
花开可以折取的时候就尽管去折，不要等到花谢了只折到个花枝。

赏析：

这是中唐时的一首流行歌词，具体的作者和创作时间已不可考。据说当时镇海节度使李锜酷爱此词，常命侍妾杜秋娘在酒宴上演唱，这件事在杜牧的《杜秋娘诗》及自注中也有记载。

这首诗通俗易懂，就是劝人珍惜时光。前两句用对比的手法，都是以劝君开头，莫惜和惜取对比，表达少年时远比金缕衣要珍贵。后两句仍是对比，用开花和无花作比，直须折和空折枝相比，表达要把握眼下，不要辜负青春，以及珍惜时间的紧迫性。

全诗引人深思。诗中每一句都在强调时光的重要性，虽然用词接近，但不觉重复。因为是用于歌词，所以给人一种语调婉转之感，吟唱起来旋律也会非常优美。

读《金缕衣》有感

金衣虽可贵，少时更难得。
劝君行及时，错过悔无乐。

塞下曲·其三

唐·卢纶

月黑雁飞高，单于夜遁逃。
欲将轻骑逐，大雪满弓刀。

释义：

乌云遮月的黑夜，天边大雁惊飞，单于的军队想要趁着夜色悄悄潜逃。想要带领轻骑兵一路追赶，大雪纷纷扬扬，落满了身上的弓刀。

赏析：

《塞下曲》是古时边塞地区的一种军歌，属《横吹曲辞》。卢纶《塞下曲》一组共六首，分别写发号施令、神射破敌、追击敌军、奏凯庆功、将军出猎等军营生活。

这首诗是边塞诗的名篇，写将士们连夜追击逃亡的敌军，突出环境，说明情况，赞美将士，虽没有战斗场面，但把将士们的英勇气概体现得淋漓尽致。

朱泚之乱发生后，咸宁王浑瑊出镇河中，召卢纶为元帅府判官。军营生活使得卢纶诗风粗犷雄放，边塞诗写得也极有生气。

读《塞下曲·其三》有感

敌军溃退趁夜逃，将士凌寒胜追讨。
茫茫夜下漫天雪，杀敌战意涌波涛。

江　南　春

唐·杜牧

千里莺啼绿映红，水村山郭酒旗风。
南朝四百八十寺，多少楼台烟雨中。

释义：

辽阔的江南，到处莺歌燕舞，绿树红花相映，水边村寨、山麓、城郭处处酒旗飘动。

南朝遗留下的许多座古寺，如今有多少笼罩在这朦胧烟雨之中。

赏析：

杜牧的这首诗历来被视为描写江南水乡春景的名篇，写出了江南的色彩多姿、鸟语花香，写出了江南的城镇繁荣、酒家众多，写出了江南的佛教兴衰、留寺众多，写出了江南的楼台建筑、烟雨景致，似乎写尽了丰富多彩、底蕴深厚的江南风光。诗人的观察和凝练能力都非常强。

“南朝”指宋、齐、梁、陈四个朝代，都建都于建康（今江苏南京）。南朝佛教非常盛行，寺庙也建得多，其中尤以梁武帝最为笃信佛教。

有人认为杜牧是单纯写景，表达对江南景物的赞美和欣赏。也有人认为杜牧是借以讽刺南朝统治者兴修佛寺、削弱民生和加剧社会矛盾对立的做法。

读《江南春》有感

江南春水乡，南朝多寺庙。
红绿莺啼声，烟雨风景好。

夜上受降城闻笛

唐·李益

回乐烽前沙似雪，受降城外月如霜。
不知何处吹芦管，一夜征人尽望乡。

释义：

回乐烽前的沙地远看似雪，受降城外的月色如同秋霜。
不知何处吹起凄凉的芦管，惹得出征的将士整夜都在思念家乡。

赏析：

李益，字君虞，陇西姑臧（今甘肃武威）人。李益诗名早著，尤以边塞诗流传最广，其中七绝冠绝当世，几可与盛唐“七绝圣手”王昌龄比美。

受降城又称三降城，唐初名将张仁愿为了防御突厥，在黄河以北筑受降城，位置在今内蒙古自治区境内。回乐烽，指回乐县烽火台，回乐县在唐朝为朔方节度治所，位于今宁夏灵武西南。

这首诗前两句写边塞景色，后两句写将士思乡。大漠和月光是引发征人思乡的环境因素，夜风送来的芦管声是引发征人望乡的直接因素。在这边疆要塞，有的是保家卫国的责任、奋力作战的英勇，但也有思家念亲的柔情。

这首诗因意境出众，在当时便被谱曲入画，传唱天下。

读《夜上受降城闻笛》有感

汉唐受降城，胡笳月下横。
思乡情不尽，盼归家人等。

寻隐者不遇

唐·贾岛

松下问童子，言师采药去。
只在此山中，云深不知处。

释义：

苍松下询问年少的童子，他说师傅去山中采药了。
只知道在这座山里，可是云雾缭绕，不知到底在什么地方。

赏析：

这首诗就像题目一样，很多内容都被隐去了，除了知道是贾岛的视角，不知道是哪里的山，不知道是寻什么人，也不知道这人是干什么的，更不知道这人在哪里。

贾岛寻访的应该是他仰慕的隐士，这位隐士居山中，应该对医药方面颇有研究，不是独居，还带着童子。贾岛寻访他可能是求教学问，也可能是探讨诗词，但是都没法从这首诗本身找到明确的答案。

我们从这首诗能感觉到贾岛的仰慕之情，松有风骨，云显高洁，虽然不遇，但仍向往。

读《寻隐者不遇》有感

阆仙山中遇童子，未见隐者遗憾离。
不理世俗超脱去，高蹈云雾出尘世。

明　唐寅　山路松声图

纵游淮南

唐·张祜

十里长街市井连，月明桥上看神仙。
人生只合扬州死，禅智山光好墓田。

释义：

十里长街上，处处相连，月明之夜，站在桥上，看动人的歌舞女。
人生一世要死就应该死在扬州，禅智、山光都是做墓田的好地方。

赏析：

淮南即扬州，唐代扬州的繁华是众所周知的，许多著名诗人都有游览扬州的经历，也纷纷留下脍炙人口的名篇，让扬州生活的方方面面流传得更广，也更加令人向往。张祜也不例外。

十里长街是指当时扬州城内最繁华的一条大街。唐人惯以“神仙”代指妓女、歌舞女；禅智、山光都是寺名，曾被隋炀帝用作行宫，后改为寺庙。

张祜先用细腻的观察赞美了扬州的繁华市井，又用夸张的手法表达了对扬州的强烈喜爱。“人生只合扬州死”，可见诗人对扬州的热爱已经无以复加。后人认为，这首诗除极赞扬州风物外，最后一句还带有对隋炀帝奢靡误国的讥讽，隐喻了人世沧桑变化，形成了不一样的艺术效果。

读《纵游淮南》有感

唐朝最繁盛，月明神仙城。
纵然人会死，寺下埋身茔。

山　行

唐 · 杜牧

远上寒山石径斜，白云生处有人家。
停车坐爱枫林晚，霜叶红于二月花。

释义：

沿着弯弯曲曲的小路上山，在那生出白云的地方，居然还有几户人家。

停下马车，因为喜爱枫林的晚景，枫叶如秋霜染过，比二月春花还要红。

赏析：

杜牧的这首诗是写秋景的名篇，广为流传。诗人深秋时节登山赏景，沉醉于这美丽的山林秋色中。

杜牧从眼前的山路写起，远望到远处的人家，再回到眼前的枫林，欣赏美过春花的枫叶。和许多名家的写景诗一样，一句一景，整体画面十分和谐。

这首诗中有两处值得注意：一是“斜”字的古今读音，今音并不押韵；二是“生处”和“深处”的比较，意思皆通，但个人觉得前者更加生动。

这首写秋天的诗，没有常见的悲伤感怀，而颇有豪爽向上之意，与刘禹锡的“我言秋日胜春朝”接近。

读《山行》有感

深秋醉人景，出游上石径。
白云映红枫，一车望无屏。

月　夜

唐·刘方平

更深月色半人家，北斗阑干南斗斜。
今夜偏知春气暖，虫声新透绿窗纱。

释义：

夜静更深，朦胧月亮洒下点点清辉，映照着家家户户。抬头看夜空，北斗星和南斗星都已横斜。

今夜出乎意料地感觉到了初春暖意，小虫的叫声穿透了绿色窗纱。

赏析：

韩愈笔下的春天，是时有时无的小草；叶绍翁诗里的春天，是跃出墙头的红杏；苏轼眼中的春天，是感觉水暖的江鸭；高鼎看到的春天，是满天飞舞的风筝……刘方平则为我们展现了春天夜里的星月，以及透过窗纱的虫鸣。

唐人写诗，以春和月为题的不少，有的咏景感怀，有的望月生思，这首诗却不从人们常见的春天景色、春天事物入手，而是选择了春天的夜色。

诗人仰望天空，朦胧的月色、横斜的星辰给人不太真切的感觉，于是诗人低下头，感受身边，带暖的春气、细小的虫鸣让人真真切切地感受到了春天。全诗情景交融，写得别有生趣，从不一样的角度带我们品味春天。

读《月夜》有感

月夜万物静，星光半暗明。
天气渐渐暖，悄然听虫鸣。

宋 李嵩 日夜看潮图

酬曹侍御过象县见寄

唐·柳宗元

破额山前碧玉流，骚人遥驻木兰舟。
春风无限潇湘意，欲采蘋花不自由。

释义：

破额山前，美玉一般碧绿的江水向东而流，好友你在遥远的地方站立船头。

你的赠诗有如春风拂面，引起了我无限的思念，我多想采束苹花送给你，却因人不自由，不能如愿。

赏析：

从题目看，柳宗元是先收到了曹侍御寄来的诗作，然后以这首诗作为答谢的。象县（今广西象州）在唐代属岭南道，友人曹侍御乘船路过象县时，柳宗元正身处柳州，两人相距不远，但是只能寄信交流。

柳宗元先是遥想了友人的状态，身处破额山前流水的木兰舟上，处境美好，诗意阑珊。接着，表达自己的想法，在春暖潇湘的时候，本应友人相聚，坐谈畅饮。最后，含蓄地说出，不要说与你见面了，我现在就是想去摘个花也不自由啊！诗人渴望自由的深意不言而喻，但也只能隐晦表达。

读《酬曹侍御过象县见寄》有感

侍御寄诗来，柳州回信去。
潇湘怀友意，官场讳莫深。

论诗五首·其二

清·赵翼

李杜诗篇万口传，至今已觉不新鲜。
江山代有才人出，各领风骚数百年。

释义：

李白和杜甫的诗篇历来受到人们传颂，流传到今天感觉已经没有什么新意了。

历史上每一个朝代都会涌现有才华的人，各自开创一代新风，领导诗坛几百年。

赏析：

赵翼是清代的文学家、史学家，而清代大兴文字狱，导致读书人不敢议论时政，作诗的时候也是复古成风。赵翼认为，诗歌应随着时代不断发展，诗人在创作上应求变创新，而不是一味地模仿古人。

所以，这首诗前两句的本意不是贬低李白和杜甫的文学成就，而是借题发挥。后两句则提出自己的见解，要用发展的眼光看问题，每个时代都有不同的特征，每个时代都应该有独领风骚的人物，不必刻意模仿古人。

在中国文学史上，“风骚”是代表《诗经》的《国风》和代表《楚辞》的《离骚》的并称，后来“风骚”指在文学上特别有成就的人的崇高地位和深远影响。现在“江山代有才人出，各领风骚数百年”，常用来形容各个领域的杰出人才。

读《论诗五首·其二》有感

论诗谈李杜，佳作今已旧。
江山广有人，推陈出新求。

夏至诗词，送您清凉一夏

今天大家有什么感觉呢？是不是觉得白天的时间变长了？对了，今天是2021年6月21日，北半球的夏至日。夏至是我国传统的二十四节气之一。

这一天，北半球白昼最长，正午的太阳最高，照射物体的影子最短。之后，太阳就会“转身”南下，因此北回归线穿过的地区又被称为“太阳转身的地方”。

夏至日，汕头、从化、桂平、墨江、蒙自等地正午会出现“立竿无影”的有趣现象，因为太阳光是直射下来的。夏至日傍晚，北半球的人会目睹一年中持续时间最长的暮色黄昏。古人说“不过夏至不热”，夏至后气温逐渐升高，大约再过二三十天，会是一年中最热的时候。

古人将夏至分为三候：“一候鹿角解，二候蝉始鸣，三候半夏生。”民间还有“夏至节”，有祭神祀祖、消夏避伏、吃面条、食粽子等习俗。当然，古人也写了很多有关夏至的诗词，这里挑几首分享，希望在这炎热天气里给读者送去清凉：

《竹枝词》　唐·刘禹锡

杨柳青青江水平，闻郎江上踏歌声。

东边日出西边雨，道是无晴却有晴。

夏至后的午后至傍晚常易形成雷阵雨，也容易出现太阳雨。“东边日出西边雨，道是无晴却有晴”，刘禹锡巧妙地写出了这种天气。

《夏至避暑北池》　唐·韦应物

昼晷已云极，宵漏自此长。未及施政教，所忧变炎凉。

公门日多暇，是月农稍忙。高居念田里，苦热安可当。

亭午息群物，独游爱方塘。门闭阴寂寂，城高树苍苍。

绿筠尚含粉，圆荷始散芳。于焉洒烦抱，可以对华觞。

夏至这天，昼晷所测白天的时间已经到了极限。百姓在地里顶着酷热劳作。韦应物在池塘独自游泳，看着高树、绿筠、圆荷，对着华觞。

《夏至日衡阳郡斋书怀》　唐·令狐楚

一来江城守，七见江月圆。

齿发将六十，乡关越三千。

褰帷罕游观，闭阁多沉眠。

新节还复至，故交尽相捐。

何时羾阊阖，上诉高高天。

夏至日，令狐楚在感慨自己的经历和年岁，新的节气里，离家乡遥远，缺少老朋友，只能借风力将心事说给“高高天”。

《夏至五月中》　唐·元稹

处处闻蝉响，须知五月中。

龙潜渌水穴，火助太阳宫。

过雨频飞电，行云屡带虹。

蕤宾移去后，二气各西东。

在夏至所在的五月里，元稹听到了处处蝉鸣，感受着太阳火热，看到频频发生的雷雨，以及雨后时常出现的彩虹。

《夏至后初暑登连天观》　宋·杨万里

登台长早下台迟，移遍胡床无处移。

不是清凉罢挥扇，自缘手倦歇些时。

夏至后，杨万里来到连天观，暑气无处可躲。因为天气太热了，所以他不停扇扇子，突然停下来不是因为天气凉快了，而是自己的手酸了。

《夏至》　宋·范成大

李核垂腰祝饐，粽丝系臂扶羸。

节物竞随乡俗，老翁闲伴儿嬉。

在夏至这一天，范成大用粽丝系臂，祈求健康。他看到了节日里乡村习俗，老翁带着孙子，一起嬉戏玩耍！

夏至之后呢，大家要注意消暑解渴，情绪上应该尽量平静，保证睡眠。同时，天气炎热，人体新陈代谢加快，大家应适度降低运动强度。

祝大家度过一个快乐的夏天！

夏至一日昼最长，

立竿无影暮色黄。

天气渐热常消暑，

愿得诗词解清凉。

赠 项 斯

唐·杨敬之

几度见诗诗总好，及观标格过于诗。
平生不解藏人善，到处逢人说项斯。

释义：

多次读到你的诗，总是觉得非常好，等见面之后，觉得你的气度品格更高于诗。

平生不知道掩盖别人的优点，所以无论到哪里，逢人就赞扬项斯的人品和作品。

赏析：

这是一首诗人之间的赠答诗。项斯是台州第一位进士，他年轻的时候离开家乡在闽中朝阳峰前搭了一间草庐，与石泉松荫为伴长达三十年，后来在很多朋友的劝说下才出山应试。

会昌三年（843），项斯听说国子祭酒杨敬之最喜提携后辈，便带诗作前去谒见。杨敬之阅后大加赞赏，写下了这首诗相赠。

杨敬之当时地位远高于项斯，真心愿意推荐一个普通人真的非常不容易。从此项斯名声慢慢显露，诗作也在长安流传开来，并于第二年登进士第。“说项”成为文坛千古流传的一段佳话，也成了典故，现在多指替人说好话或说情。

读《赠项斯》有感

国子祭酒爱后辈，会昌三年相逢谈。
诗佳人好说项多，从此显名达长安。

画　　鸡

明·唐寅

头上红冠不用裁，满身雪白走将来。
平生不敢轻言语，一叫千门万户开。

释义：

鸡头上的红色冠子是天生的，不用裁剪，身披雪白的羽毛，雄赳赳地走出来。

一生之中从来不敢轻易鸣叫，因为一打鸣，千家万户都要开门晨起了。

赏析：

唐寅是明朝著名画家、书法家、诗人，从小学习很好，还中过解元。弘治十二年（1499），他卷入徐经科场舞弊案，坐罪入狱，被贬到浙江任小吏。此后，他命运坎坷，晚年生活潦倒。但他在艺术上的成就很高，绘画与沈周、文徵明、仇英并称“吴门四家”；诗文与祝允明、文徵明、徐祯卿并称“吴中四才子”。

这是唐寅为自己画的大公鸡所题的诗。前面短短两句白描，勾画出一只冠红羽白、威风凛凛、栩栩如生的大公鸡。后两句先抑后扬，静动结合，更是赋予了雄鸡一唱白天下的权威形象。

我想，写这首诗的时候，诗人多少也有点自己未能实现抱负而兼济天下的遗憾吧……

读《画鸡》有感

画中白公鸡，威风凛凛意。
报晓有担当，一叫唤晨起。

潍县署中画竹呈年伯包大中丞括

清·郑燮

衙斋卧听萧萧竹，疑是民间疾苦声。
些小吾曹州县吏，一枝一叶总关情。

释义：

卧在衙门里休息的时候，听见竹叶萧萧作响，仿佛听见了百姓的生活疾苦。

虽然我们只是州县里的小官吏，但百姓的每一件小事，都牵动着我的心。

赏析：

这是一首题画诗，诗的第一句说明自己的身份和所处的环境；第二句从竹叶联想到民间疾苦；第三、第四句是诗人自己的观点，虽然官职不大，但是百姓的点滴，都是基层官员应该关注的。

科举时代称同科考取的人为同年，同年的父辈或父亲的同年称年伯，包括是郑燮的年伯。包括当时任山东布政使，署理巡抚。清代巡抚又称中丞，“大”表示尊敬之意。郑燮当时为山东潍县知县，他曾画过一幅《风竹图》呈送包括，这首诗就是题写在这幅画上的。

这首诗以竹开始，以竹结束，表面上看是咏竹，其实双关用法，意味深长。竹有高洁之品，人有爱民之心。郑燮也是通过这样的诗句，向上级表明自己当官为民、勤于政事。

读《潍县署中画竹呈年伯包大中丞括》有感

风吹竹萧响，百姓疾苦扬。
枝叶画中情，爱民官心上。

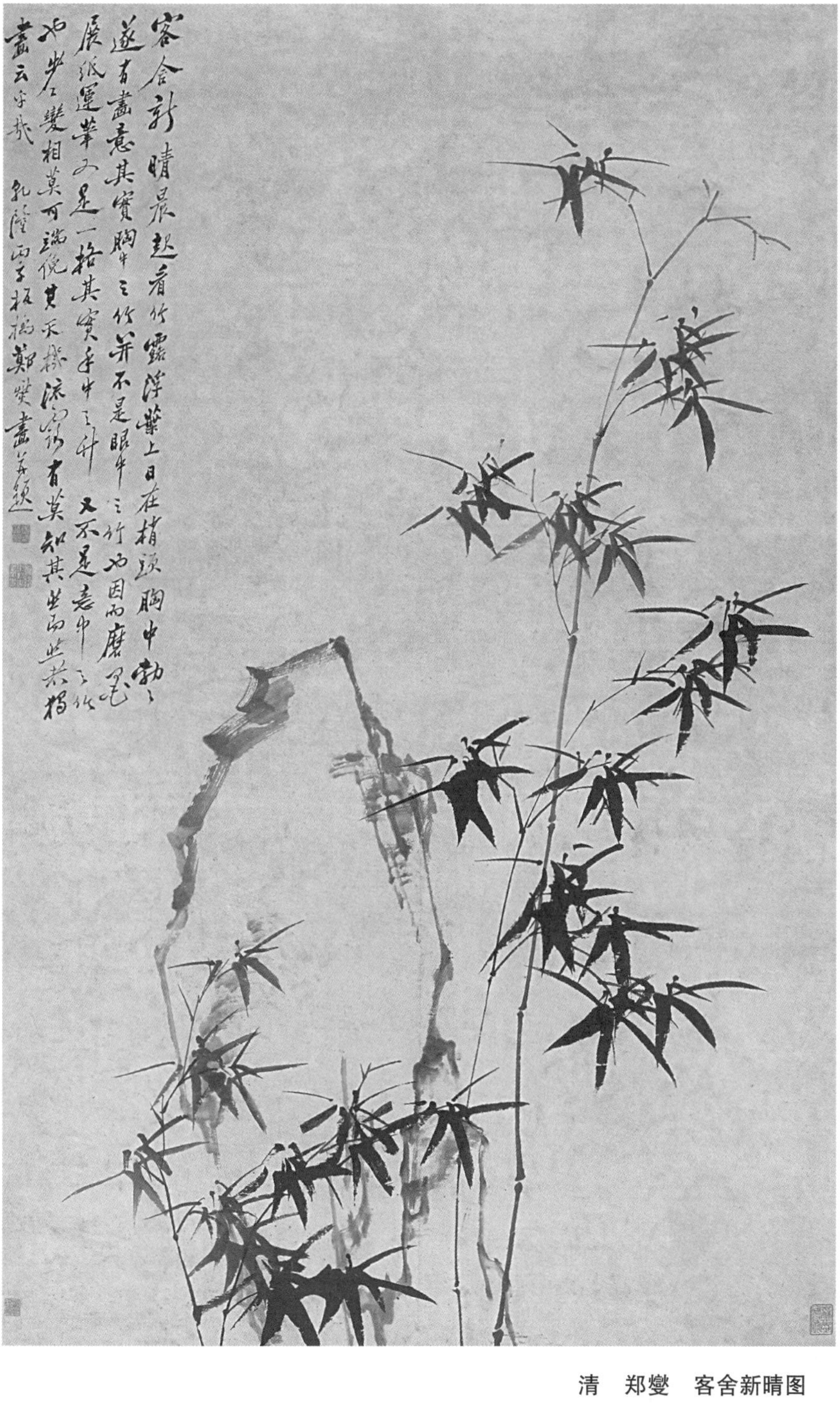

清　郑燮　客舍新晴图

宫词二首·其一

唐·张祜

故国三千里，深宫二十年。
一声何满子，双泪落君前。

释义：

与故乡相隔三千里之遥，人在这深宫里已有二十年之久。
听到这曲《何满子》，竟忍不住在君王面前流泪。

赏析：

何满子，唐教坊曲名。《乐府诗集》载白居易语：“何满子，开元中沧州歌者，临刑进此曲以赎死，竟不得免。”

另据《唐诗纪事》记载，唐武宗李炎宠信善歌才人孟氏，后值武宗病重之时，孟才人侍其侧。当时，武宗令其于病榻之前歌《何满子》一曲，声调凄咽，闻者涕零。不久武宗驾崩，孟才人哀痛数日而死。

张祜为孟才人殉情之事写了三首诗，一首题作《孟才人叹》，另二首为一组，总题名《宫词》。这首宫怨诗很短，却内涵丰富，先写离家之远、入宫之久，后写特定场景的一曲泪流。从宏观到微观，描写了宫人悲惨的一生，说清了宫人的辛酸，道明了宫人的心声。张祜的这首诗后来传入宫中，被宫人广泛歌唱。

读《宫词二首·其一》有感

沧州歌者何满子，临刑一曲断肠声。
故国深宫常落泪，才人殉情叹此生。

登岳阳楼

唐·杜甫

昔闻洞庭水，今上岳阳楼。
吴楚东南坼，乾坤日夜浮。
亲朋无一字，老病有孤舟。
戎马关山北，凭轩涕泗流。

释义：

以前就听说洞庭湖波澜壮阔，今日终于如愿登上岳阳楼。
浩瀚湖水把吴楚两地分隔开，整个天地仿佛在湖中日夜浮动。
亲朋好友的音信全无，孤舟中的自已却又年老多病。
关山以北的战火仍未止息，凭栏遥望，胸怀家国，泪水横流。

赏析：

杜甫的《登高》被誉为“七律之冠”，这首《登岳阳楼》则有“五律第一”之称。

诗的前两联写登岳阳楼所见，用夸张的手法描绘了洞庭湖水浩瀚无边的壮丽景象，气势磅礴，气象万千。颈联写亲友失联、漂泊无依、疾病缠身、旅途孤独的境况。尾联则透露了眼见国家战乱，心思报国却又无可奈何，只能伤心落泪的凄伤心境。

这首诗作于大历三年（768），当时杜甫离开夔州（今重庆奉节）沿江漂泊来到岳阳（今属湖南），登上神往已久的岳阳楼，凭轩远眺。壮阔江山在前，自身境遇在后，两者映衬，虽有低沉抑郁之情，但无消极压抑之感，反而突出了诗人的爱国之心。

读《登岳阳楼》有感

盛唐五律数第一，江山景与家国乱。
洞庭气象身世悲，报国无门心难安。

春　日

宋·秦观

一夕轻雷落万丝，霁光浮瓦碧参差。
有情芍药含春泪，无力蔷薇卧晓枝。

释义：

一声春雷，落下绵绵细雨，雨后初晴，阳光投射在刚刚被雨洗过的屋顶碧瓦上。

雨后的芍药上饱含雨露，仿佛含泪的少女情意脉脉，蔷薇横卧，好似无力爬起，惹人怜爱。

赏析：

这又是一首描写春天景色的诗，选取的角度是雨后春景。秦观是婉约派词人，写诗也写得充满清新婉约之感。

写景从大到小，从高到低，春雷带来的万丝春雨，洗净了庭院的碧瓦，映射着太阳的光芒，雨后的花草也显得愈发可爱了。诗人顺手写来，一气呵成，读者随着诗句感受不同的美景。

诗人观察仔细，芍药亭亭玉立，沾满雨露，蔷薇攀枝蔓延，看似难起。于是，结合两种花雨后的特点，先将芍药和蔷薇比喻成“有情泪”和“无力卧”的美人，再用对仗的诗句，给人美不胜收之感。

读《春日》有感

春雨伴轻雷，初晴烟氲菲。
花带雨泪情，清新婉丽味。

赐萧瑀

唐·李世民

疾风知劲草，板荡识诚臣。
勇夫安识义，智者必怀仁。

释义：

狂风中才能识别出坚韧的草木，乱世里方能分辨出忠诚的臣子。

一勇之夫不一定懂得为国为民为社稷的道理，而有智慧的人心中必定怀有仁爱。

赏析：

萧瑀为人刚正不阿，身世很是传奇。他是梁明帝第七子，高祖父是梁武帝萧衍，姐姐萧氏是隋炀帝皇后，妻子是隋文帝独孤皇后的侄女，与李渊是姑表亲，算起来他是李世民姑父。

武德九年（626）玄武门之变中，萧瑀和陈叔达劝说李渊交权给李世民。此后，李世民登基，萧瑀为宰相，但因性情过于刚直，六次拜相，六次被罢。据说，这首诗是因为萧瑀辅导太子尽职李世民赠给他的。

“疾风知劲草”出自《后汉书·王霸传》，原为汉光武帝刘秀赞誉王霸之言。《板》《荡》是《诗经·大雅》中两篇作品的名称，讥刺周厉王无道败坏政局，后以“板荡”代指政局变乱。后两句称赞萧瑀智勇双全，心怀仁义。

“疾风知劲草，板荡识诚臣”如今比喻只有经历危险和困难，才能真正考验出一个人的意志和品质。

读《赐萧瑀》有感

疾风板荡赞人品，劲草诚臣谓贤才。
太宗写诗赠丞相，道义仁爱在一身。

回乡偶书·其一

唐·贺知章

少小离家老大回，乡音无改鬓毛衰。
儿童相见不相识，笑问客从何处来。

释义：

年少时离乡老年才归家，乡音虽未改变，但鬓角的毛发已经疏落。
家乡的儿童们看到我却不认识，他们笑着问我：你是从哪里来的呀？

赏析：

天宝三年（744），贺知章因病请辞，回到故乡越州永兴（今浙江萧山），当时已经八十六岁高龄，这时距他离开家乡已有五十多个年头了，所以说“少小离家老大回”。

这首诗前两句表述自己离开家乡时间很久，时光流逝，人已老矣。后两句则幽默地用儿童询问表达自己回乡的欢快之情，同时也带着人事变迁的感慨。全诗采用白描手法，用语自然朴素，情感真挚深厚。

读《回乡偶书·其一》有感

耄耋回家乡，朝思又暮想。
衰老已成客，酸楚叹无常。

回乡偶书·其二

唐·贺知章

离别家乡岁月多，近来人事半消磨。
惟有门前镜湖水，春风不改旧时波。

释义：

我离别家乡的时间实在是太久了，回家后才感觉到家乡的人事变迁太大了。

只有门前的那镜湖水，在春风吹拂下泛起一圈一圈的波纹，还和以前一样。

赏析：

这首其二是其一的续作，这一首的情绪要低沉许多。“离别家乡岁月多”和“少小离家老大回”相近，都是感慨离家太久。

贺知章回家后，通过与乡亲们交谈，慢慢得知家乡人事的种种变化，久客伤老之情愈加浓烈，因为他发现只有镜湖水没有改变。如果说之前见到儿童还有一种回乡的喜悦，那么现在就只剩下人世无常的感慨了。

也许正是受到这种情绪的影响，贺知章在写完这两首诗之后不久就病逝了。后来，唐肃宗念其侍读之情，发诏书追封，赠礼部尚书。

读《回乡偶书·其二》有感

亲朋交谈过，家乡变化多。
镜湖离别久，春风伤老惑。

咏　　柳

唐·贺知章

碧玉妆成一树高，万条垂下绿丝绦。
不知细叶谁裁出，二月春风似剪刀。

释义：

高高的柳树长满了嫩绿的新叶，轻垂的柳条像千万条轻轻飘动的绿色丝带。

不知道这细细的柳叶是被谁裁剪出来的，那二月的春风就像一把神奇的剪刀。

赏析：

杨柳是一个情意缠绵的意象，经常出现在我国古典诗词中，咏柳的诗词之多，与咏松、竹、梅的不相上下。杨柳可以代表离愁别恨，代指故乡，借指春天，象征美女，喻指爱情，等等。

在贺知章的这首诗中，杨柳应该就是春天的象征。诗中详细描绘了柳树的特色，从柳树整体，到柳枝，再到柳叶，一树新绿叶，万枝下垂丝，细叶风中摇，把柳树比拟成美人，身姿苗条，迎风而立。

最后，诗人突出自己的观点，其实是借柳树咏春风，把春风比作剪刀，是春风“剪”出了柳树的美。其实，柳树和春风相互成就，春风吹拂柳树，柳树变绿也告知人们春天的到来。

读《咏柳》有感

早春二月柳，碧玉美人秀。
细风如剪刀，奇妙春景留。

明　汪肇　柳禽白鹇图

桃　花　溪

唐·张旭

隐隐飞桥隔野烟，石矶西畔问渔船。
桃花尽日随流水，洞在清溪何处边。

释义：

山谷云烟缭绕，溪上飞架的高桥若隐若现，站在岩石西侧，询问渔船上的渔人。

这里桃花随着流水漂流不尽，不就是桃花源外的桃花溪吗？那你可知道，桃源洞口在这清溪的哪里？

赏析：

张旭，吴县（今江苏苏州）人，唐代书法家，擅长草书，有“草圣”的美誉。张旭喜欢饮酒，世称“张颠”，与怀素并称“颠张醉素”，与贺知章等人并称“饮中八仙”。张旭的草书与李白的诗歌、裴旻的剑舞并称大唐“三绝”。

东晋陶渊明《桃花源记》中描绘了一个与世隔绝名叫桃花源的地方：“忽逢桃花林，夹岸数百步，中无杂树，芳草鲜美，落英缤纷……复行数十步，豁然开朗。土地平旷，屋舍俨然，有良田、美池、桑竹之属……”

张旭因此有感，借桃花源意境写桃花溪。诗中描绘了桃花溪幽美的景色，通过与渔夫的问答，留下了一个开放式的结尾，令读者意犹未尽的同时，也使读者能感受到诗人向往世外桃源、追求美好生活的心情。

读《桃花溪》有感

五柳先生桃花源，草圣借境写景谈。
桃花仙洞何处寻，高桥溪水石堆畔。

过松源晨炊漆公店

宋·杨万里

莫言下岭便无难，赚得行人错喜欢。
政入万山围子里，一山放出一山拦。

释义：

不要总是说下山不难，骗得前来爬山的人空欢喜一场。

好比进入在群山的包围之中，即使一座山“放过了你”，又会有一座山拦在你面前。

赏析：

松源、漆公店，应在今江西弋阳境内。根据杨万里《诚斋集》分析，这应是绍熙三年（1192）一次外出纪行之作。

这首诗有意思的地方在于其幽默、有趣，用眼前看到的景色讲道理却不枯燥乏味。前两句是说人们上山下山的感觉，通常认为下山要比上山省劲许多；后两句是说人们在群山中行走，总会不停地上山下山。其实，这些现象用现在的物理原理、视觉原理很容易解释，但古人只能在行路中发现某种规律，并用通俗生动而又富于理趣的语言记录下来。

杨万里也许是想说，遇到问题不要轻易地被主观印象影响，在前进道路上要做好充分的准备，这样才不会“错喜欢”，也不会总是被“拦”了。

读《过松源晨炊漆公店》有感

行人主观心开怀，山有灵性层叠来。
下岭莫忘上岭难，行路不易稳步迈。

峨眉山月歌

唐·李白

峨眉山月半轮秋，影入平羌江水流。
夜发清溪向三峡，思君不见下渝州。

释义：

半圆的秋月高高悬挂在峨眉山前，青衣江澄澈的水面倒映着月影。
夜间乘船从清溪出发直奔三峡，想你却难相见，只能顺长江再向渝州。

赏析：

李白对月亮情有独钟，写了大量与月亮有关的诗词：从小就喜欢，“小时不识月，呼作白玉盘”；在月下思乡，“床前明月光，疑是地上霜”；到边塞填词，“明月出天山，苍茫云海间”；还曾把酒问月，“青天有月来几时？我今停杯一问之”。

这首诗最大的特点就是其中穿插了五个地名，字数近乎占到了诗文一半的篇幅。这样的运用在唐诗绝句中是非常罕见的。读来不仅没有累赘之感，反而有一种跟着诗人行进的畅快之感。峨眉山、平羌江、清溪、三峡、渝州，诗人依次经过这些地方，将这些地方、行程和感情贯穿起来的，就是月亮。

用月亮这条主线，串联景色，超越时空，也许就是我们现在说的“形散神不散”。

读《峨眉山月歌》有感

青山吐月影，秋水夜同行。
仗剑离乡土，惜别无限情。

江　　村

唐·杜甫

清江一曲抱村流，长夏江村事事幽。
自去自来梁上燕，相亲相近水中鸥。
老妻画纸为棋局，稚子敲针作钓钩。
但有故人供禄米，微躯此外更何求？

释义：

浣花溪清澈的江水，绕村而流，长长的夏日中，事事都显恬静安闲。
梁上的燕子自由自在，飞来飞去，水中的白鸥相亲相近，相伴相随。
相伴多年的妻子在纸上画着棋盘，年幼的儿子敲弯了钢针要做鱼钩。
如果老朋友再给予一些钱米，这样的生活，我还有什么可奢求的呢？

赏析：

唐肃宗上元元年（760），杜甫经历几年的流亡生活后，来到当时并未遭受战乱、相对稳定富饶的“天府之国”。在朋友严武等人的资助下，杜甫在成都郊外的浣花溪畔盖了一间草堂。这时候，诗人的生活应该是轻松自在的，所以杜甫笔下的江村也是平淡安逸的。夏天的浣花溪畔，水流婉转，燕鸥来去，人也悠闲，描绘出一幅生动恬静的田园景象。最后，杜甫还是觉得有点“不满足”，如果再有朋友送来点钱米，就更好了。可见，他当时的生活还是窘迫的。

2017 年夏天我去成都的时候，也特意拜访了杜甫草堂。草堂周围的环境十分幽雅，曲水环绕，水中有路，林间隔篱，未见燕鸥，锦鲤乱游。

读《江村》有感

初夏浣花溪，恬静优雅意。
燕子自来去，鸥鸟水中起。
棋局手画出，钓钩亦自制。
病躯无所求，胸怀家国志。

立秋时节，一边“啃秋瓜”，一边话诗词

2021 年 8 月 7 日，今天立秋啦！立秋是二十四节气中第十三个节气，秋季的第一个节气。我国古代划分四季的方法主要根据的是天象变化，以二十四节气中的立春、立夏、立秋、立冬为起点。从今天开始，就进入秋天了。

立秋后，阳气渐收、阴气渐长，温度开始下降，雨水也开始减少，在自然界里，万物也从繁茂成长转向萧索成熟。历书中说：“斗指西南维为立秋，阴意出地始杀万物，按秋训示，谷熟也。”在古代，立秋对农事的意义很重要。古人认为如果立秋日天气晴朗，必定风调雨顺，可以坐等丰收。

中国古人将立秋分为三候：一候凉风至；二候白露生；三候寒蝉鸣。意思是：立秋后，可以感受阵阵凉风，早晨开始生出白露，寒蝉开始鸣叫。

在这样一个重要的日子里，古人也非常喜欢作诗，立秋有感，或者描写立秋气候的诗词不胜枚举，其中更是不乏名家，今天我就给大家介绍一下：

首先，是写立秋后气候变化的。

唐代**孟浩然**的**《初秋》**中写道：

不觉初秋夜渐长，清风习习重凄凉。

炎炎暑退茅斋静，阶下丛莎有露光。

不知不觉初秋的夜也渐渐长了，清凉的风缓缓地吹着，又感到凉爽了。酷热的夏天热气终于消退，房子里也安静了，台阶下的草丛中闪现着露水的光华。

宋代**范成大**留诗**《立秋》**：

三伏熏蒸四大愁，暑中方信此生浮。

岁华过半休惆怅，且对西风贺立秋。

一年过了一半了，范成大感觉人生也过了一半了，但是不要惆怅，可以迎着凉爽的秋风，庆贺秋季的来临。

其次，写自身感受的。

唐代诗仙**李白**写过**《太原早秋》**：

岁落众芳歇，时当大火流。霜威出塞早，云色渡河秋。

梦绕边城月，心飞故国楼。思归若汾水，无日不悠悠。

李白的这首诗描写了太原早秋的自然环境，客游他乡，只能时时刻刻思念着家乡和亲人，表达了渴望归乡的急切心情。

唐代**李益**有诗**《立秋前一日览镜》**：

万事销身外，生涯在镜中。

唯将满鬓雪，明日对秋风。

秋风一起，万物凋零，自己的命运也如此，看着镜子里的自己已满头白发，怀着一颗悲凉的心境，明天还要面对秋风。

同时，还有诗人相互应和的。

唐代**元稹**有一首**《立秋七月节》**：

不期朱夏尽，凉吹暗迎秋。

天汉成桥鹊，星娥会玉楼。

寒声喧耳外，白露滴林头。

一叶惊心绪，如何得不愁。

不经意间，炎热的夏天就走到了时间的尽头。现在立秋了，过几天又是七夕，白露季节，天气就要变得寒冷了，落叶惊心，如何不愁。

立秋这一天，**白居易**也写过**《立秋日曲江忆元九》**，思念好友元稹：

下马柳阴下，独上堤上行。

故人千万里，新蝉三两声。

城中曲江水，江上江陵城。

两地新秋思，应同此日情。

诗中寄托了白居易对元稹的思念之情，两人相隔两地，秋日相忆，情感绵长，透着淡淡的惆怅和思念。

此外，在我国南方有“立秋啃秋瓜”的习俗，在入秋的这一天多吃西瓜以防秋燥，久之形成习俗。所以，南方的小伙伴们要记得吃西瓜，“啃秋”哦！

最后，我依然要学郦波老师口占一绝：

立秋之后寒气凝，

凉风白露寒蝉鸣。

古人纷纷说感受，

我解诗词啃秋行。

石 灰 吟

明·于谦

千锤万凿出深山，烈火焚烧若等闲。
粉骨碎身浑不怕，要留清白在人间。

释义：

石灰石经过千锤万凿才得以从深山里开采出来，经历熊熊烈火的焚烧，是一件很平常的事。

即使粉身碎骨也毫不惧怕，只要把高尚气节留在人世间。

赏析：

于谦，明朝军事家、政治家。土木堡之变后，明英宗被俘，瓦剌入侵，他主持并打赢了“北京保卫战”。于谦一生清正廉明，平反冤狱，救灾赈荒，深受百姓爱戴。

这首诗据说是于谦二十岁时看到一堆堆青黑色的山石经过烈火焚烧都变成了白色的石灰的景象，于是有感而发，借石灰自比，表达不管遇到什么样危险的情况，做人都要清白一生的思想。

于谦用一生践行了清白人生和两袖清风。他以“谋逆罪”被杀，虽官至太子少保、兵部尚书，但被抄家时，他家中除了御赐蟒袍和宝剑，就只有些破旧的家具和衣服。明史对于谦的死如是评价：“天下冤之！”

读《石灰吟》有感

深山出石灰，烈火身已碎。
牺牲不可怕，忠臣清白对。

蜂

唐·罗隐

不论平地与山尖，无限风光尽被占。
采得百花成蜜后，为谁辛苦为谁甜？

释义：

无论是在平地还是在山峰，极其美好的风景都被蜜蜂占去了。

可蜜蜂采尽百花酿成了花蜜后，到底是为谁付出辛苦，又是谁在品尝香甜呢？

赏析：

蜜蜂在我们的课本和故事里一直是勤劳的象征、敬业的代表，而且蜜蜂善于团队合作，蜂群分工明确。

这首诗前两句写蜜蜂的辛劳，不管原野还是山岭，都有蜜蜂忙碌的身影。后两句再次突出蜜蜂的辛苦，而后诗人替蜜蜂发问，这么辛苦又为了谁呢？

如果认为罗隐只是为蜜蜂鸣不平，就不免有些狭隘了。罗隐生活在晚唐时代，社会矛盾突出，百姓生活不易，所以罗隐的作品常对社会现实进行揭露和批判。这首诗应该是在暗喻封建社会的剥削，人民在田间地头辛苦劳作，劳动果实却被不劳而获的统治阶级享用。罗隐能有这样的思考，应是超越当时的社会阶层的，这样的借物咏事，在讽刺世道的同时又耐人寻味。

读《蜂》有感

不论艰难险，一生辛苦劳。
民不聊生世，百姓不得好。

浪淘沙·帘外雨潺潺

五代·李煜

帘外雨潺潺，春意阑珊。罗衾不耐五更寒。梦里不知身是客，一晌贪欢。

独自莫凭栏，无限江山。别时容易见时难。流水落花春去也，天上人间。

释义：

门帘外传来雨声潺潺，春意已经消减。即使身盖丝绸被褥，也经受不住五更时的寒冷。只有在梦中忘掉自身客居的身份，才能享受片刻欢愉。

一个人不要倚着栏杆远眺，昔日的南唐也有无限江山。离开容易，再见故土就难了。过去的时光，如江水流淌、红花凋落，和春天一起归去了。今昔对比，一是天上一是人间。

赏析：

李煜被囚之后写的词，大多体现亡国的痛苦、对故土的思念，以及对自身境遇的慨叹，感情色彩亦悲痛低沉，这一首也不例外。

上阕写春雨夜寒，亡国之君只能从梦中寻求慰藉。在之前的梦里，他还梦到车如流水马如龙，花好月圆醉春风，但这样的虚幻终究是短暂的。下阕写眼前景变，世上是没有后悔药的，失去故土容易，再想回去就太难了。这时候的李煜应该也感觉到眼前春光易逝，自己人生难长了。

这首词写得哀婉感人、情真意切。不久后，李煜就去世了，留给我们的也就只是这一曲悲歌了……

读《浪淘沙·帘外雨潺潺》有感

梦醒惜春别，故国眷恋。醒时难得四季欢。心境悲凉复凄惨，无限伤感。

曾经江山难！千里故国，那时春风今时寒。阶下之囚徒感叹，家国不见！

江畔独步寻花·其六

唐·杜甫

黄四娘家花满蹊，千朵万朵压枝低。
留连戏蝶时时舞，自在娇莺恰恰啼。

释义：

黄四娘家周围的小路开满鲜花，万千花朵压弯枝条离地很近。
嬉戏的彩蝶在花间盘旋飞舞，自由自在的黄莺叫声悦耳动人。

赏析：

唐肃宗上元元年（760），杜甫在饱经离乱之后暂时定居成都，在西郊浣花溪畔建成草堂，安定了下来。之后的一段时间，杜甫的生活和心情应该都不错。第二年春暖花开时，他在锦江江畔散步赏花，写下了《江畔独步寻花七绝句》这一组诗。

这首是其六，杜甫寻花寻到了黄四娘家。黄四娘应该是杜甫的邻居或者熟人，明显是个爱花之人，家门前长满了花。灿烂的春光中，无数的花朵引来了彩蝶飞舞，黄莺鸣叫。“千朵万朵”及叠字“时时”“恰恰”的运用，既口语化又富有韵律，读起来朗朗上口。

读《江畔独步寻花·其六》有感

草堂邻居家，满眼开繁花。
彩蝶蹁跹舞，黄莺歌声下。

偶　　成

宋·朱熹

少年易老学难成，一寸光阴不可轻。
未觉池塘春草梦，阶前梧叶已秋声。

释义：

青春的日子十分容易逝去，学问却很难获得成功，每一寸光阴都不能轻易浪费。

还没等池塘生春草的美梦醒来，台阶前的梧桐树叶已经在秋风里沙沙作响了。

赏析：

这是一首劝学诗，一说是朱熹与门人在新城福山（今黎川县社苹乡竹山村）双林寺侧的武夷堂讲学时写的说理诗；一说是朱熹晚年见一处学堂学子在室外池塘边打闹时，写下的劝说诗。

前两句和陆游的“少壮工夫老始成”、王贞白的“一寸光阴一寸金”意思接近。后两句用春梦未醒、秋叶已落的对比，形象地写出了光阴飞逝、青春易去的感受。朱熹是在劝勉人们要抓紧时间学习，趁早把握青春年华，莫要让时间在不经意间匆匆溜走。

读《偶成》有感

偶成来劝学，朱子说理诗。
少年光阴老，年华易消逝。
青春如场梦，草木萧水池。
春去秋已来，梧桐落叶低。

明　仇英　梧竹书堂图

泊船瓜洲

宋·王安石

京口瓜洲一水间，钟山只隔数重山。
春风又绿江南岸，明月何时照我还。

释义：

京口和瓜洲之间只隔着一条长江，钟山就在这几座山峦的后面。
春风又吹绿了江南岸，明月什么时候才能照着我回到家乡呢？

赏析：

这又是一首与我的家乡镇江有关的诗词，而且是写江南的千古名篇。如今的京口瓜洲仍是一水间，不过可以不用坐船，有大桥相连。前往钟山也更方便，开车半小时左右，高铁只要十多分钟。

熙宁三年（1070），王安石任同中书门下平章事，位同宰相。他在全国范围内推行新法，引发新旧党争，后王安石也被罢相。熙宁八年（1075）二月，王安石复授同中书门下平章事，从京口至瓜洲，由江宁赴汴京时写下此诗。

这首诗的前两句很好理解，后两句则有表面写景、暗喻心情的意思。想来王安石此时既有再次出任宰相、可以推行变法的喜悦，又有知道前路坎坷、可能再次返回的隐忧。宋人洪迈《容斋随笔》中记载：第三句的“绿”字王安石初用“到”，后改为“过”，又改为“入”，再改为“满”，换了十多个字，最后才确定为“春风又绿江南岸”。用“绿”确实更有意味，也可见古人对作品的锤炼。

读《泊船瓜洲》有感

江南眺望远，思念家乡还。
我欲归政去，新政待绿来。

闻官军收河南河北

唐·杜甫

剑外忽传收蓟北，初闻涕泪满衣裳。
却看妻子愁何在，漫卷诗书喜欲狂。
白日放歌须纵酒，青春作伴好还乡。
即从巴峡穿巫峡，便下襄阳向洛阳。

释义：

剑外忽然传来官军收复蓟北的消息，刚刚听到时涕泪流满衣裳。
回头看妻子和孩子哪还有一点忧伤，胡乱地卷起诗书欣喜若狂。
日照下放声高歌痛饮美酒，要趁明媚春光与妻儿一同返回家乡。
心想着从巴峡穿过巫峡，经过襄阳后直奔洛阳，就可以到家了。

赏析：

这首诗作于广德元年（763）春天。前一年冬天，唐军在洛阳附近的衡水打了一个大胜仗，收复了洛阳和郑（今河南郑州）、汴（今河南开封）等州。

身在四川的杜甫听到官军收复失地的消息后，欣喜若狂。诗下有自注：“余田园在东京。”他立即就想收拾行装返回家乡。最后两句巧用了四个地名，和李白的《峨眉山月歌》是一样高明的手法。

读《闻官军收河南河北》有感

安史乱中国，忽闻叛军平。
家人愁云消，家乡归去情。
人逢喜事爽，饮酒放歌停。
先穿江中峡，再向两阳行。

杂诗三首·其一

唐·王维

家住孟津河，门对孟津口。
常有江南船，寄书家中否。

释义：

家住在孟津河旁，门口与孟津渡口相对。

每每遇到来自江南的小船，都会询问是否有丈夫从江南寄回的书信呢？

赏析：

《杂诗三首》这组诗是写情的，是王维按照江南乐府民歌风格所作，抒写男女别后相思之情。第一首写妻子对丈夫的思念，盼望家书到来；第二首写丈夫想念妻子，向来人询问家中情况；第三首再写妻子对丈夫的答复，告知家乡现在的情况。

孟津河指河南洛阳北部的黄河南岸一带，是“武王伐纣，与八百诸侯会盟”之地，为古代交通要道，对话的夫妻应该就住在附近。由于丈夫远行江南未归，家又离渡口很近，所以妻子常去那些来自江南的船上询问有没有带来丈夫的家书。妻子的心情应该十分急切，只看到船是不能知道来自哪里的，所以应该是常去问，常得到否定的回答。但她依然没有放弃希望……

读《杂诗三首·其一》有感

黄河南岸要道口，古来诸侯会盟地。
常见船来上前问，直待家书慰别离。

杂诗三首·其二

唐·王维

君自故乡来，应知故乡事。
来日绮窗前，寒梅著花未。

释义：

您是刚从我的家乡来的，一定了解家乡的事情和情况。
请问您来的时候，我家雕画花纹的窗户前的那一株蜡梅花开了没有?

赏析：

第二首诗转换了视角，写丈夫在江南的情景。丈夫应该是向来自孟津船上的客人询问家乡的情况。不过丈夫问的并不是家书，而且问家中窗前的蜡梅开了没有。这里表面看是询问家中的花，其实可以有多种理解：可能是关心气候变化，可能是代指家乡事宜，也可能是暗指家中妻子。丈夫没有明说，也许兼而有之。诗人通过平常、细小的事情，来表达感情。

与第一首相比，王维也很好地把握了男女的性格区别。妻子很直接，不断询问家书来否；丈夫很含蓄，间接了解花开没有。这种不同的表现形式，也很符合人物特点。

读《杂诗三首·其二》有感

久在异乡遇旧友，思乡情愁只等候。
乡土人事莫可忘，一窗梅花挂心头。

杂诗三首·其三

唐·王维

已见寒梅发，复闻啼鸟声。
心心视春草，畏向阶前生。

释义：

看见梅花已经开了，又听见鸟儿的啼叫声。

看着春草生长，心中充满忧愁，茂盛的春草眼看就要连到阶前，人禁不住有些惶恐。

赏析：

第三首诗再次回到妻子角度。首句“已见寒梅发”是对第二首丈夫“寒梅著花未”的回答，中间发生的故事应该是丈夫把向客人询问的话语写成了家书。而妻子在等待许久之后，终于从孟津口的船上收到了家书。

这一首应该是妻子写给丈夫的家书内容。家中寒梅开了，早春已过，鸟鸣草长的暮春时分了。两个人的联系间隔了好久，丈夫离家更久，妻子的思念之情愈加浓烈。看到草长得越来越高，妻子盼归的心情也越来越急。可能是受到丈夫含蓄表达情感的影响，收到家书、心情激动的妻子在写回信的时候没有直说什么动情的话语，而是变得“顾左右而言他”，写花写鸟写草，其实暗含深情。

读《杂诗三首·其三》有感

寒梅已发盼人归，花开鸟鸣春去新。
日渐惆怅徒伤感，阶前草连惶恐心。

竹　枝　词

唐·刘禹锡

杨柳青青江水平，闻郎江上唱歌声。
东边日出西边雨，道是无晴却有晴。

释义：

岸上杨柳青青，江中风浪平平，忽然传来男子唱歌的声音。

就像东方出太阳，西边落雨，你说它不是晴天吧，它又是晴天。

赏析：

竹枝词本是巴、渝一带的民歌，以吟咏风土为其主要特色，包含人文风情、社会文化、地理交通等多方面的历史资料，有很高的研究价值。

唐穆宗长庆元年（821）冬至长庆四年（824）夏，刘禹锡在夔州任刺史，采用当地民歌的曲谱制成新的《竹枝词》，将民歌变成了诗体，多用白描，通俗活泼，民歌气息浓厚，对后代影响很大。

这首竹枝词描绘了一个恋爱中的女子，在春日杨柳青青、江上微雨的时候听情郎歌唱的场景。后两句常为后人引用。“东边日出西边雨”现在有时也指遇到的事情有好有坏；“道是无晴却有晴”，诗人语带双关，以“晴”说“情”，现在也用来形容男女感情。

读《竹枝词》有感

民歌作新词，春日歌声起。
晴雨难琢磨，问情岂有意？

塞 上 曲

唐 · 戴叔伦

汉家旌帜满阴山，不遣胡儿匹马还。
愿得此身长报国，何须生入玉门关。

释义：

巍巍大唐的猎猎旌旗在阴山飘扬，突厥胡人胆敢犯边，定叫他有来无还。

我愿以此身躯终生报效国家，大丈夫建功立业何须活着返回家园。

赏析：

戴叔纶是润州人，如果回到唐朝，我们算是老乡。他的《塞上曲》共两首，皆为七言绝句。第一首为："军门频纳受降书，一剑横行万里余。汉祖谩夸娄敬策，却将公主嫁单于。"认为和亲政策欠妥。

这第二首相对第一首浅显了许多。"生入玉门关"语出西域都护、定远侯班超。班超出使西域 30 多年，功勋卓著，万里封侯，晚年欲归故里，上书言"臣不敢望酒泉郡，但愿生入玉门关……"。

但戴叔纶认为，班超做得还不够，以身报国，不必提什么"生入玉门关"。这样的观点和清代徐锡麟观点相似，徐锡麟在《出塞》诗中说："只解沙场为国死，何须马革裹尸还。"

读《塞上曲》有感

大唐军势盛，边塞将士横。
终身守玉门，报效家国成。

嘲钟陵妓云英

唐·罗隐

钟陵醉别十余春，重见云英掌上身。
我未成名君未嫁，可能俱是不如人。

释义：

钟陵醉饮一别已经十余年，如今再次见到云英婀娜的身姿。
可惜我没成名你也没出嫁，大概是因为我们都不如别人吧！

赏析：

罗隐虽然少有才华，但是屡次科举不中，连名字都从罗横改成了罗隐，因此只能做一些幕僚的工作。

咸通十三年（872），罗隐在东归途中作了这首诗。关于这首诗还有一个故事：罗隐当初以寒士身份赴举，路过钟陵县（今江西省进贤县），结识了当地乐营中一位颇有才思的歌妓云英。十余年后，他再度落第路过钟陵，又与云英不期而遇。见她仍属乐籍，未脱风尘，罗隐不胜感慨。更不料云英一见面却惊诧道："怎么你还是布衣？"

这首诗与其说是嘲云英，不如说是自嘲。诗中感怀了故人重逢，一面安慰了云英，一面调侃了自己，幽默之下颇带伤感，颇为无奈。

读《嘲钟陵妓云英》有感

才思出众宴钟陵，十二年后会云英。
卿不曾嫁我不第，相逢慰叹奈何情。

中国情人节“七夕”的由来和相关诗词

2021 年 8 月 14 日，农历的七月初七，这一天是“七夕”节，一个特别的日子。

七夕节，又称七巧节、七姐节、女儿节、乞巧节、巧夕等，是我国民间的传统节日。七夕节最初由星宿崇拜衍化而来，后来“七夕”因“牛郎织女”的爱情传说被认为是最具浪漫色彩的传统节日，更被称作“中国情人节”。

传说天帝的外孙女织女负责给天空织彩霞，后来她厌倦了枯燥的生活，偷偷下凡，嫁给了牛郎，过上了男耕女织的生活。但因此惹怒了天帝，织女被带回天宫，夫妻分离，天帝只允许他们每年的农历七月初七相会一次。相传，这一天，喜鹊会搭成一道跨越天河的鹊桥，让牛郎织女在桥上相会。

七夕这一天的傍晚，大家一定要多抬头看看天上的云，这一天的云彩被称为“巧云”。在古代，女子在这一天晚上向织女“乞巧”，乞求得到聪慧的心灵和灵巧的双手。无数的有情男女也会在七夕夜向织女祈求自己姻缘美满。

在这样一个美好的日子，诗词自然不可缺席，无数古人都在这天写下诗篇。今天的特别篇里，我们就按照写作时间顺序，选择一些名篇和大家分享一下：

首先是创作于东汉的**《古诗十九首》**中的**《迢迢牵牛星》**：

迢迢牵牛星，皎皎河汉女。

纤纤擢素手，札札弄机杼。

终日不成章，泣涕零如雨。

河汉清且浅，相去复几许。

盈盈一水间，脉脉不得语。

诗中将牵牛星和织女星拟人，写出了牛郎、织女因为分离不得相见的困境，描绘了落泪如雨、何汉虽浅、相去甚远、相视无言的场景。

到了唐代，**白居易**在**《七夕》**中写道：

烟霄微月澹长空，银汉秋期万古同。

几许欢情与离恨，年年并在此宵中。

白居易在这一天抬头仰望天空、明月，感慨每年的七夕都差不多。想到了牛郎、织女日常离恨，只有在这一天里才能相聚。

李商隐笔下的**《七夕》**：

鸾扇斜分凤幄开，星桥横过鹊飞回。

争将世上无期别，换得年年一度来。

李商隐这首诗从遥想牛郎、织女每年鹊桥相聚一次开始，联想到自己的爱妻早亡，写出了宁可一年一度相会，也不要“别无期”的心声。

晚唐诗人**杜牧**的**《秋夕》**更是著名：

银烛秋光冷画屏，轻罗小扇扑流萤。

天阶夜色凉如水，坐看牵牛织女星。

一名孤单的宫女，于七夕之夜仰望天河两侧的牵牛、织女星，不时扇扑流萤，排遣心中寂寞。

宋代写七夕的词也有不少，大词人**秦观**写七夕的**《鹊桥仙》**流传甚广：

纤云弄巧，飞星传恨，银汉迢迢暗度。金风玉露一相逢，便胜却人间无数。

柔情似水，佳期如梦，忍顾鹊桥归路。两情若是久长时，又岂在朝朝暮暮？

通过写牵牛、织女二星相爱的神话故事，秦观写出了深厚的情感和浓郁的人情味，词中多有名句。

李清照也写过**《行香子·七夕》**：

草际鸣蛩，惊落梧桐。正人间、天上愁浓。云阶月地，关锁千重。纵浮槎来，浮槎去，不相逢。

星桥鹊驾，经年才见。想离情、别恨难穷。牵牛织女，莫是离中。甚霎儿晴，霎儿雨，霎儿风。

相比秦观，李清照就写得更加悲伤一些，托事言情，通过对牛郎、织女悲剧故事的描述，表达了自己郁积于心的离愁别恨。

最后，还是循例，口占一绝：

星宿崇拜创七夕，
牛郎织女鹊桥喜。
七月初七乞巧来，
诗词言情话今昔。

己亥岁二首·其一

唐·曹松

泽国江山入战图，生民何计乐樵苏。
凭君莫话封侯事，一将功成万骨枯。

释义：

富饶的水域江山都已被战火笼罩，百姓想要打柴割草度日都不能实现。

请你别再提什么封侯的事情了，一位将军功成名就要牺牲多少士兵的生命！

赏析：

曹松，晚唐诗人，71 岁才中进士，放在现在，这可是妥妥的高龄考生，必然成为热点新闻。

根据曹松自注，这首诗是在唐僖宗广明元年（880）为追忆前一年（己亥年）而作。唐末发生大规模农民起义，席卷了长江南北 12 个省份，因此有“泽国江山入战图”之语。

诗中写出了战争对人民生活造成的重大影响。同时，对镇压农民起义获得军功也表达了自己观点：没有什么值得骄傲的，一个将帅的成功是靠牺牲成千上万人的生命换来的。

“一将功成万骨枯”，现在也用来形容付出巨大牺牲才换来成功。

读《己亥岁二首·其一》有感

王朝烽烟起，封侯非好事。
兵祸害黎民，功成万人失。

敕　勒　歌

南北朝·乐府诗集

敕勒川，阴山下。
天似穹庐，笼盖四野。
天苍苍，野茫茫，风吹草低见牛羊。

释义：

敕勒人生活的辽阔草原，就在阴山脚下。
天空像个巨大的帐篷，笼盖着整个原野。
天空一望无际，原野茫茫不尽，风吹草低，就能见到正在吃草的牛羊。

赏析：

《敕勒歌》选自《乐府诗集》，是南北朝时期黄河以北的北朝流传的一首民歌。游牧民族的牧歌，情怀豪迈，意境浑然天成，语言浅白明快，充满了浓郁的草原气息。

敕勒人当时聚居在漠南地区，他们把漠南一带称为“敕勒川”。这首民歌勾勒出了北国草原壮丽的风光，抒写了敕勒人热爱家乡热爱生活的豪情。短短几句，先说明地理位置，再大胆比喻，以显示草原的壮阔无边，最后写水草丰茂、牛羊隐现的景象。

2019 年夏天，我曾去呼和浩特，向南见敕勒川地标，后向北过阴山，至四子王旗草原，住蒙古包，看散落草原的牛羊，草原景色确实迷人……

读《敕勒歌》有感

敕勒一族居北川，阴山接天似帐圆。
苍苍茫茫无边际，牛羊隐现大草原。

滁州西涧

唐·韦应物

独怜幽草涧边生，上有黄鹂深树鸣。
春潮带雨晚来急，野渡无人舟自横。

释义：

唯独喜欢涧边幽幽生长的野草，还有那树林深处啼鸣的黄鹂。

傍晚时分一场大雨，春潮上涨，水势湍急，荒野渡口无人，只有一只小船横在那里。

赏析：

贞元元年（785）春夏，韦应物闲居于滁州西涧。其间，韦应物写了《滁州西涧》《观田家》等诗。滁州西涧在滁州城西，俗称上马河。虽是一次外出游玩时的即景抒怀，但诗人把这些平常景象用优美的文字串联在一起，绘就了一幅意境幽深的画卷。

因为前一年的冬天韦应物被免去滁州刺史之职，所以对于这首诗中有无寄托，历来有不同观点。有人认为，韦应物无官一身轻，纯粹被西涧景色吸引；有人认为，其中有诗人伤己不在位的无奈；还有人认为，诗中写出了“君子在下，小人在上”之意。

我觉得，首先是景美，然后诗人才能写出佳作，至于借景抒情，应该是顺带有之吧。

读《滁州西涧》有感

春游滁州西，幽草树上鹂。
伤己不在位，无人且适意。

秋浦歌·十四

唐·李白

炉火照天地，红星乱紫烟。
赧郎明月夜，歌曲动寒川。

释义：

炉火熊熊燃烧，似乎把天地都照亮了，火星四溅，在紫色的烟雾中乱飞。

炼铜工人在这明月之夜，一边唱歌一边劳动，歌声打破黑夜，震荡着寒天里的河流。

赏析：

唐天宝八年至十四年（749—755），李白三次游秋浦，并写了他的名作《秋浦歌十七首》。李白从不同角度歌咏了秋浦的山川景色和民俗风情，同时又隐隐流露出担忧国家和感怀自身之情。

秋浦，在今安徽省贵池县西，是唐代银和铜的产地之一。这是《秋浦歌》的第十四首，写出了当时秋夜的冶炼场景。前两句写景，冶炼的红火照耀天地。后两句写人，冶炼工人趁夜赶工，虽然忙碌，但是依然高唱歌曲。

冶炼显然是件辛苦的事情，但李白依次写下了劳动现场的光、色、热、声，不仅体现了火热的劳动场景，也写出了冶炼工人高歌助兴的乐观精神。古人描写劳动人民的诗词不多，写冶炼工人的更少，所以这首诗就很有意义，让我们了解了唐代秋浦人民的生活状态。

读《秋浦歌·十四》有感

秋浦多矿产银铜，紫烟升腾脸色红。
太白留诗赞工匠，高歌冶炼与夜同。

秋浦歌·十五

唐·李白

白发三千丈，缘愁似个长。
不知明镜里，何处得秋霜。

释义：

满头白发已达三千丈，都是因为忧愁才长得这么长。
看着明镜里的自己，是哪里的秋霜落在了我的头上？

赏析：

这是李白《秋浦歌十七首》组诗中的第十五首，也是流传最广的一首。秋浦，因境内有秋浦水而得名，在今安徽省池州市。

如果说，写冶炼工人那首诗的时候李白还带有欢快、乐观的心情，那么，写这首诗的时候，他的心情肯定不太好。

李白很愁，虽然没有明说为什么发愁。开篇就是大胆想象，极度夸张的手法，愁到白发已经三千丈，忧愁已经不能再长了。我印象里，李白上一次这么夸张的时候，还是在庐山："飞流直下三千尺，疑是银河落九天。"

然后，照镜子的时候，李白又有些幽默了。明明是自己愁出的白发，却问这些秋霜是哪里来的？短短二十个字，把自己的心情写得淋漓尽致。有人说，是因为李白被赶出长安，不得志；有人说，是因为"十月到幽州，戈铤若罗星"，忧国事；有人说，是李白感怀华发已生，叹己老。但李白没有明说，我们也就只能猜测了……

读《秋浦歌·十五》有感

镜中秋霜使人想，白发千丈因愁伤。
半生未济志不遂，不知何处可飞扬。

出　　塞

唐·王昌龄

秦时明月汉时关，万里长征人未还。
但使龙城飞将在，不教胡马度阴山。

释义：

秦汉时期的明月和秦汉时期的边关，出征万里的士兵还没有回来。
倘若龙城的飞将李广如今还在，一定不会让敌人的铁蹄踏过阴山。

赏析：

王昌龄是盛唐诗人，那时候的边塞诗多有慷慨激昂之意，诗人多怀国力强盛的强大自信。

“秦时明月汉时关”，并非秦关汉月，而是用了“互文见义”的手法，秦汉时的明月，秦汉时的边关。龙城飞将，大多人认为是“飞将军”李广，也有人认为是卫青。

这首诗没有过多地描绘边塞的景色，而是从守卫边疆的将士的角度反映戍边状况。边疆不太平，士兵远赴塞外，久戍不归，十分辛苦。他们渴望结束战争，但又不能放弃使命。同时，诗人也认为国家需要良臣勇将镇守边疆，只有这样才能保边境安宁，保百姓平安。

诗中有历史传承的厚重，有万里征人的情感，有呼唤英雄的期盼，有坚守边疆的豪情。所以，明代杨慎《升庵诗话》说：“此诗可入神品。”

读《出塞》有感

边塞战争久，生离死别留。
秦月汉关在，思乡几时休。

渔歌子·西塞山前白鹭飞

唐·张志和

西塞山前白鹭飞，桃花流水鳜鱼肥。
青箬笠，绿蓑衣，斜风细雨不须归。

释义：

西塞山前白鹭在自由自在地飞，江岸桃花盛开，江水中肥美的鳜鱼游来游去。渔翁头戴青色斗笠，身披绿色蓑衣，斜风细雨中，悠然自得地垂钓，一点都不想着回家。

赏析：

渔歌子，原为唐教坊名曲。《词林纪事》记载，唐代宗大历七年（772）九月，颜真卿任湖州刺史，张志和驾舟前往看望，两人在江上唱和，作词五首，其中就有《渔歌子》。后来，张志和因为船出了问题，还请颜真卿帮助更换。词牌《渔歌子》也因张志和这首词而得名。

因为此前是渔歌，所以张志和填词的时候，也注意用语的简单生动，令人读起来朗朗上口。词中把江南水乡的景色美好，鲜美物产，悠闲渔人，烟雨时节，都纳入其中，体现了美丽江南悠闲自在的生活。是啊，这样的美景中，又有谁想要归去呢？

这首词作成之后，广为流传，唱和者甚众，学写者多，而且传到了海外。据说，日本嵯峨天皇的《渔歌子》五首及其臣僚的奉和之作七首，都是仿写的这一首。

读《渔歌子·西塞山前白鹭飞》有感

民间渔父乐，山前白鸟飞。
桃花水涨处，鳜鱼肉质美。
春江水绿后，烟雨迷蒙围。
渔人醉忘去，垂钓不觉累。

明　仇英　莲溪鱼隐图

题临安邸

宋·林升

山外青山楼外楼，西湖歌舞几时休？
暖风熏得游人醉，直把杭州作汴州。

释义：

西湖四周青山相叠，楼阁绵延，湖面游船歌舞日夜不休。
温暖的香风吹得人，如同喝醉一般，简直是把杭州当成了汴州。

赏析：

这是一首题壁诗，是林升写在当时临安城一家旅店墙壁上的。背景是靖康之乱后，徽钦二帝被掳，南宋朝廷偏安一隅，不思收复中原，只贪图享乐。诗人应该是不满这样的社会现实，所以写出了这样一首充满嘲讽意味的作品。

前两句写西湖周边的青山楼台，随处可见的歌舞升平，与当时的国仇家恨形成鲜明对比。后两句以游人讽刺统治者，沉醉于暖风之中，忘却了汴州的痛，只贪图“杭州”的乐。全诗没有漫骂之词，用冷静轻松的语调，说出深沉悲痛的事实。其实，诗人言语越平淡，心中则越痛恨。

这首诗是讽喻诗中的杰作。但是诗人的讽刺并没有给“游人”、给南宋统治者带去多少触动。

2015 年秋，我到杭州时，曾住在西湖畔，在酒店中就能见近水远山。楼外楼成了杭州一处著名酒楼，我去品尝了西湖醋鱼、龙井虾仁、东坡肉等美味。

读《题临安邸》有感

青山重叠处，歌舞升平出。
不思收失地，偏安忘胡虏。

风

唐·李峤

解落三秋叶，能开二月花。
过江千尺浪，入竹万竿斜。

释义：

风能吹落秋天的树叶，也能吹开春天美丽的花朵。

吹过江面能掀起千尺巨浪，吹进竹林能使万竿倾斜。

赏析：

这是唐代隐语诗，即谜语诗的一种，因为有意避开诗题，所以叫“避题诗”。大多谜语诗都是诗人在借物抒怀。这种咏物诗，诗句中绝不可提及本物，要隐秘描绘。诗可看作谜面，诗题可看作谜底。诗中有谜，谜在诗中，风格独具，很是考量诗人的写作水平。

李峤的这首诗，水平很高：前两句“解落”对“能开”，“三秋叶”对“二月花”，十分工整，写风对气候、植物的影响。后两句更显特色，“过江”对“入竹”，“千尺浪”对“万竿斜”，严谨有序，写风的速度与力量。同时，前后对比了风之温情与风之威力，构思令人叫绝。

李峤分别用叶、花、浪、竹与风力交汇时发生的种种变化，间接地表现风的不同形态和作用。诗中不见风字，却句句写风到位，耐人寻味。

读《风》有感

唐代启蒙避题字，诗题谜底咏物诗。
全诗写风却无风，外物变化因风起。

凉　州　词

唐 · 王翰

葡萄美酒夜光杯，欲饮琵琶马上催。
醉卧沙场君莫笑，古来征战几人回？

释义：

西域的葡萄美酒盛在夜光杯之中，正要畅饮，琵琶声声响起，仿佛催人上马出征。

如果醉卧在沙场上，也请你不要笑话，试问自古以来出征打仗的，能有几个人活着返回家乡？

赏析：

《凉州词》又称《凉州曲》，是达官显贵为凉州歌填的唱词，是唐朝时流行的一种曲调名。

王之涣、张籍、孟浩然等诗人都写过《凉州词》，而王翰这一首，历来让无数男儿热血沸腾。

诗的前半，以物品写地点，葡萄酒当时是西域特产，夜光杯是西域所进，琵琶更是西域流行乐器，说明了身处的边塞环境。虽然也是写享乐，但和林升笔下的西湖歌舞，暖风游人，有着本质的区别。因为诗的后半进行了升华，醉卧沙场虽是放纵，但这里有的是淡忘生死、甘洒热血的豪情。

这首《凉州词》被明代王世贞推为唐代七绝的压卷之作。

读《凉州词》有感

沙场不归去，凉州边塞行。
出征开怀饮，醉卧亦笑醒。

弹　琴

唐·刘长卿

泠泠七弦上，静听松风寒。
古调虽自爱，今人多不弹。

释义：

七弦琴弹奏出悠扬的曲调，琴声凄清好似风入松林。

这样的古调，我虽然很喜爱，但是现在人们大多已不去弹奏了。

赏析：

古琴，又称瑶琴、玉琴、七弦琴，是中国传统拨弦乐器，属于八音中的丝。古琴音域宽广，音色深沉，余音悠远。

琴因“平和雅正、至纯至清”的特点，深受古代文人青睐。琴也是我国古代文化地位最崇高的乐器，有“士无故不撤琴瑟”和“左琴右书”之说，始终被文人视为高雅的代表，被不少文人视作必备技能。

前两句是描写音乐的境界，先写琴声泠泠，后又语带双关，古琴曲中有《风入松》，也可能是人在听琴时，松间有风来。后两句则是议论抒情，这牵涉到当时音乐的背景。汉朝以来，音乐多用琴瑟，唐代之后，琵琶等胡乐从西域传入中原，音乐发生变革，曲调和曲风都有变化。所以，刘长卿说，自己喜欢古调，而今人已经很少弹了。当然，这里刘长卿应该也有表达自己曲高和寡、不愿与世俗同流合污的意思。

读《弹琴》有感

七弦琴上滚松涛，古时曲调我觉好。
如今琴声受冷遇，怀才不遇亦寂寥。

鹿　柴

唐 · 王维

空山不见人，但闻人语响。
返景入深林，复照青苔上。

释义：

幽静的山中看不见人，但是能听到有人说话。
落日余光照进了深林，又照在幽暗处的青苔上。

赏析：

鹿柴是王维辋川别业的胜景之一。王维在辋川山谷中建造园林，有胜景二十处，王维和他的好友裴迪逐处作诗，编为《辋川集》。

《辋川集》并序载："余别业在辋川山谷，其游止有孟城坳、华子冈、文杏馆、斤竹岭、鹿柴、木兰柴、茱萸沜、宫槐陌、临湖亭、南垞、欹湖、柳浪、栾家濑、金屑泉、白石滩、北垞、竹里馆、辛夷坞、漆园、椒园等，与裴迪闲暇各赋绝句云尔。"

这首诗营造出了一种空旷静幽的感觉。傍晚时分，鹿柴附近的空山、深林显得特别幽深，可听人语，不见人影，以闹写静。阳光影动，穿林印苔，复归平静。

王维参禅悟理，精通诗书乐画，在这首诗中，他将自己擅长的东西融合起来，听音、感光、成诗，生动描绘，一气呵成。

读《鹿柴》有感

鹿柴近山空寂冷，偶有响声穿林人。
幽暗深林一线光，树下青苔复无痕。

送元二使安西

唐·王维

渭城朝雨浥轻尘，客舍青青柳色新。
劝君更尽一杯酒，西出阳关无故人。

释义：

渭城早晨一场春雨湿润了尘土，客舍周围柳树枝叶也被洗得一新。

请你再干一杯美酒吧，向西出了阳关就没有什么老朋友了……

赏析：

从题目不难看出，元二即将出使（安西都护府），王维前来送别。送别的地点在渭城，送别的时间是清晨，天气还不太好，一场春雨刚过。王维和元二关系一定很好，要知道，唐人送别一般是送到长安灞桥，折柳相送，便分别了。而王维送元二一直送到了渭城。

对于渭城朝别，有人认为，是诗人和朋友早起分别。还有一种说法，是王维和元二两个人在离别宴上畅饮话别，通宵未眠。我个人觉得，后一种更符合诗人的心情。这样“劝君更尽一杯酒”才显得更加自然，更能显出两个朋友友谊深厚，久久不愿别离的心情。

阳关在今甘肃省敦煌西南，因在玉门关之南，故名“阳”关，为自古赴西北边疆的要道。后有乐人将这首诗谱曲，取名“阳关三叠”，流行甚广，久唱不衰。

读《送元二使安西》有感

关外无知音，渭城落雨轻。
再饮一杯酒，交情伴君行。
阳关三叠曲，依依惜别情。

早发白帝城

唐·李白

朝辞白帝彩云间，千里江陵一日还。
两岸猿声啼不住，轻舟已过万重山。

释义：

清晨从五彩云霞映照中的白帝城离开，感觉千里之外的江陵，一天就可以到达。

两岸山中的猿声还在耳边不停地啼鸣，轻快的小舟已经穿过了万重青山。

赏析：

唐代安史之乱中，唐玄宗诏令诸子分领天下节度使，即“帝子许专征”。玄宗第十六子、永王李璘为山南东路、岭南、黔中、江南西路四道节度使，江陵郡大都督，坐镇江陵（今湖北荆州）。

李璘东巡经过庐山时，李白和家人正避难庐山，“仆卧香炉顶，餐霞漱瑶泉”。李璘邀请李白入幕。李白误以为报国的机会到了，投奔永王，还写下了《永王东巡歌》十一首。

后来李璘兵败被杀，李白因参加过永王幕府，以“附逆”罪流放夜郎（今贵州省一带）。58 岁的李白辗转向夜郎出发。乾元二年（759），因关中遭遇大旱，朝廷宣布大赦。李白在赦免之列，立刻从白帝城（今重庆奉节）东下，返回江陵。这首诗即当时所作，反映了李白无比轻快的心情。

读《早发白帝城》有感

贬谪夜郎遥，忽闻赦书到。
白帝下江陵，轻舟猿声抛。

“中元节”点一盏心灯，诉一程思念

2021 年 8 月 22 日，阴历七月十五。今天是中元节，俗称“七月半”。

七月半最初是民间初秋庆贺丰收、酬谢大地的节日。民间按例要祭祖，用新稻米等祭供，向祖先报告秋成。这是追怀先人的一种传统节日。

几千年来，文人们创作了大量描写中元节的经典诗词，使得这一天充满了文化意味。

下面，让我们一起来领略中元节的思念与深情吧：

唐代**李郢**笔下的中元节是淡然的：**《中元夜》**

江南水寺中元夜，金粟栏边见月娥。

红烛影回仙态近，翠鬟光动见人多。

香飘彩殿凝兰麝，露绕青衣杂绮罗。

湘水夜空巫峡远，不知归路欲如何。

这个中元节，李郢在江南水寺中度过。月亮出来了，他倚栏杆看，寺里人山人海，香飘满殿，那天上的魂灵，不知是否归去。

唐代**李商隐**写出的中元节是梦幻的：**《中元作》**

绛节飘摇宫国来，中元朝拜上清回。

羊权须得金条脱，温峤终虚玉镜台。

曾省惊眠闻雨过，不知迷路为花开。

有娀未抵瀛洲远，青雀如何鸩鸟媒。

中元节这一天，李商隐朝拜上清，从道宫中飘摇回来。在梦中见到了少年时的心上人，但梦醒后，只能听到雨声，不见旧人。瀛洲那么远，青雀如何为我做媒呢？

唐代**陆龟蒙**描绘的中元夜是孤独的：**《中元夜寄道侣》**

橘斋风露已清余，东郭先生病未除。

孤枕易为蛩破梦，短檐难得燕传书。

广云披日君应近，倒影栽花我尚疏。

唯羡羽人襟似水，平持旌节步空虚。

这一年中元夜的陆龟蒙很郁闷、很孤独。他缠绵病榻，无法出游，一个人孤枕难眠，也没飞燕传书。于是，只能羡慕那道观中的僧侣，甩着轻盈的袖子，做着法事。

元代**仇远**的中元诗是专注的：**《中元》**

初秋当望夜，平楚带斜曛。暑气能昏月，砧声不隔云。

华灯浮白水，老衲诵冥文。漫说中元节，儒书惜未闻。

初秋的夜晚，暑气未消尽，中元节时，华灯初上，老僧诵读着冥文，儒生则专注读书，不闻窗外之事。

明代**李之世**的中元诗充满感恩：**《中元节过长寿庵感怀》**

捣衣惊此月，乡梦起秋砧。况值盂兰节，谁无寸草心。

金钱资佛曾，香钵趁禅林。复想家堂荐，遥遥泪满襟。

思念亲人是中元节的主题。李之世路过长寿庵，想起了自己的父母，泪水就打湿了衣襟。

清代**纳兰性德**的中元词非常应景：**《眼儿媚·中元夜有感》**

手写香台金字经，惟愿结来生。莲花漏转，杨枝露滴，想鉴微诚。

欲知奉倩神伤极，凭诉与秋擎。西风不管，一池萍水，几点荷灯。

纳兰性德写这首词的时候，妻子卢氏亡故不久，又逢中元节，祭祀亲人。他抄写了一夜佛经，仍是伤感不已，任凭西风吹动浮萍、荷灯。

越长大越明白，人这一辈子，最应该感恩的人是父母。

中元节是思念的节日，思念往生的亲人和朋友。

中元节也是感恩的节日，感恩身边的父母和师长。

在这个中元节里，就让我们以诗词为酒，愿天上人间俱安乐。

和以前一样，最后，依然口占一绝：

七月半是庆丰日，
中元节时要祭祀。
敬祖朝拜不眠夜，
千古诗词寄哀思！

寄扬州韩绰判官

唐·杜牧

青山隐隐水迢迢，秋尽江南草未凋。
二十四桥明月夜，玉人何处教吹箫？

释义：

青山隐隐起伏，江水遥遥远去，长安的秋已尽了，江南的草木还未凋落。

遥想明月照耀着扬州的二十四桥，老朋友你在何处流连，是否听着那美人吹箫？

赏析：

韩绰，生平不详，曾任淮南节度使判官。杜牧曾任淮南节度使掌书记，与韩绰是同僚。后杜牧回长安供职，其间写了这首诗，寄给仍在扬州的韩绰。

诗中先是遥写扬州秋景，山青水长，草木未凋。后是猜想友人在何处作乐，其中既有自己对昔日扬州生活的怀念，又有对友人的调侃，更有对友人逍遥生活的羡慕。

写这首诗的时候，杜牧不在扬州，可并不妨碍这首诗成为写扬州的名篇，“二十四桥明月夜，玉人何处教吹箫”成为写扬州的名句。

韩绰死后，杜牧还写了一首《哭韩绰》以作悼念，可见两人友谊深厚。

读《寄扬州韩绰判官》有感

思往日扬州，念旧时同僚。
江南秋已尽，青山江水遥。
玉人吹箫处，月下廿四桥。

焚 书 坑

唐 · 章碣

竹帛烟销帝业虚，关河空锁祖龙居。
坑灰未冷山东乱，刘项原来不读书。

释义：

竹帛燃烧的烟雾刚刚散尽，秦始皇的帝业也化为虚空，函谷关和黄河这两处天险，也守不住秦国皇家的旧居。

焚书坑的灰烬还没冷却，山东之地已经叛乱，群雄揭竿而起，灭亡秦国的刘邦和项羽，原来并不读书！

赏析：

章碣创作了“变体诗”。在律诗中，变通常只需偶句押韵的格律，要求偶句、单句平仄声各自为韵。这种诗，读起来音节响亮，一时赶时髦者竞起效仿。

章碣显然对“焚书坑儒”持否定态度，在他笔下，焚书不久秦朝的帝业就完了，焚书也没什么用啊，刘邦、项羽都是不读书的人。看似冷静地陈述事实，实则明确地带有自己的观点，“焚书”和“亡国”本来并没有什么关系，诗人把它们串联到一起，借此幽默地讽刺了秦始皇焚书的荒唐行为。

这首诗写得很新颖，不重前人，自行立论。最后两句颇有些幽默，但幽默之余，引人深思。现在也常用这两句比喻违反事物发展规律，就会适得其反。

读《焚书坑》有感

变体七律新，读来响亮音。
秦皇焚书错，刘项兵已临。

绝　句

宋・僧志南

古木阴中系短篷，杖藜扶我过桥东。
沾衣欲湿杏花雨，吹面不寒杨柳风。

释义：

把小船拴在岸边的古木树荫下，拄着拐杖走过桥，欣赏东边美好的春光。

杏花时节的蒙蒙细雨，沾湿了我的衣裳，吹拂脸庞的春风，已经感觉不到寒意了。

赏析：

这是一首写春日出游的作品，没有落入俗套地写鸟语花香或草长莺飞。前两句写乘船春游，停船过桥，还拟人了杖藜，扶着自己慢慢行走。这两句并不出奇，甚至可以放到任何场景。

这首诗，妙就妙在后两句，杏花盛开，春雨绵绵，风过杨柳，天气已暖。诗人通过描写自己赏花、淋雨、吹风的感受，把春雨、春植、春候联系到一起，给人一种身临其境的感觉。

古人把应花期而来的风，称为花信风。从小寒到谷雨共二十四候，每候应一种花信，总称“二十四花信风”。清明节尾期的花信是柳花，亦称杨柳风。杏花雨也为后人化用，元代虞集《风入松》中有“报道先生归也，杏花春雨江南”句。

读《绝句》有感

细雨微风悠，小舟杖藜游。
杏花沾衣行，暖风拂面走。

约　　客

宋·赵师秀

黄梅时节家家雨，青草池塘处处蛙。
有约不来过夜半，闲敲棋子落灯花。

释义：

梅雨时节，家家户户都被梅雨笼罩着，池塘边上长满青草，草丛里传来阵阵蛙声。

过了午夜约好的客人还没有来，闲来无事，只能轻轻敲着棋子，看着灯花朵朵落下。

赏析：

我们常有这样的感觉，等的人如果总是不来，就会越等越着急。这个时候，人往往是烦躁的，很难静下心来。赵师秀则不同，等人都过了夜半了，但他依然心平气和，有心情欣赏眼前的美景，有兴致倾听远处的蛙鸣，有耐心敲棋子看灯花。更难得的是，他还能写下这首别有趣味的小诗，让后人都知道了，他有一个不太靠谱的朋友……

黄梅时节是江南特有的一种气候，特点是连日阴雨，有民谚“雨打黄梅头，四十五日无日头”。每年入梅时间不同，大约是五六月份，因为正是江南梅子的成熟期，故称其为“梅雨”。我就生活在江南，感觉这两年的梅雨时长，要比以往短了许多。

青草池塘，有人认为是化用谢灵运的“池塘生春草”，从视觉角度状写春色，也许赵师秀有这个意思，但实际上，梅雨来的时候，一般已经是初夏了。

读《约客》有感

五月黄梅熟，阴沉绵绵雨。
青草蛙声响，敲棋人孤独。
夜半客不至，灯花散未聚。
视觉壮春色，心急却未呼。

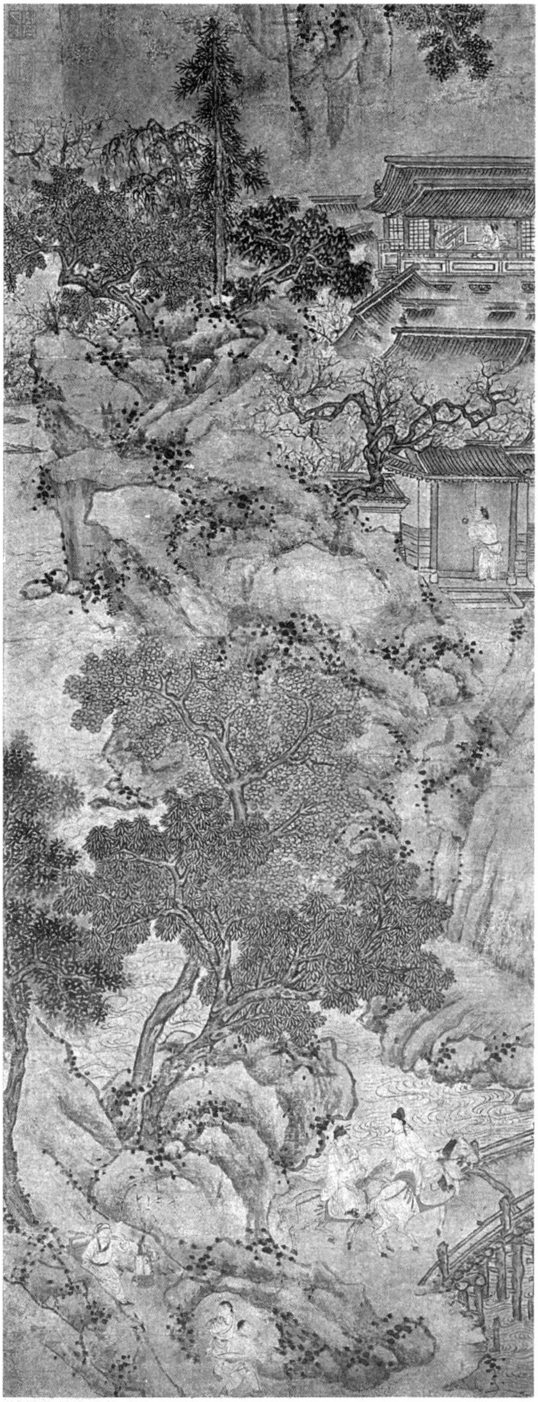

明　文徵明　山庄客至图

夏日绝句

宋·李清照

生当作人杰，死亦为鬼雄。
至今思项羽，不肯过江东。

释义：

活着就要当人中的豪杰，死了也要做鬼中的英雄。
人们至今还在思念项羽，只因他不肯偷生回江东。

赏析：

李清照的这首诗，特别是前两句，写得豪迈不已，气魄无敌，压倒众多须眉，表达了不论生死，都应该为国尽忠的价值取向。

这和她身处的环境有关。靖康之乱后，宋王朝被迫南逃。李清照丈夫赵明诚出任建康知府。城中爆发叛乱，赵明诚不思平叛，反而临阵脱逃。李清照为国为夫感到耻辱，在路过乌江时写下这首诗，借古讽今，暗指南宋统治者毫无气节，一味偷生。

诗中有三个典故：一是汉高祖曾称赞开国功臣张良、萧何、韩信是“人杰”。二是屈原《国殇》：身既死兮神以灵，魂魄毅兮为鬼雄。三是项羽自刎乌江。该诗引经据典，为己所用，短小精悍，观点明确，爱国情深，正气浩然。李清照不负“千古第一才女”之称。

读《夏日绝句》有感

巾帼词人须眉意，笔起雄奇丈夫气。
人杰鬼雄生死论，霸王不渡如归辞。

相　思

唐 · 王维

红豆生南国，春来发几枝。
愿君多采撷，此物最相思。

释义：

红豆生长在南方之地，每逢春天不知道要生长多少新枝。
希望你多多采摘，携带这边，因为红豆最能寄托相思之情。

赏析：

红豆，又名相思子、相思豆。其外观鲜红圆润，有晶莹剔透之感，不仅可以食用，还被南国之人用于装饰服饰。古人借相思豆之名，传相思之意；借相思豆之性，表相思之情。

首句的南国既是红豆的产地，也是朋友所在之地；次句设问寄情，意味深长；三句暗示珍重友谊，以采撷植物来寄托怀思的情绪，是古典诗歌中常见手法；最后一语双关，既是物的相思，也是人的相思。全程托物言兴，借物表情，语言虽朴素无华，感情却热烈丰富。

这首诗又名《江上赠李龟年》，可见是王维送给李龟年的怀念友人之作。

最后想说一下自己对本篇的感受。崔颢曾四句中三提黄鹤；李白有两句里三处凤凰。这里我试着六用相思，算是不成熟的尝试。

读《相思》有感

相思木结相思子，相思情有相思意。
离愁相思可采撷，南国红豆伴相思。

宿新市徐公店

宋 · 杨万里

篱落疏疏一径深，树头新绿未成阴。
儿童急走追黄蝶，飞入菜花无处寻。

释义：

稀稀落落的篱笆旁，一条小路通向深处，树上的新叶刚刚长出，还没形成树荫。

孩子们奔跑着追赶黄蝴蝶，可是蝴蝶飞入菜花丛中，就再也找不到了。

赏析：

杨万里的作品大多语言浅近明白、清新自然，富有幽默情趣，被称作“诚斋体”。

杨万里曾任江东转运副使，在建康（今江苏南京）为官。新市，今浙江省德清县新市镇，位于临安（今浙江杭州）与建康之间。这里水陆环绕，舟车通利，是杨万里来往两地的必经之地。徐公店，姓徐的人家开的酒店名。公是古代对男子的尊称。

这应该是杨万里一次在新市停留时写下的，写出农村春末夏初季节交替时的景色，春花已落，夏树未荫。前写静景，后写动人。跑来跑去追蝴蝶的儿童，带来更多的生气。全诗写出了乡村生活的宁静悠闲，清新自然。

杨万里在新市还写过另一首同题诗：“春光都在柳梢头，拣折长条插酒楼。便作在家寒食看，村歌社舞更风流。”反映了人们在寒食节时的歌舞活动。

读《宿新市徐公店》有感

长者写童趣，哲理伴春绿。
树阴走儿童，黄蝶何处去？

题西林壁

宋·苏轼

横看成岭侧成峰，远近高低各不同。
不识庐山真面目，只缘身在此山中。

释义：

正面看是山岭，侧面看是山峰，从远近高低不同的角度，看到不同的景色。

之所以辨不清庐山真正的样子，那是因为人身处在庐山之中啊！

赏析：

这是一首颇具哲理的写景诗。题西林壁，意思为题写在西林寺的墙壁上的诗文。西林寺在江西庐山西麓，苏轼一生中写过很多与庐山有关的诗。

这首诗先写庐山不同角度的景色不一样，横岭侧峰，高低不一；后写自己的分析，看不清庐山真面目，原来是因为身处其中啊！多变山景加独特感受，苏轼用简单的语言表达了丰富的哲理。这里既有看问题角度不同带来结果不同的观点，又有局部和整体的关系。后两句现在常用来形容当局者迷的情形。

如果再联系苏轼处境，这首诗就更有意味了。当时，王安石变法引发新旧党争，双方激烈争辩，不断斗争，新党要全面推进变法，旧党则要求全面废除新法，双方水火不容。苏轼虽属旧党，但认同国家有变法的需要，又认为新党激进的做法会导致国家动荡。于是，两边不讨好。这样看来，这首诗就更具备哲理意味和辩证观点了。

读《题西林壁》有感

黄州迁汝州，途经庐山走。
题壁成哲理，全貌局部漏。

忆江南·其一

唐·白居易

江南好，风景旧曾谙。日出江花红胜火，春来江水绿如蓝。能不忆江南？

释义：

江南好，江南的美丽风景曾是多么熟悉。太阳升起，照耀江边的花儿，比火焰还要红，碧绿的江水绿得胜过蓝草。怎能叫人不怀念江南？

赏析：

“忆江南”唐朝时是教坊曲名，后用作词牌名。“忆江南”词调自创调之初就十分流行，很多人传唱和欣赏，并演化出多种多样的别名。

公元822年，白居易被任命为杭州刺史，在杭州待了两年左右，其间修筑西湖堤防、疏浚六井等。825年，白居易被任命为苏州刺史；826年因病离职后，与刘禹锡相伴游历于扬州、楚州一带。

唐文宗开成二年（837）刘禹锡曾作《忆江南》词数首，有小序说：“和乐天春词，依《忆江南》曲拍为句。”据此推测，白居易这首词也作于同一时间。这时，他离开江南已经十多年了，然而，江南美景依然难忘。

“日出江花红胜火，春来江水绿如蓝”是描写江南的名句，读来节奏明快，朗朗上口，思之色彩斑斓，美景满眼。“能不忆江南”，用反问结束，表达了对江南春色的无限赞叹；同时，也反映了白居易身在洛阳、心向江南的心理状态。

读《忆江南·其一》有感

江南望，追忆旧时景。春日江流波光粼，红花绿水蓝草映。何日回江南？

村　　居

清·高鼎

草长莺飞二月天，拂堤杨柳醉春烟。
儿童散学归来早，忙趁东风放纸鸢。

释义：

农历二月，青草发芽生长，黄莺飞来飞去，春天的雾气笼罩着轻拂堤岸的杨柳。

村里的孩子们早早放学，赶紧回家，拿出风筝，趁着春风放起来。

赏析：

高鼎是清代诗人，生平不详，著有《拙吾诗文稿》。据其友人的文章反映，高鼎高度近视，不善言谈，但爱好写诗。

高鼎长期生活在农村，写了许多关于乡村生活的诗篇，这首《村居》就是代表作。

这首诗的结构和杨万里的《宿新市徐公店》一样，前两句写景，后两句写人。“草长莺飞二月天，拂堤杨柳醉春烟”，几乎写尽了春天相关的元素，春光无限美好，令人沉醉。“儿童散学归来早，忙趁东风放纸鸢”看似平淡写实，写孩子们放学后的贪玩状态。其实，诗人也许想说，连孩子们都十分流连春天的美好，心情急切，借力春风，那村里的大人呢？大概都急着把握时光，在这春天里忙碌吧……

读《村居》有感

长期居农村，祥和欢乐春。
天真儿童心，纸鸢天边寻。

嫦　　娥

唐・李商隐

云母屏风烛影深，长河渐落晓星沉。
嫦娥应悔偷灵药，碧海青天夜夜心。

释义：

云母屏风上烛影暗淡，银河渐渐斜落，晨星也慢慢隐没。
嫦娥应该后悔偷了长生不老之药，如今对碧海青天，夜夜孤寂。

赏析：

嫦娥，又作姮娥，是我国远古神话中的仙女，相传是上古部落首领后羿的妻子。“嫦娥奔月”是我们小时候都听过的故事，最早应该出现在《归藏》中，后来民间故事衍化成多个版本。有说是后羿求药后，恶人私下抢夺，嫦娥护药服之；有说是嫦娥独自服药，抛弃后羿；有说后羿虽射日有功，但性格残暴，嫦娥服药，为免百姓长期受苦……

李商隐这首诗应该写于拂晓，房内烛光将熄，屋外星河渐落，天气清冷，心情空寂。估计天上仍挂着月亮，诗人就联想到嫦娥的经历了，成仙虽好，孤独难耐，离开了繁华世间，独守月宫，常年如此，是多么的寂寞啊！

李商隐的诗，很多都写得比较隐晦。这首诗后世的理解也不相同。有人认为意指情人私奔，有人认为叹己处境孤寂，有人认为另外有所寄托，还有人认为写女道凄清生活。

读《嫦娥》有感

长夜独坐人，寂寞月宫冷。
懊悔吃灵药，碧海青天恒。

不第后赋菊

唐·黄巢

待到秋来九月八，我花开后百花杀。
冲天香阵透长安，满城尽带黄金甲。

释义：

等到秋天重阳节来临的时候，百花凋零，只有菊花盛开。
花香弥漫整个长安，遍地都是金黄如铠甲的菊花。

赏析：

这首诗顾名思义，是黄巢参加科举考试不第后的作品。和另一首《题菊花》一样，写得豪情万丈，气势惊人。重阳时节，百花凋零，一花独放，到那个时候，长安遍地花黄，花香独溢。

黄巢后来起义，自封“冲天大将军”。很多人联系这首诗，认为黄巢几次科举不利后对社会黑暗和吏治不满，立志造反，杀进长安，“黄金甲”意指兵甲；认为黄巢早有反对封建统治发动起义的超前觉悟。

但我不这么认为，考试没考好，就要揭竿而起？黄巢这首诗，对科举和考官不满肯定是有的，但更多以菊花自比，认为虽然不在时节，但如果自己的才华得到显露，一定会名动长安。至于黄巢后来起义，一定是由复杂的因素导致的。

读《不第后赋菊》有感

科举无功返，吏治腐败暗。
冲天大将军，黄金甲未反。

题 菊 花

唐·黄巢

飒飒西风满院栽，蕊寒香冷蝶难来。
他年我若为青帝，报与桃花一处开。

释义：

秋风飒飒摇动满院菊花，寒冷天气里的花蕊花香，很难吸引到蝴蝶。
若是有一天我成为司春之神，一定要让菊花和桃花同在春天开放。

赏析：

黄巢是唐朝末年农民起义领袖，起义沉重打击了唐朝统治，加速了唐朝灭亡。此后，唐朝四分五裂，名存实亡。

许多人认为农民起义领袖大多没什么文化，古人也说："刘项原来不读书。"黄巢却不是如此，他出身盐商家庭，善于骑射，能通文墨，少有诗才。这首诗就是他年轻时的作品。

古代文人多吟咏菊花，陆续赋予了菊花高尚情操、潇洒隐逸、吉祥长寿和寄托哀思等意象。而黄巢这首诗不在其列，有其独特的想法。

诗中先写菊花在秋天开放，虽有香气，已无蜂蝶。之后，不是歌颂菊花的品质，也不为时节惋惜，而是写等自己成了神仙就把菊花挪去春天，这是何等的志向和气魄？

后来，黄巢攻陷长安后，也确实登基称帝。难怪唐末林宽有诗："莫言马上得天下，自古英雄尽解诗。"

读《题菊花》有感

菊花冷秋开，满院无蝶来。
豪想作春神，桃菊日同晒。

明　陆逵　菊花枫叶图（局部）

菊　　花

唐·元稹

秋丛绕舍似陶家，遍绕篱边日渐斜。
不是花中偏爱菊，此花开尽更无花。

释义：

秋菊一丛一丛地环绕着房屋，好像到了陶渊明家。绕着篱笆观赏菊花，不知不觉太阳已经快落山了。

不是因为百花中偏爱菊花，而是因为菊花开过之后，就再无花可赏了。

赏析：

自东晋陶渊明“采菊东篱下，悠然见南山”开始，菊花就成了文人笔下常客。菊花，不似桃花报春喜庆，不比荷花盛开热烈，不如牡丹花开富贵，不像兰花幽雅名贵。但菊花在秋季傲霜，就被人赋予了更多风骨意味，常有人吟咏菊花高洁的品质。

元稹这一首，从赏花开始，菊花绕舍而生，观者久看日暮，渲染气氛。之后，解释自己喜爱菊花的原因，先抑后扬，突出菊花在这个季节的独特性，增强情感。

其实，元稹说“此花开尽更无花”和黄巢语“我花开后百花杀”是一个意思，但是前者委婉，后者肃杀，相比之下，元稹的表达就温柔了许多。

读《菊花》有感

超凡隐逸者，凋零秋菊开。
巧用陶家典，百花之后来。

开学啦！聊聊与学习有关的故事和诗词

2021 年 8 月 31 日，大家都去学校报到了吧？明天就要正式开学了，祝大家在新学期里天天进步，学业有成。今天是暑假的最后一天，也是《与诗词共成长》节目的第 200 期，就给大家讲讲古人关于学习的故事和诗词。

汉时，管宁与华歆二人为同窗好友。有一天，两人同席读书，有达官显贵乘车路过，管宁不受干扰，读书如故，而华歆却出门观看，羡慕不已。管宁见华歆与自己并非真正志同道合的朋友，便割席分坐。

晋朝孙康自幼聪敏好学，但家中贫穷，不能上学。他白天干活，夜晚读书，可家里也没钱点油灯。一年冬天下了大雪，孙康发现白雪把窗口映亮了。于是，他便捧起书跑到门外，借着积雪映出的微弱亮光来读书。勤奋的孙康后来成了大文学家。

北宋司马光幼年读书十分用功、刻苦，每日都要读到深夜。为了不睡懒觉，早起学习，他用圆木头做了一个警枕。每天早上一翻身，头滑落在床板上，自然警醒。长大后，司马光成为一代文豪，著有《资治通鉴》。

古人和名家多有关于学习的诗词，从不同的角度表达学习的重要性。

有立志学习的诗词：

《神童诗》两首

少小多才学，平生志气高。别人怀宝剑，我有笔如刀。

朝为田舍郎，暮登天子堂。将相本无种，男儿当自强。

《言志诗》　明・杨继盛

读律看书四十年，乌纱头上有青天。

男儿欲画凌烟阁，第一功名不爱钱。

有劝人勤学的诗词：

《劝学》　唐・孟郊

击石乃有光，不击元无烟。人学始知道，不学非自然。

万事须己运，他得非我贤。青春须早为，岂能长少年。

《劝学诗》　宋・赵恒

富家不用买良田，书中自有千钟粟。

安居不用架高堂，书中自有黄金屋。

出门莫恨无人随，书中车马多如簇。

娶妻莫恨无良媒，书中自有颜如玉。

男儿欲遂平生志，六经勤向窗前读。

有提醒惜时的诗词：

《杂诗》　晋·陶渊明

盛年不再来，一日难再晨。

及时当勉励，岁月不待人。

有讲述学习方法的诗词：

《读书》　宋·陆九渊

读书切戒在慌忙，涵泳工夫兴味长。

未晓不妨权放过，切身须要急思量。

《赠别元十八协律》　唐·韩愈

读书患不多，思义患不明。

患足己不学，既学患不行。

有表现学习体会的诗词：

《观书有感·其一》　宋·朱熹

半亩方塘一鉴开，天光云影共徘徊。

问渠那得清如许，为有源头活水来。

《观书有感·其二》　宋·朱熹

昨夜江边春水生，蒙冲巨舰一毛轻。

向来枉费推移力，此日中流自在行。

还有提醒晚辈认真学习的诗词：

《冬夜读书示子聿》　宋·陆游

古人学问无遗力，少壮工夫老始成。

纸上得来终觉浅，绝知此事要躬行。

分享了这么多有关学习的诗词，大家是不是和我一样对学习有了更多的体会和感悟呢？

本期特别篇的最后，还是口占一绝：

割席警枕为读书，

囊萤映雪学习苦。

年少勤学应惜时，

体会乐趣道不孤。

秋　夕

唐·杜牧

银烛秋光冷画屏，轻罗小扇扑流萤。
天阶夜色凉如水，卧看牵牛织女星。

释义：

银烛的烛光照着冷清的画屏，手拿绫罗小扇扑打着萤火虫。
夜色里的石阶冰凉如水，静坐仰视银河两端的牵牛织女星。

赏析：

这首诗描绘的是唐代宫女的生活场景，整体基调是孤独清冷的。张祜一语道破宫人境遇，“故国三千里，深宫二十年”。离家很远，困居日久。入宫之后，孤独和寂寞就是生活的常态。

杜牧选取了一个特别的夜晚——秋夕之夜。秋寒烛冷，宫女只能扇扑流萤，排遣寂寞。人在深宫，只能感受清冷石阶，凉水夜色；只能羡慕牛郎和织女，他们至少每年能见上一次。

全诗不用抒情手法，不发议论观点。宫女日复一日重复的生活，看似平常，但在特别的日子里，就给人不一样的感觉。宫女的哀怨与期盼杂糅在一起，更体现了她们凄凉的生活和悲惨命运。

有人认为，这首《秋夕》也是杜牧自身经历的写照，写宫怨实则自怨。他少有才华却官场失意，所以心“凉如水”；怀有抱负却无法施展，只能“卧看”高处。

读《秋夕》有感

宫中秋怨古来多，孤单宫女挥轻罗。
牛郎织女七夕会，卧看夜色失意活。

浪淘沙·把酒祝东风

宋·欧阳修

把酒祝东风，且共从容。垂杨紫陌洛城东。总是当时携手处，游遍芳丛。

聚散苦匆匆，此恨无穷。今年花胜去年红。可惜明年花更好，知与谁同？

释义：

端起酒杯向东风祈祷，请你再留些时日不要匆匆离去。洛阳城东的路上已经垂满了柳枝。都是我们去年携手同游的地方，我们看遍了姹紫嫣红的花朵。

人生的相聚和分别，匆匆短暂，离别的遗憾久久散去。今年的红花胜过去年，明年的花儿肯定会更加美好，可惜明年不知道，又和谁一起游览呢？

赏析：

北宋天圣八年（1030），欧阳修进士及第，是甲科十四名。据欧阳修同乡、当时的主考官晏殊回忆，欧阳修未能夺魁，主要是锋芒过露，众考官欲挫其锐气，促其成才。之后，欧阳修任洛阳留守推官。在此期间，他和梅尧臣、尹洙等人交往甚密，常在一起把酒言欢，吟诗作赋。

这首词应该就作于这一时期。欧阳修在洛阳为官三年，这首词也前后跨越三年。上阕从宴饮着笔，看眼前景色，回忆去年和友人一同赏花的乐事。下阕写离别苦恨，今年景色更好人已不同，在遗憾中展望未来，不知道明年又是与谁同游。

这首词表面看是写赏花之行人员变化，其实是借事感怀，表现出对友人的思念和友谊的珍惜。

读《浪淘沙·把酒祝东风》有感

追忆当年相见欢，情深厚谊芳丛延。
千古离愁无奈何，今时有恨苦聚散。
去红今花明更好，东风从容人怀感。

相见欢·林花谢了春红

五代·李煜

林花谢了春红，太匆匆。无奈朝来寒雨晚来风。
胭脂泪，相留醉，几时重？自是人生长恨水长东。

释义：

姹紫嫣红的花儿转眼已经凋谢，春光太匆忙了。也是无奈啊，花儿怎么能经得起那早晨的冷雨、夜间的寒风呢？

林花娇艳欲滴好似那美人的胭脂泪。花和人相互留恋，什么时候才能再相逢？人生遗憾的事情太多了，就像那东流的江水，不休不止，一去不返。

赏析：

因为阶下囚的身份，很多话不能明说，很多观点不能直抒，所以，李煜只能写帘外雨潺潺，写梦中车水马龙，写梧桐深院月如钩……这首词里则是写了林花。

李煜后期的作品，都是将人生失意、无限惆怅寄托到景色的描绘中，大多浅显易懂，寓意分明：林花虽好，但却匆匆谢幕，南唐不小，也是顷刻衰亡；残花不经寒雨夜风，小国不敌宋朝铁蹄；花有泪，相看醉，人成囚，心已碎；江水向东不复还，人生有悔难重来……

因为人生经历的不同，后来很多诗人、词人也写落花、写愁怨，但大多不能像李煜词作这样饱含深情，深藏意味。

读《相见欢·林花谢了春红》有感

春残花谢殇国痛，朝风晚雨景不同。
此中日夕泪洗面，醉中恨意似水东。

和乐天春词

唐 · 刘禹锡

新妆宜面下朱楼，深锁春光一院愁。
行到中庭数花朵，蜻蜓飞上玉搔头。

释义：

精心化好妆，缓缓走下楼，深深庭院中的春光虽好，但也只能添愁。走到庭院中，数着那些开得正艳的花朵，蜻蜓飞停到了玉簪上头。

赏析：

刘禹锡和白居易两个人关系很好，经常唱和诗词。这首就是刘禹锡和白居易的《春词》所作。

“低花树映小妆楼，春入眉心两点愁。斜倚栏干背鹦鹉，思量何事不回头。”白居易《春词》中描绘了一名女子的不快和幽怨。据说，当时白居易在官场受到打击，诗写闺妇愁，借以表达自身处境的愤怒和失望。

再看刘禹锡和诗，朱楼对应小妆楼，眉头愁对深院愁，前有鹦鹉后有蜻蜓。白居易的愁是贯穿全诗的，刘禹锡的愁只在前半，后半有花朵正艳，有蜻蜓飞来，充满了生机和希望。闺中女子见此景，应能稍减愁怨，刘禹锡应该是借此安慰和鼓励白居易。

我感觉他们两个人之间，总是乐观的刘禹锡在安慰悲观的白居易。因为，白说：“举眼风光长寂寞，满朝官职独蹉跎。”刘回：“沉舟侧畔千帆过，病树前头万木春。”白叹：“与君俱老也，自问老何如。”刘答：“莫道桑榆晚，为霞尚满天。”

读《和乐天春词》有感

乐天春词和一首，新妆宫女愁满头。
深宫年华无人赏，且看中庭花飞过。

观书有感·其一

宋·朱熹

半亩方塘一鉴开，天光云影共徘徊。
问渠那得清如许？为有源头活水来。

释义：

半亩方形的池塘像一面镜子一样，映衬着天光、云影在水面上浮动。要问池塘里的水为何这样清澈呢？因为水的发源处不断地输送活水。

赏析：

讲道理是一件枯燥的事情，要想别人听得进去、记在心上，不是件容易的事情。看题目，是不是以为朱夫子要开始讲课了？再看内容，就能明白朱熹是个会说理的好老师。

这首其一，说是“观书”，却是写景，借景喻理。先写方塘如镜，映照云影，再自问自答，为何能有如此景象，因为不断有活水注入。借自然界的景象来说理，读书也好，学习也罢，都要不断吸纳新的知识，接受新的事物，才能不断成长和进步，才能像方塘一样保持澄清。

朱熹以方塘作比喻，以水喻书，十分形象，巧妙地表达自己的读书感受。手法生动，言语活泼，令人读之有趣，思之有益，毫无枯燥之感。

“问渠那得清如许？为有源头活水来。”后来被提炼为常用成语“源头活水”，用来比喻事物发展的动力和源泉。

读《观书有感·其一》有感

田园风景说道理，水塘天光明镜似。
读书如水源头来，戒浮戒躁安心事。

观书有感·其二

宋·朱熹

昨夜江边春水生，蒙冲巨舰一毛轻。
向来枉费推移力，此日中流自在行。

释义：

昨天夜里江边的春水大涨，那艘大船就变得像羽毛一般轻盈。
以往花费许多力量也不能推动它，今天却能在江水中自在航行。

赏析：

这首其二，借事说理，以舟为例。借生活中常见的场景来说理，江边春水涨落的变化，会带来行船的难易程度的改变。万事万物都有其规律和运行之理，逆势而为就会枉费力气，顺势而为才能借力自在。读书、做事也是如此，要充分考虑到客观环境因素，及时探寻规律，才易得成功。

读《观书有感·其二》有感

借助泛舟巧说理，春水高涨舰不低。
要想创作能自如，苦思心得自在移。

南宋　夏圭　雪堂客话图

西江月·夜行黄沙道中

宋·辛弃疾

明月别枝惊鹊，清风半夜鸣蝉。稻花香里说丰年，听取蛙声一片。

七八个星天外，两三点雨山前。旧时茅店社林边，路转溪桥忽见。

释义：

皎洁的月光照耀，惊飞了枝头喜鹊，清凉的晚风吹来，远处传来蝉的叫声。田里稻花飘香，蛙声阵阵，似乎在说，今年是一个丰收年。

天边挂着几颗星星，山前落下几滴小雨。往日的小茅草屋还在社庙的树林边，道路转了个弯，它忽然出现在眼前。

赏析：

“西江月”曲调清越哀伤，大致形成于唐五代时期，最初为民间流行歌曲，后成为词牌名。黄沙道是江西上饶黄沙岭下的一条路，南宋时可直通上饶古城，是来往繁华的官道。

黄沙岭、黄沙道一带景色优美，辛弃疾上饶闲居期间，经常来此游览。

这首词写黄沙道夜景，用词凝练，内容丰富：明月清风，惊鹊鸣蝉，稻香蛙声，天外有星，山前有雨，茅屋社林，溪水小桥，每句都包含一两个夏夜意象。其中，有看到的景象，有听到的声音，有闻到的味道……不仅仅汇聚景色，更是融入感受，是描写乡村生活的佳作。

“稻花香里说丰年，听取蛙声一片。”直到现在，还被人们视为丰收的象征。

读《西江月·夜行黄沙道中》有感

途经黄沙写乡论，风月蝉鹊星雨村。
恬静夏夜听蛙声，丰收农家稻里寻。

望湖楼醉书

宋·苏轼

黑云翻墨未遮山，白雨跳珠乱入船。
卷地风来忽吹散，望湖楼下水如天。

释义：

从望湖楼上看去，云层翻滚，黑得像墨汁，还没有完全遮住山峦，白花花的雨点像珍珠跳蹿，跳上船。

忽然间一阵狂风吹散了满天的乌云，风雨过后，望湖楼下的西湖又是水天一色了。

赏析：

望湖楼又名看经楼、先德楼，在当时的昭庆寺前。登楼远望，西湖胜景尽收眼底。王安石、苏轼等人都曾登楼。此诗又名《六月二十七日望湖楼醉书》。

苏轼曾经两次杭州为官，熙宁五年（1072）的夏天，他游览西湖，在望湖楼上写下了五首组诗。这是第一首，主要写了西湖暴雨突来忽散的景象。

诗中“黑云翻墨”和“白雨跳珠”形成强烈的色彩对比，“未遮山”和“乱入船”显示云雨来得迅速。然而，这场大雨来得快，去得也快。忽然来了一阵狂风，把乌云吹散了，天气又变好了。这里面有一个视角的转换，最初，苏轼应该在游湖船上。大雨来了，船家尽快靠岸，让客人进入望湖楼躲雨。等苏轼登楼之后，天已放晴。

从晴朗到暴雨，再短时间转晴，苏轼给我们展现了西湖的另一面。感觉当时的苏轼应该只是微醉，而不是大醉，否则应该不能观察得如此仔细，描绘得如此清晰。

读《望湖楼醉书》有感

六月廿七日，湖上观山意。
登楼酒醉后，风卷雨散离。

赠　汪　伦

唐 · 李白

李白乘舟将欲行，忽闻岸上踏歌声。
桃花潭水深千尺，不及汪伦送我情。

释义：

我上了船正要出发，忽听岸上传来，一阵踏歌之声。
桃花潭水纵然深有千尺，也比不上汪伦送我的情谊。

赏析：

桃花潭在安徽泾县。汪伦为泾县豪士。清代袁枚《随园诗话补遗 · 卷六》记载了这样的故事：汪伦写信邀请李白至泾县游玩，信上热情洋溢地写道：“先生好游乎？此地有十里桃花；先生好饮乎？此地有万家酒店。”李白欣然而往。而李白到后，汪伦告知：“桃花者，潭水名也，并无桃花；万家者，店主人姓万也，并无万家酒店。”引得李白大笑，留数日后离去。

这首诗应该是汪伦前来送行时写下的，应该是李白即兴所作，写得近乎白话，但情深意切，成为临行送别、赞颂友谊的名篇，后两句现在还常被引用。

用现在的话来说，李白是被汪伦忽悠去的，但相见甚欢，结下了深厚的友谊。2016 年 10 月，我曾去泾县，游月亮湾，住青弋江边，可惜未至上游桃花潭。

读《赠汪伦》有感

泾县美酒馋，踏歌送至船。
以水比深情，赠别千古传。

书湖阴先生壁·其一

宋·王安石

茅檐长扫净无苔，花木成畦手自栽。
一水护田将绿绕，两山排闼送青来。

释义：

庭院内经常打扫，洁净得没有一丝青苔，花木成行，都是主人亲自栽种的。

庭院外一条小河环绕着大片绿田，两座山峰仿佛要推开门，给主人送上青翠。

赏析：

书湖阴先生壁是王安石题在杨德逢屋壁上的二首诗。杨德逢，别号“湖阴先生”，是王安石退居金陵时的邻居和经常往来的朋友。想想还是古人有意思，关系好的时候，可以在别人家墙上题诗。如果换作现在，估计主人就要生气了。

前两句写杨家庭院之美，干净整洁，花木整齐，说明主人平日里既勤劳又爱干净。后两句写屋外自然之景，将一水、两山拟人化，护田、送青。庭院的美，是人工所为，自然的美，是天工所致。内景外景相互映衬，山水相近人文相亲，既是表现湖阴先生治家有方，生活有情趣，又是称赞湖阴先生品格高尚，清净脱俗。

看得出来，王安石还是很欣赏这位朋友的。书湖阴先生壁·其二为：“桑条索漠楝花繁，风敛余香暗度垣。黄鸟数声残午梦，尚疑身属半山园。”

读《书湖阴先生壁·其一》有感

勤劳爱自然，庭院秀美绿。
景色推门见，湖阴先生居。

悯农二首

唐·李绅

春种一粒粟，秋收万颗子。四海无闲田，农夫犹饿死。

锄禾日当午，汗滴禾下土。谁知盘中餐，粒粒皆辛苦。

释义：

春天播种下一粒种子，秋天就可收获很多粮食。
天下没有荒废不种的田地，却仍有劳苦农民被饿死。

烈日当空，农民还在劳作，汗水不停地滴入泥土。
有谁知道，碗中的粮食，一粒一粒都是农民辛苦劳动得来的呀?

赏析：

李绅是唐朝宰相、诗人，卷入牛李党争，为李党重要人物。他与元稹、白居易交游甚密，是新乐府运动的倡导者和参与者。据说，他青年时目睹农民终日劳作而不得温饱，以同情和愤慨的心情，写出了千古传诵的《悯农二首》，也因此被誉为“悯农诗人”。

第一首诗，写了农民春种秋收，辛勤劳动，尽管无闲田又丰收，但还是惨遭饿死。这样的社会现实问题，令人深思。第二首诗，选择了正午时分，烈日当空，农民在田间劳作。再联系到“盘中餐”，得出“粒粒皆辛苦”的结论。两首诗有联系有对比，短小易懂，便于背读，因此长期流传。

现在多用这两首诗教育人们不要浪费粮食。

读《悯农二首》有感

春种秋收粮食多，劳苦农民白做活。
丰收时节仍饿死，若遇灾年如何过?
顶日劳作人辛苦，爱惜粮食浪费错。

近试上张籍水部

唐·朱庆馀

洞房昨夜停红烛，待晓堂前拜舅姑。
妆罢低声问夫婿，画眉深浅入时无。

释义：

新婚卧室里的花烛彻夜通明，等待拂晓去堂前拜见公婆。
化好妆后轻声询问丈夫：我的眉画得浓淡合乎新时尚吗？

赏析：

这是朱庆馀参加进士考试前夕所作。唐代士子在参加进士考试前，时兴“行卷”，即把自己的诗篇呈给名人，朱庆馀此诗投赠的对象是张籍。张籍时任水部郎中，以擅长文学而又乐于提拔后进与韩愈齐名。朱庆馀写下此诗，是想问问自己能否符合主考官的心意。

诗中采用比兴手法，以新妇自比，洞房比考试，夫婿比张籍，以公婆比主考官，画眉比作品、文风，借以征求张籍的意见。诗名一作《闺意献张水部》。

朱庆馀得到了张籍明确的回答。张籍在《酬朱庆馀》中写道：“越女新妆出镜心，自知明艳更沉吟。齐纨未是时人贵，一曲菱歌敌万金。”张籍将朱庆馀比作一位长得美、唱得好的采菱姑娘，认为她必然受到人们的赞赏，借此暗示朱庆馀不必为考试担心。

通过诗作，暗说其事，两人之间这一问一答，问得好，答得妙，被传为诗坛佳话。

读《近试上张籍水部》有感

临考诗水部，比兴洞房烛。
画眉类文风，考官似舅姑。

摊破浣溪沙

五代·李璟

手卷真珠上玉钩，依前春恨锁重楼。风里落花谁是主？思悠悠。

青鸟不传云外信，丁香空结雨中愁。回首绿波三楚暮，接天流。

释义：

卷起珍珠帘，挂上帘钩，在高楼上远望的我愁绪深锁。随风飘荡的落花，谁才是它的主人呢？这让我忧思不尽。

青鸟信使不曾捎来远方的音讯，雨中的丁香却让我想起忧愁。我回头眺望暮色里的三峡，看江水从天而降，浩荡奔流。

赏析：

李璟是南唐第二位皇帝，好读书，多才艺。他即位后开始大规模对外用兵，后因受到后周威胁，削去帝号，改称国主，史称南唐中主。

这是一首春恨词。上阕卷珠帘，上重楼，落花无主；下阕无音信，空结愁，江流不解。有人认为，可能是因为南唐受后周严重威胁，李璟借景抒情，表达自己的愁恨和感慨。

那词中“春恨”到底指什么呢？据马令《南唐书》载：李璟即位，歌舞玩乐不辍，歌师王感化尝为之连唱“南朝天子爱风流”句至再三再四以刺之。李璟遂悟，作《浣溪沙》二阕并手书以赐感化，其中就包括这一首。

李璟是李煜的父亲，看来李煜的才学有家传因素。

读《摊破浣溪沙》有感

女子怀远亦伤独，深闺春恨倾泻出。
青鸟丁香思不归，三楚江流愁国路。

芙蓉楼送辛渐

唐·王昌龄

寒雨连江夜入吴，平明送客楚山孤。
洛阳亲友如相问，一片冰心在玉壶。

释义：

冷雨从江上开始，洒遍吴地，清晨送走你后，独自面对着楚山无限离愁。

到了洛阳，如果亲友问起我来，请转告他们，我的心依然像玉壶里的冰那样晶莹纯洁。

赏析：

这又是一首与我的家乡镇江有关的诗词。芙蓉楼原建于古镇江城内三山之一的月华山上，为东晋刺史王恭所建，唐代犹存。如今的芙蓉楼是重建的，位于金山风景区内，从金山正门入，正道走不多远，左手边就是。

这首诗应该作于天宝元年（742），王昌龄当时为江宁丞。辛渐是王昌龄的朋友，拟由润州渡江，取道扬州，北上洛阳。京杭大运河和长江在镇江交汇，此后一千多年，这里都是由江南转北的重要交通点。

王昌龄可能陪辛渐从江宁到润州，然后在此分手，江边离别时写下这首诗。夜雨、寒江、平明、楚山，都烘托出送别之情。南北朝时，鲍照用“清如玉壶冰”比喻高洁清白的品质，开元宰相姚崇作《冰壶诫》，盛唐诗人如王维、崔颢、李白等都曾以冰壶自励。所以，王昌龄送给洛阳亲友的冰心、玉壶，就大有深意了。

读《芙蓉楼送辛渐》有感

润州上洛阳，芙蓉送辛渐。
冰心存玉壶，送别有名篇。

中秋佳节里的至真至深情感

2021年9月21日，农历八月十五，今天是中秋节，“三秋桂子，十里荷花”，现在正是一年中最有诗意的时节。祝大家中秋快乐，阖家团圆。

今年中秋月最圆时刻为9月21日7时55分，俗话说，“十五的月亮十六圆”。而2021年中秋节当天，即可欣赏到最圆月。

“中秋”，又称“月夕”，仲秋节、拜月节等，是我国一个重要的传统节日。“中秋”最早见于《周礼》，早在春秋时代，帝王就已开始祭月、拜月了。后来逐步传到民间，《唐书·太宗记》载：“八月十五中秋节。”到唐朝初期，中秋成为固定节日。中秋节的盛行始于宋朝，到明清时成为最主要的节日之一，也是仅次于春节的第二大传统节日。

有关中秋的传说很多，嫦娥奔月、吴刚伐桂、玉兔捣药、玄宗游月。中秋这一天的习俗包括：吃月饼、祭月、赏月、赏桂花、饮桂花酒等，人们还会猜灯谜、赏花灯。

“今人不见古时月，今月曾经照古人。”古往今来，文人墨客纷纷寄情于中秋佳节，产生无数的佳作名篇：

经典的中秋诗词——《水调歌头》　宋·苏轼

明月几时有？把酒问青天。不知天上宫阙，今夕是何年。我欲乘风归去，又恐琼楼玉宇，高处不胜寒。起舞弄清影，何似在人间？

转朱阁，低绮户，照无眠。不应有恨，何事长向别时圆？人有悲欢离合，月有阴晴圆缺，此事古难全。但愿人长久，千里共婵娟。

伤感的中秋诗词——《阳关曲·中秋月》　宋·苏轼

暮云收尽溢清寒，银汉无声转玉盘。

此生此夜不长好，明月明年何处看。

寂寥的中秋诗词——《十五夜望月》　唐·王建

中庭地白树栖鸦，冷露无声湿桂花。

今夜月明人尽望，不知秋思落谁家。

雄浑的中秋诗词——《望月怀远》　唐·张九龄

海上生明月，天涯共此时。情人怨遥夜，竟夕起相思。

灭烛怜光满，披衣觉露滋。不堪盈手赠，还寝梦佳期。

科幻的中秋诗词——《木兰花慢》　宋·辛弃疾

可怜今夕月，向何处，去悠悠？是别有人间，那边才见，光影东头？是天外，空汗漫，但长风浩浩送中秋？飞镜无根谁系？姮娥不嫁谁留？

谓经海底问无由，恍惚使人愁。怕万里长鲸，纵横触破，玉殿琼楼。虾蟆故堪浴水，问云何玉兔解沉浮？若道都齐无恙，云何渐渐如钩？

美好的中秋诗词　——《天竺寺八月十五日夜桂子》　唐·皮日休

玉颗珊珊下月轮，殿前拾得露华新。

至今不会天中事，应是嫦娥掷与人。

思亲的中秋诗词——《月夜》　唐·杜甫

今夜鄜州月，闺中只独看。遥怜小儿女，未解忆长安。

香雾云鬟湿，清辉玉臂寒。何时倚虚幌，双照泪痕干。

惆怅的中秋诗词——《中秋月·一轮霜影转庭梧》　宋·晏殊

一轮霜影转庭梧，此夕羁人独向隅。

未必素娥无怅恨，玉蟾清冷桂花孤。

悲凉的中秋诗词——《琵琶仙·中秋》　清·纳兰性德

碧海年年，试问取、冰轮为谁圆缺？吹到一片秋香，清辉了如雪。愁中看、好天良夜，知道尽成悲咽。只影而今，那堪重对，旧时明月。

花径里、戏捉迷藏，曾惹下萧萧井梧叶。记否轻纨小扇，又几番凉热。只落得，填膺百感，总茫茫、不关离别。一任紫玉无情，夜寒吹裂。

最后，我还是口占一绝：

中秋月明节日佳，

十五月儿今日圆。

古人佳作名篇多，

至深至沉说情感。

诉 衷 情

宋·陆游

当年万里觅封侯，匹马戍梁州。关河梦断何处？尘暗旧貂裘。
胡未灭，鬓先秋，泪空流。此生谁料，心在天山，身老沧洲。

释义：

当年为了建功立业驰骋万里，单枪匹马前往边境戍守梁州。如今守卫边疆的军旅生活只能在梦中重现，梦一醒不知身在何处？唯有曾穿过的貂裘，又暗又旧，积满灰尘。

胡人还未消灭，双鬓却早如秋霜，只能任由眼泪流淌。谁能料我这一生，始终心系前线，人却要老死在沧洲！

赏析：

乾道七年（1171），王炎宣抚川、陕，驻军南郑（今陕西汉中），召陆游办理公事，陆游得书甚为欣喜，只身前往南郑，在幕府任职。王炎委托陆游草拟驱逐金人、收复中原的战略计划。这是陆游一生中唯一一次亲临抗金前线，力图实现爱国之志，这段生活虽只有八个月，却给他留下了终生难忘的记忆。

这首词应该是陆游晚年隐居山阴农村以后写的，兼具豪情与悲情。上阕先写自己昔日意气风发，匹马赴沙场，后写宏愿只能在梦中实现；下阕写敌人未灭，自身已老，如今人在后方，还是心系前线。

“此生谁料，心在天山，身老沧洲”是流传很广的名句，也是陆游痛苦的心声，充分表达了他报国无门的悲愤、壮志难酬的不甘。

读《诉衷情》有感

身处江湖思报国，壮志凌云去日多。
平生不得心中志，天山沧州身心过。

小　　松

唐·杜荀鹤

自小刺头深草里，而今渐觉出蓬蒿。
时人不识凌云木，直待凌云始道高。

释义：

带有松针的小松树，长在深草丛中看不出来，现在才发现长得已经比蓬蒿高出了许多。

世人不认识这种可以长得高入云霄的树木，一直要等到松树已经长高了，才肯承认它的高大。

赏析：

杜荀鹤出身寒微，数试不第，中年始中进士，然未授官就返乡闲居。他以“诗旨未能忘救物”自期，故而作品颇多反映晚唐社会的混乱黑暗，以及人民由此而深受的苦痛。其一生仕途坎坷，但在诗坛享有盛名，自成一家。

松树是傲霜斗雪的典范，历来是文人讴歌的对象。古人视松为吉祥物，寓意着长寿，代表着坚强不屈，意味着守护和忠贞。

杜荀鹤从小松着笔，借松写人，托物讽喻。小松开始时埋没在草里，渐渐地比蓬蒿高出一些。这个时候，还是有很多人看不出它是凌云木，只有它长到大松凌云时，才能得到认可。

诗人一方面以小松自比，认为自己的才华终将逐渐显露；另一方面也认为世上缺少识才之人，缺少提前发现凌云木的眼睛。

读《小松》有感

小松未凌云，世人少慧眼。
有才无人赏，成名闻世间。

过华清宫

唐·杜牧

长安回望绣成堆，山顶千门次第开。
一骑红尘妃子笑，无人知是荔枝来。

释义：

在长安回头远望骊山，宛如一堆堆锦绣，山顶上华清宫的千重门依次打开。

一骑烟尘滚滚，飞驰而来，妃子欢心一笑，无人知道那是从南方送来了荔枝。

赏析：

华清宫始建于唐初，鼎盛于唐玄宗执政以后。唐玄宗在这里建起宏大的离宫，几乎每年十月都要到此游幸。安史之乱后，政局突变，华清宫衰落。后代许多诗人都写过关于华清宫的咏史诗，而杜牧这首被认为是其中的名作。

这首诗讽刺了唐玄宗不惜劳民伤财，动用驿站使者，为杨贵妃供应荔枝的事情。一方面是体现了统治阶级骄奢淫逸的生活，另一方面也指责了君王不务正业的荒唐做法。因用词简单，意思明白，因而传诵甚广。

过《华清宫绝句》三首，后两首为：

“新丰绿树起黄埃，数骑渔阳探使回。霓裳一曲千峰上，舞破中原始下来。”

“万国笙歌醉太平，倚天楼殿月分明。云中乱拍禄山舞，风过重峦下笑声。”

三首诗中，杜牧都巧妙地融入了历史史实，并借此表达了对最高统治者长期醉生梦死、沉迷舞乐、荒淫误国的无情讽喻。

读《过华清宫》有感

骊山华清宫，荔枝劳民功。
穷奢极欲事，荒淫误国栋。

春　宵

宋·苏轼

春宵一刻值千金，花有清香月有阴。
歌管楼台声细细，秋千院落夜沉沉。

释义：

美好的春天夜里，一刻钟的时光也价值千金。花儿散发着淡淡的清香，月亮投下朦胧的阴影。

远处高楼上，达官显贵们还在尽情地享受着歌舞管乐，架设着秋千的庭院正沉浸在茫茫的夜色中。

赏析：

这是苏轼的一首婉约诗作。前两句描写了春夜美景，花儿清香，月儿朦胧，写出了优美景色和时光宝贵。后两句写达官贵人在这美好春夜，歌舞升平的奢靡生活。

苏轼将这春夜的景色描绘得非常迷人，又将这美景与富贵人家的寻欢作乐对比。他的态度很明确，醉生梦死、贪图享乐是不对的，应该珍惜时光。

这句诗中最著名的是“春宵一刻值千金”一句，现在还常常被人们引用，用来形容良辰美景的短暂和宝贵。

读《春宵》有感

春宵千金贵，花开月色羞。
贵族享乐多，光阴夜难留。

齐安郡后池绝句

唐·杜牧

菱透浮萍绿锦池，夏莺千啭弄蔷薇。
尽日无人看微雨，鸳鸯相对浴红衣。

释义：

翠菱穿过青萍，绿透一池锦水，夏莺歌喉婉转，嬉弄在蔷薇花枝。

整日细雨，无人来观赏这里的景色，只有成双的鸳鸯在洗浴它们的红色羽毛。

赏析：

这是一首元素丰富、色调鲜明、场面优美的写景诗。诗人用自己的观察，融汇眼前景色，描绘出一幅生动的夏雨池塘图：池中绿萍满铺，菱叶穿水而出，蔷薇枝头开放，夏莺上下啼鸣，整日小雨纷纷，鸳鸯冒雨戏水……多样景物，尽显眼前。

和其他优秀的作品一样，这首诗不仅景物丰富，而且多用颜色。浮萍和菱叶都是绿色的，夏莺和蔷薇应该是多彩，鸳鸯是红色的，再加上细雨纷纷，一派清新自然景象。

尽日无人看雨，环境自然是清幽的，但不是死寂的。因为有夏莺弄花，鸳鸯戏水，给这美景中增添了许多生气，动静相宜相生。

读《齐安郡后池绝句》有感

初夏后池景，微雨增美丽。
菱萍莺啼薇，红禽映绿植。

北陂杏花

宋·王安石

一陂春水绕花身，花影妖娆各占春。
纵被春风吹作雪，绝胜南陌碾成尘。

释义：

一池春水绕护着杏林，开放的杏花和水中倒映的花影，都很妖娆，相映成趣，以各自风姿平分着春色。

杏花即使被春风吹落，飘在空中，如雪片一般，也胜过道路边上的杏花，凋零后洒落路面，任人践踏，碾成泥土。

赏析：

王安石的一生颇多争议，他推行变法，引发党争，他两次拜相，两次罢相。最后，退居江宁，但仍然坚持原有的改革信念与立场。

这首绝句写于王安石贬居江宁之后，多少带有一些晚年心境的写照。

前两句写杏花之美，池塘春水环绕杏树，杏花开放很美，连映照在水中花影，也能“平分春色”。后两句写杏花之品，树上的杏花被风吹落，还能风中飞舞，而路旁的杏花只能凋零落地，碾压成土。

同是杏花，花开位置的不同，带来看法的不同。王安石大约想说，做人、为官，要做能留身影的那种，而不是在路边随处湮没。

读《北陂杏花》有感

贬居江宁后，水花绕影错。
似雪风吹落，北陂胜南陌。

明　吕纪　杏花孔雀图

放言五首·其三

唐·白居易

赠君一法决狐疑，不用钻龟与祝蓍。
试玉要烧三日满，辨材须待七年期。
周公恐惧流言日，王莽谦恭未篡时。
向使当初身便死，一生真伪复谁知？

释义：

送你一种解决疑问快速决断的办法，这个办法不是用龟甲、蓍草茎来占卜。

检验玉的真假需要烧满三天，辨别木材的好坏需要等待七年。

周公也害怕流言蜚语的日子，王莽在篡位之前也是毕恭毕敬。

假使这些人当初就死去了，那么，他们的真假又有谁知道呢？

赏析：

元和五年（810），元稹被贬为江陵士曹参军。元稹在江陵期间，写了五首《放言》诗来表达他的心情。后来，白居易在贬官途中，也写了五首诗来奉和。

这首是第三首，作者以极通俗的语言说出了一个道理：试玉、辨材需要时间，看人、对事也需要时间，只有经历时间的考验，才能得到全面的认识。白居易隐晦地表达了像他和元稹这样遭受贬谪的人是经得起时间考验的，历史会给他们一个正确的评价。

读《放言五首·其三》有感

乐天哲理诗，全面识人事。
试玉辨才难，考验需历时。
与友同遭陷，周公王莽比。
三日或七年，赠君共勉励。

望庐山瀑布

唐·李白

日照香炉生紫烟，遥看瀑布挂前川。
飞流直下三千尺，疑是银河落九天。

释义：

香炉峰在阳光照耀下，升腾起紫色的烟霞，从远处看去瀑布好像挂在山前。

飞腾直落的瀑布有几千尺高，让人怀疑是不是银河从天上泻落人间。

赏析：

这首诗是写庐山瀑布诗中最出名的一首，也可以说是李白浪漫想象、夸张笔法运用最成功的一首。

前两句先写远处庐山香炉峰，庐山瀑布在烈日照耀下水汽蒸腾，紫烟升起。再写眼前，瀑布飞流，如挂山川。后两句极度夸张，飞流直下形容瀑布流速极快，三千尺形容落差极大，是为后面做铺垫。最后，李白发挥想象，认为只有银河落九天，才能有此非凡景象。

全诗用比喻、夸张和想象的手法，把庐山的雄壮朦胧、瀑布的气势形象，展现得淋漓尽致。李白写出的气魄无与伦比，运用的词句空前绝后。难怪苏轼后来感慨：“帝遣银河一派垂，古来惟有谪仙词。”

读《望庐山瀑布》有感

瀑布自天淋，庐山香炉顶。
诗仙想象奇，一挂动化静。

春夜喜雨

唐·杜甫

好雨知时节，当春乃发生。
随风潜入夜，润物细无声。
野径云俱黑，江船火独明。
晓看红湿处，花重锦官城。

释义：

好雨知道要在什么时候下，最好是在春天万物生长的时候。
随着春风在夜里悄悄落下，无声地滋润着所有。
野外小路和云天一样黑，江船上的灯火还独自明亮。
天明时看着那雨水润湿的花丛，整个锦官城变成了繁花盛开的世界。

赏析：

一般认为，这首诗是杜甫定居成都草堂后所作。居草堂期间，生活相对安定，杜甫亲自耕作，与农民交往，有心情和时间对自然景物细致观察。

看得出来，杜甫对春雨的喜爱之情，这首诗有感而发，写得极美。先是称赞春雨来得及时，再写春雨动态，润物无声，接着是看到夜间景象，乌云掩路，江船透灯，最后是次日天明景象，雨露沾花，繁花满城。从心喜到耳闻，从眼前到远处，从黑夜到天明，春天气息不断散发，诗人的心情始终喜悦。杜甫应该喜的不仅是自己，还希望春雨滋润万物，带来好兆头，给人们、给生活送去更多美好。

读《春夜喜雨》有感

寓居成都听春雨，轻松明快写细柔。
春夜安宁且静谧，遥想明日湿花红。

怨　　情

唐 · 李白

美人卷珠帘，深坐颦蛾眉。
但见泪痕湿，不知心恨谁。

释义：

美人卷起了珠帘，双眉紧锁地一直坐着。
只看见她的泪痕湿了两腮，不知道她心中埋怨的到底是谁？

赏析：

李白这首诗，选取了一个普通的场景，展现了一名女子的哀怨之情。卷帘、皱眉、流泪、伤心，简单几句，勾勒出一幅悲伤美人图。

前两句写美人动作，后两句写美人神态，明明是相思、挂念离人，但情绪到了极致时，不觉落泪，心中有恨。李白写出了人复杂的心理。

这里的美人，到底是李白看到的女子，还是以美人自比，表达自身怀才不遇的哀怨呢？在我国古代文学中，通常有指代的手法，比如：《离骚》里的“香草美人”指贤臣明君；《诗经》中的美人指容德俱美的年轻女子。

读《怨情》有感

满面泪痕流，含颦独坐女。
离人尚未归，闺怨深几许。

春　　梦

唐·岑参

洞房昨夜春风起，故人尚隔湘江水。
枕上片时春梦中，行尽江南数千里。

释义：

昨夜春风吹进了幽深的内室，让人感觉已经是春天了，于是想起湘江那边的故人。

不知不觉沉沉入梦，在梦中只用了片刻工夫，已经走完数千里的路程到达江南了。

赏析：

岑参是唐代著名的边塞诗人，擅长写七言歌行，代表作是《白雪歌送武判官归京》。

这首诗是一首传统的闺中诗，和岑参边塞作品的豪放气势大不相同。这里的洞房，应该是幽深内室，而不是洞房花烛。春天到了，想起了远方的朋友，思之却不能见面。唯有去梦中找寻，在梦中片刻之间，行尽千里，可以不受时空限制，与友人相会。

岑参没有说明故人是谁，也没有提及之前的交往，之后是否相会。只是选取当下，以情入诗，以梦记事。

读《春梦》有感

梦中千里寻，思念正逢春。
湘江水远隔，深情寄与君。

雨　　晴

唐·王驾

雨前初见花间蕊，雨后兼无叶底花。
蛱蝶飞来过墙去，却疑春色在邻家。

释义：

雨前还能见到刚露出的花蕊，雨后叶底却看不到一朵花了。

蜜蜂和蝴蝶来到园中，又纷纷飞过院墙，让人怀疑迷人的春色，是不是都在邻居家了。

赏析：

王驾是晚唐诗人，官至礼部员外郎，后弃官归隐。与郑谷、司空图友善，诗风亦相近。其绝句构思巧妙，自然流畅。

这是一首描写春景、春雨的诗，选取的角度却和其他作品不一样，没有写莺飞草长，没有写春雨和润。这场雨应该不小，雨前的花已经探蕊，雨后却被打落了。这样的景色，本来很让人遗憾，诗人这时笔锋一转，雨晴之后，仍有生气，蛱蝶飞舞过墙。这不禁令人联想，邻家的春色没有受到大雨的影响，那里的春天仍是十分美好吧！

这首雨后即景，应该是王驾即兴所作，十分有趣，前面有埋怨春雨之意，后面留探寻春色之想，诗人表达了不一样的惜春之情。

读《雨晴》有感

雨前雨后花，惜春有王驾。
雨晴飞蛱蝶，花园春邻家。

渡荆门送别

唐·李白

渡远荆门外，来从楚国游。
山随平野尽，江入大荒流。
月下飞天镜，云生结海楼。
仍怜故乡水，万里送行舟。

释义：

我从遥远的荆门外乘船而来，来到楚国旧地游览。
山随着广阔的原野逐渐消失，江水在无际的原野中奔流。
江面的月影好像从天上飞来的明镜，天空云层出现海市蜃楼。
我依然喜爱这来自故乡之水，它不远万里来送我乘坐的小舟。

赏析：

荆门，即荆门山，位于今湖北省宜都市西北长江南岸，与北岸虎牙山对峙，自古即有楚蜀咽喉之称。这首《渡荆门送别》是李白出蜀至荆门离别家乡时而作。李白这次出蜀，乘舟东行，按诗中所言，他的目的是到楚国故地游览。

“山随平野尽，江入大荒流”是描写江景的名句，写出了视野的开阔无边。“月下飞天镜，云生结海楼”则写大江夜色。最后，李白不说自己对故乡的不舍，而将故乡之水拟人化，送舟万里，依依惜别，换了一个角度表述自己对家乡的深情，耐人寻味。

读《渡荆门送别》有感

青年出蜀向荆门，巫山两岸岭中舟。
广阔原野奔腾去，万里长江气势流。
夜见水中月倒影，昼出海市成蜃楼。
乡水有情送我行，思家惜别伴我游。

赋得古原草送别

唐·白居易

离离原上草，一岁一枯荣。
野火烧不尽，春风吹又生。
远芳侵古道，晴翠接荒城。
又送王孙去，萋萋满别情。

释义：

原野上长满茂盛的青草，每年都是秋冬枯黄，春天繁盛。
野火无法烧尽满地的野草，春风吹来又长满了大地。
远处芬芳的野草遮挡了古道，阳光照耀下碧草连着荒城。
今天我又来送别朋友，连茂盛的草儿也满怀离别之情。

赏析：

此诗是白居易的应考习作，按科举考试规定，凡指定的试题，题目前须加“赋得”二字，作法与咏物相类似，紧扣题意，起承转合要分明，对仗要工整，全篇要出彩，方称得体。

据《太平广记》载，当时白居易才十六岁，即以此诗拜谒名士顾况。起初，顾况用白居易名字打趣：“米价方贵，居亦弗易。”意思是京城居，大不易。但读至“野火烧不尽”，不禁大为嗟赏：“道得个语，居亦易矣。”这是一篇有草、有送别的命题作文，写草、写性、写景、写情，以草喻情，情真意切，不愧为成名佳作。

读《赋得古原草送别》有感

十六科举应试作，古原野草枯荣赋。
野火春风相继来，远芳晴翠眼前铺。
万物生生且不息，分别之后相见路。
茂盛别情伴君行，有此京城可易住。

九月初三夜的露水和月亮

2021 年 10 月 8 日，农历九月初三，今天讲一讲，一首写在这一天的诗。

《暮江吟》　唐·白居易

一道残阳铺水中，半江瑟瑟半江红。

可怜九月初三夜，露似真珠月似弓。

《暮江吟》是唐代诗人白居易创作的一首七绝。白居易，字乐天，号香山居士，有“诗魔”和“诗王”之称。这首诗大约是长庆二年（822）白居易在赴杭州任刺史的途中写的。当时，白居易上书论河北的军事，不被采用，于是请求到外地任职，七月被任命为杭州刺史，十月到任。

白居易纯粹写景的作品较少，但这是一首佳作，选取了九月初三这一天从傍晚到夜间的景物进行描写，将两种自然界的美景组合在一起。一是夕阳将坠、照映江水的绚烂景色，一是弯月初升、露珠晶莹的朦胧夜色。

诗中巧妙地运用了比喻的手法，把天上的月亮和地上露水联系到一起，通过“真珠”和“弓”的形象的描写，体现了夜空宁静、天气转凉、露水凝结的静谧景象。同时，也流露出诗人对秋夜的喜爱之情。

可能是因为远离了朝堂的争执，白居易的心情也变得平静了，所以这首诗也写得特别有意境。后来，白居易在杭州任上，关心民生，修筑西湖堤防、疏浚六井等，受到百姓称赞。

白居易的这首诗流传很广，也受到了后世很多名家的肯定。如明代杨慎《升庵诗话》：“诗有丰韵。言‘残阳铺水’，半江之碧，如‘瑟瑟’之色；‘半江红’，日所映也。可谓工致入画。”清高宗乾隆敕编《唐宋诗醇》：“写景奇丽，是一幅着色秋江图。清代宋顾乐《唐人万首绝句选评》：丽绝韵绝，令人神往。”

可惜，今晚阴云，我去窗外看了几次，未见乐天笔下如弓新月。

正所谓：

乐天杭州任刺史，九月初三看残阳。

晚霞江水半相映，珍露弓月朦胧夜。

采　莲　曲

唐·王昌龄

荷叶罗裙一色裁，芙蓉向脸两边开。
乱入池中看不见，闻歌始觉有人来。

释义：

采莲少女的绿罗裙融入同样绿色的荷叶中，少女的脸庞掩映在盛开的荷花间。

采莲女隐入莲池，不见了踪影，听到歌声临近，才觉察到有人过来了。

赏析：

这首诗名为采莲曲，却不见采莲人。前两句用荷叶和罗裙相比，用荷花与脸庞相映，将采莲女隐藏到接天莲叶、映日荷花中，已经不是“半遮面”了，而是“全藏人”。后两句先再次强调荷田密集，人影难见，后写出了分辨的方式，听到歌声才确定采莲女来到近前。

王昌龄这首诗表面写景，清新自然，暗中写人，意蕴深远。视觉难分，听觉相助，给人一种真实又无限遐想的优美意境。

读《采莲曲》有感

采莲美少女，自然融一体。
红绿两色混，歌声悠扬里。

长相思·山一程

清·纳兰性德

山一程，水一程，身向榆关那畔行，夜深千帐灯。
风一更，雪一更，聒碎乡心梦不成，故园无此声。

释义：

跋山涉水，走过一程又一程，将士们马不停蹄地向着山海关进发。夜已经深了，千万个营帐里都点起了灯。

风雪不断，下了一更又一更，杂乱的声音打碎了思乡的梦，想到远隔千里的家乡就不会这么嘈杂啊。

赏析：

纳兰性德，叶赫那拉氏，字容若，是康熙朝重臣纳兰明珠的长子。他深受康熙皇帝赏识，随皇帝游历四方，奉命参与重要的战略侦察，唱和诗词，译制著述，多次受到恩赏。

康熙二十一年（1682）二月十五日，云南平定，康熙出关东巡，祭告奉天祖陵。词人随从康熙诣永陵、福陵、昭陵告祭，出山海关。塞上风雪凄迷，苦寒的风雪引发了词人对家的思念，于是写下了这首词。

上阕写行军路远，关外安营，人马众多。下阕写风雪夜起，声响扰梦，遥想家乡。词人笔下的边塞，没有山川景色的雄壮，没有金戈铁马的烽火，只是写身边的营帐、帐内的灯火、帐外的风雪，有跋涉之苦，少豪迈之情。连带表现的思乡，都比较委婉细腻。

读《长相思·山一程》有感

夜一灯，帐一灯，塞上山水跋涉路，关外多纵横。
思一梦，乡一梦，夜来风雪向京城，帝侍念归程。

北宋　燕肃　关山积雪图

上 李 邕

唐·李白

大鹏一日同风起，抟摇直上九万里。
假令风歇时下来，犹能簸却沧溟水。
世人见我恒殊调，闻余大言皆冷笑。
宣父犹能畏后生，丈夫未可轻年少。

释义：

大鹏总有一天会和风一起飞起，一直飞到九万里云霄。
即使等到风停下来，它的力量还是能激荡起海浪。
世人见我好发奇谈怪论，听了我的豪言壮语常冷笑不已。
孔圣人还能说后生可畏，大丈夫可不要轻视少年人啊！

赏析：

这首诗是李白青年时代的作品。据说是李白游渝州期间，拜谒当时的渝州（治所在今重庆市）刺史李邕，因为不拘俗礼，且谈论间放言高论，致使李邕不悦。李白在临别时写了这首态度颇不客气的诗，借大鹏自比，展心中壮志，以示回敬。

历史上的李邕是个颇具传奇色彩的人，天纵英才、侠义豪迈，下能救百姓，上敢斥权臣，且对后辈多为照顾。李白当时还未成名，而李邕已经是世人皆知的名士，李白敢于直接表达自己的不满，足见其胆识和勇气。

读《上李邕》有感

拜访遭轻视，名篇上李邕。
自比大鹏鸟，借典逍遥游。
天才不拘礼，自信非等闲。
笑傲权贵言，志在千里间。

七　步　诗

三国魏·曹植

煮豆燃豆萁，豆在釜中泣。
本是同根生，相煎何太急！

释义：

锅里煮着豆子，燃烧的是豆秸，豆子在锅里面哭泣。

豆子和豆秸本来是同根所生，为何要这样步步紧逼而不相容呢？

赏析：

曹丕和曹植曾有王位之争。黄初元年（220），曹操病死，曹丕称魏文帝后，仍对曹植耿耿于怀，担心这个有才华又有政治志向的弟弟会威胁自己的皇位，就想着法子要除掉他。

据《世说新语·文学》记载："文帝（曹丕）尝令东阿王（曹植）七步中作诗，不成者行大法（杀），应声便为诗……帝深有惭色。"

诗中用同根而生的萁和豆来比喻同胞兄弟，用煮豆燃萁来比喻骨肉相残，再提出相煎何急的反问。这首可以说是刀架在脖子上写出的诗，比喻到位，用语贴切。曹植因此躲过一劫。如此急智，难怪后来谢灵运说："天下才有一石，曹子建独占八斗，我得一斗，天下共分一斗。"

读《七步诗》有感

兄令弟作七步诗，骨肉相残豆与萁。
生不愿在帝王家，同根相煎难心齐。

画

远看山有色，近听水无声。
春去花还在，人来鸟不惊。

释义：

远看高山色彩明亮，走近了却听不到流水的声音。
春天过去，花依然开放，人走过来了，鸟却没有飞走。

赏析：

关于这首诗的作者，说法很多：有说是唐代王维，但在王维的作品和《全唐诗》里都没有发现这首诗；有说是南宋僧人道川禅师，此诗为注释《金刚经》所作的偈颂诗的一部分；还有说是宋代佚名诗人。

诗中吟咏的是一幅画，选取了四样景物进行阐述，前写山川有色，流水无声；后写春去花在，人不惊鸟。不仅写出了这幅山水花鸟图的布局，还将画中景色与现实生活一一联系。短短几句，多用反义词，节奏明快，朗朗上口。看似违反自然规律，实则突出画的高明和特点。所以，不管谁是作者，这都是一首高水平的诗作。

读《画》有感

诗为谜题题作底，文违自然然有意。
诗佛一作作者谁？山水春画画中奇。

春日忆李白

唐·杜甫

白也诗无敌，飘然思不群。
清新庾开府，俊逸鲍参军。
渭北春天树，江东日暮云。
何时一樽酒，重与细论文。

释义：

李白的诗作无人能敌，他的想法潇洒飘逸，与众不同。
李白的诗作既有庾信的清新之气，也有鲍照的俊逸之风。
我在渭北对着春日的树木，而你在江东远望那日暮云彩。
什么时候才能与你一起喝酒，重新细细品论文章呢？

赏析：

历史上，“诗仙”李白和“诗圣”杜甫有过三次相遇。第一次在洛阳，第二次在梁宋，第三次在东鲁，每次都相谈甚欢，一同畅游，结下了深厚的友谊。两人最后一次分别后，李白前往江东，杜甫奔赴长安。

诗中，杜甫抒发了对李白的赞誉和怀念之情：从李白的才华写起，表达自己浓浓思念和期待相逢论诗的愿望，让我们看到了两位伟大诗人的伟大友谊。“清新庾开府，俊逸鲍参军”是流传千古的名句。成语“春树暮云”也出自于此。

读《春日忆李白》有感

诗歌史上有佳话，诗仙诗圣三次见。
李游江东杜长安，赞誉白诗常怀念。
庾信鲍照清逸风，春树暮云相隔远。
何时携酒再相逢，重谈诗文解思贤。

塞下曲·其一

唐·李白

五月天山雪，无花只有寒。
笛中闻折柳，春色未曾看。
晓战随金鼓，宵眠抱玉鞍。
愿将腰下剑，直为斩楼兰。

释义：

五月的天山仍有积雪，不见花开只有寒风。
听到笛子吹奏《折柳曲》，别处已是春天，但这里还未曾见到春色。
白天随着鼓声与敌人作战，晚上枕着马鞍睡觉。
愿带上腰间悬挂的宝剑，平定边疆，为国立功。

赏析：

李白的《塞下曲》组诗，主题是平定边患。全组诗基调高昂乐观，有雄浑壮美的边塞景色，有盛世唐朝的精神风貌，有戍边将士的艰苦生活，洋溢着忠心报国的英勇精神。

这首其一，李白写了五月的塞外，因为在天山之下，所以气候、景物都和中原地带不同。中原的“人间四月芳菲尽”，天山的五月“无花只有寒”存在巨大反差。虽有《折柳曲》，但无春色看。白日激烈作战，夜间也做戒备。在这样艰苦的条件下，将士们仍保持着守卫边疆、为国立功的坚定信念。“斩楼兰”的典故出自《汉书·傅介子传》。汉代西域的楼兰国王贪图财物，经常杀死汉朝使节。后来，傅介子出使西域，以金帛为诱饵，计斩楼兰王，为国立功。

读《塞下曲·其一》有感

边塞夏日天已寒，春色只在笛中看。
晓日勇战夜难眠，平定边疆心才安。

虞美人·春花秋月何时了

五代·李煜

春花秋月何时了？往事知多少。小楼昨夜又东风，故国不堪回首月明中。

雕栏玉砌应犹在，只是朱颜改。问君能有几多愁？恰似一江春水向东流。

释义：

春花秋月的美好时光，是什么时候结束的？过去的事情还记得多少！昨夜小楼上又吹来了春风，在明月照耀的夜晚，不堪忍受回忆故国的伤痛。

雕刻精致的栏杆、玉石砌成的台阶应该都还在，只是人已衰老。要问我心中究竟有多少哀愁，我的愁就像那滚滚东流的江水，没有尽头。

赏析：

这首词是李煜的绝命之作。相传他于七夕之夜，在寓所命歌妓作乐，唱新作《虞美人》词，声闻于外。宋太宗闻之大怒，命人赐药酒，将他毒死。因此，这首词也是李后主的绝命词。可以说，李煜是燃尽了生命，写出了最后的辉煌。

词中通过大量的今昔交错对比，囚禁中的春花秋月和渐渐忘却的往事，居所小楼上的春风和不堪回首的故国，往日宫殿的楼台和现在人事的变迁。对比的结果，只能是越来越愁，似江水无尽头。全词用语凝练、造句优美，运用比喻、对比、设问等多种修辞手法。李煜高度概括了自己的真实情感，并淋漓尽致地表达出来。难怪有人赞誉李煜的词是“血泪之歌”，“一字一珠”。

读《虞美人·春花秋月何时了》有感

后主七夕绝命词，春花秋月伤往事。
南唐已灭情绪伤，山河变色佳人逝。
奔腾江水满腹愁，阶下成囚悔当时。
一词换来一毒酒，亡国之君哀伤死。

卜算子·送鲍浩然之浙东

宋·王观

水是眼波横，山是眉峰聚。欲问行人去那边？眉眼盈盈处。
才始送春归，又送君归去。若到江南赶上春，千万和春住。

释义：

水像美人流动的眼波，山如美人蹙起的眉毛。想问行人去哪里？到有山有水的地方去。

刚把春天送走，又要把你送走。如果到江南能赶上春天，你千万要把春天的景色留住。

赏析：

王观是北宋词人，与秦观并称“二观”。在这首送别词中，王观笔调轻松，比喻巧妙，语言风趣，表达了送别友人鲍浩然时的心情。

鲍浩然生平不详，当时可能是旅途返家，也可能是去探望在浙东的爱人。所以，王观一开始就将山水拟人，把流水比喻为美人的眼波，把山峦比喻为美人的眉峰，送别时的山水也就富有感情了。因此后面的“眉眼盈盈处”，可能是说浙东山水非常秀美可爱，也可能是说秀美可爱的那个人。

铺垫之后，再写送别，刚刚送走了春天，现在又要送别友人，还是有些不舍的。接着，王观又表达了羡慕和祝福，因为鲍浩然要去的江南，可能春仍未尽，如果能赶上的话，就不要辜负春光。这里“春”既是反映春天季节，也喻指他与心上人生活在一起。

全词始终语带双关，含而不露，耐人寻味。

读《卜算子·送鲍浩然之浙东》有感

眼如秋水美人目，眉如春山浙东路。
鲜花如锦春光里，江南如去可要住。

听蜀僧濬弹琴

唐·李白

蜀僧抱绿绮，西下峨眉峰。
为我一挥手，如听万壑松。
客心洗流水，余响入霜钟。
不觉碧山暮，秋云暗几重。

释义：

蜀僧濬怀抱着绿绮琴，从西面的峨眉山而来。
他为我弹奏名曲《风入松》，让我仿佛听到万壑松涛声。
听着琴声，我的心灵像被流水洗涤，余音缭绕和着秋天霜钟。
不知不觉，暮色已笼罩青山，秋云飘来，黯淡了天空。

赏析：

听琴是古代文人常参与的高雅活动，李白这首诗一方面赞美了蜀僧的技艺高超，美妙琴声；另一方面也包含了感慨知音和对故乡的眷恋之情。

李白用了很多典故。“绿绮”是汉代司马相如得到的名琴，司马相如亦是蜀人。“挥手”语出嵇康《琴赋》：“伯牙挥手，钟期听声。”“流水”典出《列子·汤问》中“高山流水”，比喻乐曲高妙。“霜钟”出自《山海经·中山经》：“（丰山）有九钟焉，是知霜鸣。”

读《听蜀僧濬弹琴》有感

蜀僧远下峨眉山，身边相伴相如琴。
伯牙挥手钟期听，万壑松涛随之引。
高山流水洗我心，霜降钟鸣有余音。
青山灰云时光过，赏乐眷恋故乡亲。

黄鹤楼送孟浩然之广陵

唐 · 李白

故人西辞黄鹤楼，烟花三月下扬州。
孤帆远影碧空尽，唯见长江天际流。

释义：

与友人在黄鹤楼分别，在柳絮如烟、繁花似锦的阳春三月，他远游去了扬州。

孤船帆影渐渐消失在碧空尽头，只看见滚滚长江向天边奔流。

赏析：

李白曾在《赠孟浩然》中写道："吾爱孟夫子，风流天下闻。"李白是在寓居安陆期间结识孟浩然的，虽然两人有十二岁的年龄差，但这不影响他们成为挚友。李白得知"偶像"要去广陵，自然要跑去送行，约定在江夏相会，并亲自送到黄鹤楼江边。

李白的这场送别，没有表现太多的伤感和遗憾，反而有一种快意的抒情。前两句写送别的地点和季节，以及要去的地方。"烟花"不是指烟火。我在游览瘦西湖时听到解释，是指柳絮，三月扬州城内柳絮如飞花。有说李白指的是琼花，也有说指春景。

后两句写李白远望之景，这里一方面说明，李白送别"偶像"的时间很长，船已经开走了，帆也要看不见了；另一方面是表达对孟浩然的深情，如滚滚江水般伴随同行。想来，当时的李白，站在江边，是多么想和孟浩然一起下扬州啊！

读《黄鹤楼送孟浩然之广陵》有感

李白送友人，浩然下扬州。
辞鹤见烟花，江流浮单舟。

登　　高

唐·杜甫

风急天高猿啸哀，渚清沙白鸟飞回。
无边落木萧萧下，不尽长江滚滚来。
万里悲秋常作客，百年多病独登台。
艰难苦恨繁霜鬓，潦倒新停浊酒杯。

释义：

风急天高，猿猴啼叫十分悲哀，水清沙白，河洲上有鸟儿盘旋。
无边无际的树木，纷纷飘下落叶，望不到头的长江，滚滚奔腾而来。
常年漂泊为客，不免有秋日悲伤，总是疾病缠身，今天独上高台。
历尽艰难苦恨，白发长满了双鬓，困顿潦倒，只能停杯伤感。

赏析：

公元765年，严武去世，杜甫失去依靠，离开成都，前往夔州。不想因病缠身，路上耽误了几个月，后得到夔州都督柏茂林的照顾，才得以暂住。这期间，杜甫的生活虽然很艰苦，身体也非常不好，但诗作却量大质优。

诗题又作《九日登高》。所以，这是重阳日，杜甫登上夔州白帝城外的高台，登高远眺，眼前景色引发百感交集。诗的前半写景，后半抒情，悲凉秋景中融入个人境遇，抒发了沉郁悲凉的情感，令人读之伤感，为之感叹。杜甫在这首诗中精练语言、通篇对偶。首联不仅上下两句相对，还有句中对，如天对风，高对急；沙对渚，白对清。遣词造句，尽显功力，有“古今七律第一”之称。

读《登高》有感

九日登高望，苦闷满秋意。
惨淡鸟飞去，萧瑟猿啼急。
落叶随流水，百年悲万里。
病痛愁绪增，穷困潦倒失。

丑奴儿·书博山道中壁

宋·辛弃疾

少年不识愁滋味，爱上层楼。爱上层楼，为赋新词强说愁。

而今识尽愁滋味，欲说还休。欲说还休，却道“天凉好个秋”！

释义：

人年轻的时候，不懂忧愁的滋味，喜欢登高远望。登高远望，为写赋作词，没有愁绪硬要说有忧愁。

现在尝尽了忧愁的滋味，想说却说不出。非要说的时候，却只是说：“好一个凉爽的秋天啊！”

赏析：

淳熙八年（1181），辛弃疾罢职退居上饶后常过博山。辛弃疾此时的心情是矛盾的，一面是国是日非，一面是报国无门，一腔愁绪无法排遣。

这首词中，辛弃疾通篇言愁，通过“年少”和“而今”的对比，突出渲染“愁”字，成为贯穿全篇的线索。上阕写年少不知愁苦，喜欢登高楼，勉强说愁苦。辛弃疾确是年少成名，意气风发。下阕写年岁增长，阅历已深，知道什么该说，什么不该说。而今，去职闲居，壮志难酬，只能欲说还休，顾左右言他。

辛弃疾此时应该是有苦难言，有愁无法说。词中，爱上层楼、欲说还休不是简单地重复，而是加强了语气，有助于体现词人心中的痛楚和矛盾。

读《丑奴儿·书博山道中壁》有感

去职闲游博山中，忆少登楼诗兴浓。
报国无门年岁长，欲说还休郁结重。

寒　菊

宋·郑思肖

花开不并百花丛，独立疏篱趣未穷。
宁可枝头抱香死，何曾吹落北风中。

释义：

菊花盛开在秋天，从不与百花为伍，在稀疏的篱笆旁，独自开放，意趣不衰。

宁可伴着花香，在枝头凋谢枯萎，也不曾被寒冷的北风吹落。

赏析：

郑思肖原名不详，字忆翁，号所南，是南宋末年的爱国诗人、画家。南宋灭亡后，郑思肖学习伯夷、叔齐不食周粟的精神，终身不仕。因“肖”是宋朝国姓“趙”字的组成部分，遂改名思肖。平日的生活里，他连坐着、躺着都朝着南方，表示不忘宋朝。这首诗作于南宋灭亡之后。

这首咏物诗，先写菊花不与百花争艳，到了秋天，独自开放不减情操；后写菊花可在枝头枯萎，不随北风飘落。这里诗人在描写菊花自然特性的时候，穿插了自己的爱国情怀，使得诗句寓意更深。“寒菊”象征忠于南宋、不向元朝俯首的凛然气节；“抱香”比喻自己坚守民族情操；“北风”有双关之意，暗示北方来的蒙古统治者。

郑思肖擅画兰花，宋亡后，所画兰均无土和根，人问何因，他说：“土为番人所夺，汝尚不知耶?”亦可见其气节。

读《寒菊》有感

江山易主时，菊花似烈士。
高士不媚俗，迎风傲骨立。
画兰不画土，枯菊守节死。

岁岁重阳，今又重阳

2021 年 10 月 14 日，农历九月初九。今天很特别，是“重阳节”。

重阳节，是中国民间传统节日，节期在每年农历九月初九日。“九”这个数字在《易经》中为阳数，“九九”两阳数相重，故为“重阳”；这一天的月、日都是九，故又称为“重九”。古人认为九九重阳是吉祥的日子。古时民间在重阳节有登高祈福、秋游赏菊、拜神祭祖及饮宴祈寿等习俗。重阳节习俗传承至今，又添加了敬老等内容。登高赏秋与感恩敬老是当今重阳节日活动的两大重要主题。

重阳节与除夕、清明节、中元节并称中国传统四大祭祖节日。

在这传承千年的重阳佳节，人们登高、赏菊、吃糕、插茱萸，历代文人吟诗赋词，留下了不少美妙篇章。

今天，让我们一起在诗词里品味“重阳”：

《九月九日忆山东兄弟》　唐·王维

独在异乡为异客，每逢佳节倍思亲。

遥知兄弟登高处，遍插茱萸少一人。

王维身处异乡，因而思念亲人，遇到佳节良辰，思念之情倍加。想来远在家乡的兄弟，重阳登高时，也会想着自己。“每逢佳节倍思亲”更是千古名句。

《九日龙山饮》　唐·李白

九日龙山饮，黄花笑逐臣。

醉看风落帽，舞爱月留人。

在咏菊诗中，“龙山之会”“落帽人”是常被引用的典故。《晋书》载，孟嘉九月九日，登龙山，风吹帽落不觉。桓温令人讽之，孟嘉美文作答，四座嗟叹。

《蜀中九日》　唐·王勃

九月九日望乡台，他席他乡送客杯。

人情已厌南中苦，鸿雁那从北地来。

王勃在重阳登高，遥望故乡，饮酒送客。忽见鸿雁，更添感慨，有的人厌倦南方，想回北方，而鸿雁却由北向南。两者对比，愁绪更浓。

《重阳席上赋白菊》　唐·白居易

满园花菊郁金黄，中有孤丛色似霜。

还似今朝歌酒席，白头翁入少年场。

白居易巧用拟人的手法，把雪白的菊花比作参加“歌舞席”的老人，把黄色菊花比作“少年”，以花喻人，写得风趣幽默。

《醉花阴》　宋·李清照

薄雾浓云愁永昼，瑞脑消金兽。佳节又重阳，玉枕纱厨，半夜凉初透。

东篱把酒黄昏后，有暗香盈袖。莫道不销魂，帘卷西风，人比黄花瘦。

李清照在重阳节饮酒赏菊，有寂寞之情。“莫道不销魂，帘卷西风，人比黄花瘦”一句写得意境十足。

《诉衷情》　宋·晏殊

芙蓉金菊斗馨香。天气欲重阳。远村秋色如画，红树间疏黄。

流水淡，碧天长，路茫茫。凭高目断，鸿雁来时，无限思量。

此词以写景为主，上片点明“天气欲重阳”，下片以“凭高目断”相照应。晏殊通过对节令、景物、环境的描写，烘托出重阳佳“无限思量”气氛。

本期特别篇的最后，还是循例，口占一绝：

感恩敬老重九日，

岁岁重阳今又是。

登高赏秋不可少，

九月初九品诗词。

菩萨蛮·小山重叠金明灭

唐·温庭筠

小山重叠金明灭，鬓云欲度香腮雪。懒起画蛾眉，弄妆梳洗迟。

照花前后镜，花面交相映。新帖绣罗襦，双双金鹧鸪。

释义：

晨光照耀画屏，重叠的山景，时明时暗，乌黑的鬓发掠过她的脸庞。懒懒地无心去描弯弯的眉，迟起了好久，才去梳理晨妆。

插花时前镜对着后镜，花与人脸相映好。身穿崭新的绫罗短衣，金线绣成的鹧鸪成双成对，又勾起她的相思之情。

赏析：

菩萨蛮，亦作菩萨鬘。唐宣宗大中年间，女蛮国派遣使者进贡，使者们身上披挂着珠宝，头上戴着金冠，梳着高高的发髻，宛如菩萨，教坊因此制成《菩萨蛮曲》。后来菩萨蛮又成了词牌名、曲牌名，以繁音促节表现深沉而起伏的情感。

温庭筠这首词详细地描写了一名女子起床梳妆的过程。化妆前，人是慵懒的，晨光透过画屏，鬓发掠过脸庞，慢慢地起床画眉，梳妆。化妆时，人是精致的，前后有双镜，花与人相映，换上新衣衫，鹧鸪起相思。

女子前后的心态有些不一样，开始时，并不想起床，所以颇为慵懒和倦怠。但是开始化妆了，就认真对待，一丝不苟。一个唐朝仕女的形象跃然纸上。词人通过动作描写，展现了女子前后的心态对比，再用反衬手法，双双鹧鸪，反衬人的孤单，给读者留下更多遐想。

读《菩萨蛮·小山重叠金明灭》有感

深闺女子晨起懒，额山鬓云夜妆残。
两镜相交人映花，鹧鸪新帖掩幽怨。

左迁至蓝关示侄孙湘

唐·韩愈

一封朝奏九重天，夕贬潮阳路八千。
欲为圣明除弊事，肯将衰朽惜残年！
云横秦岭家何在？雪拥蓝关马不前。
知汝远来应有意，好收吾骨瘴江边。

释义：

早晨我把一封奏折上奏给皇帝，傍晚就被贬到路途遥远的潮州了。

一心要替皇上除去有害的事，哪能因衰老，就吝惜自己残余的生命。

回望长安，云断秦岭，家又在哪里？蓝关之前，积雪拥塞，连马也踟蹰不前。

你远道而来应知我此去凶多吉少，记得把我的尸骨，从潮州瘴气弥漫的江边收回来。

赏析：

元和十四年（819）正月，唐宪宗从法门寺真身塔中将释迦文佛的一节指骨迎入宫廷供奉，并送往各寺庙，要官民敬香礼拜。时任刑部侍郎的韩愈写了《谏迎佛骨表》，表明历史上贤君无佛寿长，东汉以来皇帝信佛命短，用祖制劝谏，指出信佛对国家无益，甚至表示要将佛骨毁掉，以绝后患，结果触怒了唐宪宗，韩愈差点儿被处死。经裴度等说情，韩愈才被贬为潮州刺史，责求即日上道。

潮州距离京师长安有千里之遥，是蛮荒之地。韩愈被逼一人仓促上路，走到蓝田关口时，家人还没有跟上来，所以，情绪十分低落。

读《左迁至蓝关示侄孙湘》有感

论佛骨表谏，潮州刺史贬。
心中愤不平，除弊忘残年。
秦岭路漫漫，停马立蓝关。
英雄失路悲，凄凉后事憾。

蝉

唐 · 李商隐

本以高难饱，徒劳恨费声。
五更疏欲断，一树碧无情。
薄宦梗犹泛，故园芜已平。
烦君最相警，我亦举家清。

释义：

你栖身高枝之上才难以饱腹，悲鸣徒劳无人同情。
五更以后声音就要断绝了，可是满树碧绿依然毫不动情。
我官职卑下，行踪飘忽不定，想来故乡的田园也早已荒芜。
多谢你的鸣叫，是它让我警醒，我本也是举家清苦的人。

赏析：

李商隐的这首诗，先从蝉的生活习性入笔，以蝉栖树高暗喻自己的清高，蝉的“难饱”“徒劳”与自身经历暗合。进而描绘蝉的鸣叫之声，只落得“无情”对待。接着从蝉的命运联系到现实，官职低下，漂泊不定，家园荒芜。最后又回到咏蝉，将其拟人，表示愿意接受蝉的警醒，坚持自身的操守。

虞世南的《蝉》、骆宾王的《在狱咏蝉》和李商隐的这首《蝉》，号称“咏蝉三绝”，都是唐代托咏蝉以寄情的名作。后人评价：虞世南“居高声自远，非是藉秋风”是清华人语；骆宾王“露重飞难进，风多响易沉”是患难人语；李商隐“本以高难饱，徒劳恨费声”是牢骚人语。

读《蝉》有感

咏蝉高洁对清贫，境遇受冷凄苦鸣。
微薪辗转进退难，坚持操守同惊醒。

劝　学

唐·颜真卿

三更灯火五更鸡，正是男儿读书时。
黑发不知勤学早，白首方悔读书迟。

释义：

晚上点着灯学到三更，五更鸡叫时又早起学习，这都是男儿读书的好时候。

少年时如果不知道要趁早勤奋学习，等老了再后悔读书少，那就太迟了。

赏析：

颜真卿是唐朝名臣、著名书法家。安史之乱中，颜真卿率义军对抗叛军，一度光复河北。唐代宗时官至吏部尚书。后来在平叛中，被叛将李希烈所杀，谥号“文忠”。

颜真卿年少丧父，由母亲教育长大。他很自律，勤学苦读。

这首诗就是颜真卿为了勉励后人所写。前两句肯定勤学的重要性，勤劳的人三更睡、五更起，而这正是年轻男儿应有的作为。后两句用“黑发”与“白首”对比，突出学习要趁早，不能等老了才后悔。

这首诗语言浅显易懂，富含哲理。颜真卿是从学习的方法、态度、意义等多个方面，劝说人们要坚持学习，趁早学习，才能白首不悔。

读《劝学》有感

勤学趁年少，莫待白发老。
夜读鸡鸣起，男儿修身好。

望 月 怀 远

唐・张九龄

海上生明月，天涯共此时。
情人怨遥夜，竟夕起相思。
灭烛怜光满，披衣觉露滋。
不堪盈手赠，还寝梦佳期。

释义：

海上升起一轮明月，你我相隔天涯，却也能共赏月光。
有情人总是怨恨月夜漫长，而我思念亲人，彻夜不眠。
熄灭蜡烛，看这满屋的月光，披衣徘徊，感觉夜深露凉。
不能把这美好月色送给你，只能希望与你在梦中相见。

赏析：

开元二十四年（736），张九龄被罢相，之后又被贬为荆州长史。这首诗就是被贬之后，张九龄思念远方亲人，望月感怀所作。全诗意象宏大，感情真挚，体现细节，感人至深。

“海上生明月，天涯共此时”一句，奠定了这首诗和张九龄在诗坛的地位。直到今天，外出思乡、游子念家、喜事同庆等场合，这句诗还常常被引用。

张九龄是盛唐名相，不仅举止优雅，风度不凡，而且富有胆识和远见，秉公职守，敢于直谏，还能选贤任能，不附权贵，为“开元之治”做出了积极贡献。

读《望月怀远》有感

月夜漫长难入眠，望向明月思亲人。
烛灭露重衣衫湿，手捧月光梦中寻。

汉江临眺

唐·王维

楚塞三湘接，荆门九派通。
江流天地外，山色有无中。
郡邑浮前浦，波澜动远空。
襄阳好风日，留醉与山翁。

释义：

汉江流经楚地，又连接三湘，荆门山下与九江相通。
江水滔滔，好像奔流到天地之外，两岸山色若有若无。
远处的城郭好像在水面飘动，波涛翻滚，天空仿佛也被摇荡。
襄阳周边的风景天气都很好，我愿在此地陪伴山翁畅饮。

赏析：

唐人多有登高临眺、描写大江的诗句。王之涣眼中“白日依山尽，黄河入海流”；李白笔下“山随平野尽，江入大荒流”；杜甫记录“星垂平野阔，日涌大江流”；王维则看到“江流天地外，山色有无中”……

这首诗先写汉江的雄浑壮阔，以及地理位置的重要性，再写自己放眼望去江流远去，山色迷蒙，之后，收回眼光写自身感受，随着汉江波涛，仿佛城郭飘动，天空摇荡。这两联，前写静景如画，后写动态磅礴，把汉江动静相生的特点都描绘了出来。最后诗人抒情，表达愿意留在这美好的地方之情。

读《汉江临眺》有感

汉江一边极目眺，地势壮阔江水浩。
天地动态静入画，襄阳风物醉中好。

商山早行

唐·温庭筠

晨起动征铎，客行悲故乡。
鸡声茅店月，人迹板桥霜。
槲叶落山路，枳花明驿墙。
因思杜陵梦，凫雁满回塘。

释义：

黎明起床，车马的铃铎已经响起；踏上遥遥征途，游子悲思故乡。

公鸡打鸣，茅草店沐浴着月亮的余晖；桥上弥漫清霜，留下了不少先行人的足迹。

槲叶落满了山间道路；枳花鲜艳地开放在驿站的墙边。

回想昨夜梦见杜陵的美好情景，野鸭大雁嬉戏在池塘中。

赏析：

唐宣宗大中十三年（859），温庭筠四十八岁，被贬为随县尉。温庭筠从长安赴隋县，需要经过商山。这首诗应作于那个时候，描写羁旅休息后，晨起出发时看到的旅途景象。

名句“鸡声茅店月，人迹板桥霜”脍炙人口，备受推崇。温庭筠在这一句中，全用名词，十个字十种景物，这样的写法空前绝后。温庭筠通过细致的描写，把初春山村的黎明景色展现得清清楚楚。有旅人晨起忙碌，有天气清霜寒冷，有山间道旁景色，有游子梦回故乡……字里行间都流露出羁旅行人的孤寂之情和浓浓的思乡之情。

读《商山早行》有感

游子在外孤寂心，叮当车马待远行。
皆用名词创名句，十样事物重叠景。
槲树逢春叶落下，枳花色白待天明。
昨夜梦中思故里，晨起早行眼前情。

明　戴进　关山行旅图

书　愤

宋·陆游

早岁那知世事艰，中原北望气如山。
楼船夜雪瓜洲渡，铁马秋风大散关。
塞上长城空自许，镜中衰鬓已先斑。
出师一表真名世，千载谁堪伯仲间！

释义：

年轻时哪里知道世事如此艰难，那时气吞山河，一心想收复中原。

记得在瓜洲渡，楼船冒雪，痛击金兵。秋风中跨战马纵横驰骋，收复了大散关。

当年曾以万里长城来自我期许，如今镜子里的鬓发已渐渐斑白。

出师表真的名不虚传，有谁能像诸葛亮那样，鞠躬尽瘁，兴复汉室，北定中原！

赏析：

陆游一生壮志未酬，心中颇多悲愤。这首诗，前半概括了青壮年时期的豪情壮志和战斗经历；后半抒发时光虚度、功业难成的悲愤之气。

诗中多用典故：瓜洲渡、大散关两处，宋朝的军队曾击败金兵，而陆游任过镇江通判，去过南郑大散关。塞上长城，比喻能守边的将领。《南史·檀道济传》载，宋文帝要杀大将檀道济，檀临刑前怒叱道：“乃坏汝万里长城！”出师一表，指诸葛亮名篇《出师表》。巧用对比：理想与现实作对比，希望抵抗金兵，收复中原，但现实已经闲居；时间和形象作对比，早年是“气如山”，晚年已“鬓先斑”；诸葛亮慷慨北伐与南宋朝廷偏安妥协对比。三种对比，三重愤怒，一并书之。

读《书愤》有感

早年风发意，收复中原气。南征瓜州渡，北关抗金时。
塞上城自许，岁月空流逝。自比诸葛亮，题表为天子。

终　南　山

唐·王维

太乙近天都，连山到海隅。
白云回望合，青霭入看无。
分野中峰变，阴晴众壑殊。
欲投人处宿，隔水问樵夫。

释义：

巍巍终南山高耸入云，接近天帝住所。山峦绵绵不绝，延伸到大海之滨。

回望山下白云连成一片，时而分合，青霭迷茫进入山中，都不见了。

终南山太大了，中峰两侧的分野都变了，众山谷的天各异阴晴悬殊。

想在山中找个人家去投宿，隔水询问樵夫哪里方便。

赏析：

王维的诗一直有“诗中有画”之说。首联远望，用夸张手法，写终南山高大、连绵。颔联近看，云成一片，青霭不见，烟云迷蒙之感。颈联写终南山东西之远，南北之阔，归属不一，气候多变。尾联写景色迷人，不想离去，欲宿山中。

这首诗中，王维多次变幻视角，有山外有山中，有仰视有俯视，写远景写近景，写山景写人物，山色有动静明暗，行人有高低问答。如看一幅清新秀丽的山水画，又添几多声色其中，这首诗是王维山水诗的代表作。

读《终南山》有感

终南山高延海边，云雾缭绕瞬息变。
主峰相隔岩千壑，山中投宿樵夫见。

寄　人

唐·张泌

别梦依依到谢家，小廊回合曲阑斜。
多情只有春庭月，犹为离人照落花。

释义：

别后思念不断，经常梦到你家。院中小廊环绕，曲阑依旧。
只有天上春月还是那么多情，一直为离别的人儿照着落花。

赏析：

张泌是唐末诗人，是花间派的代表人物之一，其词用字工炼，章法巧妙，描绘细腻。

以诗代柬，来表达自己心里要说的话，这是古代常有的事。这首《寄人》诗，其实就是一封信。此诗应该是由梦而生，借梦而言，表达思念之情。

谢家泛指闺中女子。晋谢奕之女谢道韫、唐李德裕之妾谢秋娘等皆有盛名，故后人多以此代指。张泌应该去过对方家中，庭院回廊样式都记在心中。前两句写梦中之景，表思念之深；后两句写明月多情，映照两地，希望音信相通。

读《寄人》有感

梦中又重聚，旧景相思苦。
明月亦有情，落花照人无。

己亥杂诗

清·龚自珍

九州生气恃风雷，万马齐喑究可哀。
我劝天公重抖擞，不拘一格降人材。

释义：

只有依靠风雷的巨大力量才能使九州重焕生机，现在死气沉沉的朝野，终是一种悲哀。

我奉劝上天要重新振作精神，不要拘泥，不要限制，多多降下人才才好。

赏析：

龚自珍曾任内阁中书、宗人府主事和礼部主事等官职，主张革除弊政，抵制外国侵略，曾全力支持林则徐禁除鸦片。这是龚自珍《己亥杂诗》三百一十五首中的一首。此时，他已辞官，但仍提倡“更法”“改革”，批评清王朝的腐朽，洋溢着爱国热情。

前两句用了比喻的手法，用“风雷”比喻新兴的社会力量，用“万马齐喑”比喻死气沉沉的朝野上下，指出需要变革的社会现实。后两句用了想象的手法，指出带来变革的力量是人才，希望朝廷破格录用人才，这样才有希望使国家重焕生机。“我劝天公重抖擞，不拘一格降人才”是传诵后世的名句。现在也用来形容大胆的用人方式。

这首诗大概是龚自珍经过我的故乡镇江时所写。因诗末自注云：“过镇江，见赛玉皇及风神、雷神者，祷祠数万，道士乞撰青词。”此诗可能是有感而发。

读《己亥杂诗》有感

国家需变革，暮气沉几何？
我心欲兴国，人才最难得。

题破山寺后禅院

唐·常建

清晨入古寺，初日照高林。
曲径通幽处，禅房花木深。
山光悦鸟性，潭影空人心。
万籁此都寂，但余钟磬音。

释义：

清晨进入这古老寺院，看着初升的太阳照在山林上。
弯曲的小路通向幽深处，禅房掩映在繁茂花木深处。
山中明媚景色让飞鸟更加欢悦，潭中倒影，令人心念空灵。
此时此刻的万物都非常静寂，只听到寺内敲钟击磬的声音。

赏析：

破山寺，位于今江苏省常熟市虞山北麓，初名大悲寺，因寺在破龙涧旁，故又称破山寺。

唐代咏寺诗为数不少，且有很多佳作，常建这首以身在破山寺中的所见所闻所感，写出环境幽深，颇具禅意。首联写禅房清晨时的景象，古寺幽静，红日入林。颔联写通向后禅院的小路幽深，花木幽香。颈联写后禅院内鸟穿山林，潭映天光。尾联写置身禅院，物我俱寂，只留充满禅意的钟磬音。

全诗有古寺深景，蕴禅意佛理。成语“曲径通幽”“万籁俱寂”都是出自于此。

读《题破山寺后禅院》有感

破山寺后景色优，禅房深处曲径游。
山印潭影人心静，钟磬之声静中有。

望江南·超然台作

宋·苏轼

春未老，风细柳斜斜。试上超然台上看，半壕春水一城花。烟雨暗千家。

寒食后，酒醒却咨嗟。休对故人思故国，且将新火试新茶。诗酒趁年华。

释义：

春天还没有过去，微微春风吹得柳枝飘飘。试着登上超然台眺望，护城河内春水荡漾，城内春花处处开放。迷蒙的细雨笼罩着城池，看不清人家。

寒食节过后，酒醒了却颇多感叹。不要在老朋友面前思念故乡了，姑且点上新火来烹煮新采的茶叶。饮酒作诗都要把握年华啊。

赏析：

宋神宗熙宁九年（1076）春，苏轼登超然台，眺望春色烟雨，触动乡思，写下了此作。

熙宁七年（1074）秋，苏轼由杭州移守密州（今山东诸城）。次年八月，他命人修葺城北旧台，并由其弟苏辙题名“超然”，语出《老子》二十六章“虽有荣观，燕处超然”。

从格式上，这首词为双调，和之前赏析的单调《望江南》相比，增加了一叠。从风格上，这首词豪迈风与婉约情相兼，上片写景，下片抒情，借景抒情。从超然台上眼前春日景象开始，引发自己思乡之情，再发诗酒趁年华的感慨。

读《望江南·超然台作》有感

密州城北筑登台，眺望春烟雨色来。
细雨迷蒙城内散，春花春水眼前开。
寒食欲去不得去，煮茶思乡以解怀。
物外超然尘世忘，年华未老酒诗排。

临安春雨初霁

宋·陆游

世味年来薄似纱，谁令骑马客京华。
小楼一夜听春雨，深巷明朝卖杏花。
矮纸斜行闲作草，晴窗细乳戏分茶。
素衣莫起风尘叹，犹及清明可到家。

释义：

如今的世态人情都像薄薄的纱一样，谁让我乘马来到京都作客呢？
住在小楼听了一夜的春雨滴答，早晨起来看到小巷里有人卖杏花。
铺开短纸从容地斜写着草书，在初晴的窗边慢慢地煮水、沏茶、品茶。
不要叹息尘土会弄脏干净的衣衫，清明时节还来得及赶回家中。

赏析：

淳熙十三年（1186），陆游闲居五年后，奉诏入京，被任为严州知州。此时陆游已六十二岁，诗名大盛。这首诗和陆游其他作品的感情色彩并不相同。这首诗中，听春雨，看卖花，写草书，慢品茶，让我们看到了一个不一样的陆游。

这可能和他闲居五年的经历有关，可能和他看破京华世味有关，也可能和他这次出仕不是戍边有关。总之，这时的陆游心情是淡然的。一心报国的陆游，在严州任上“重赐蠲放，广行赈恤”，深得百姓爱戴。

读《临安春雨初霁》有感

赋闲奉入京，候诏听雨处。
世情薄无味，夜明卖花呼。
临窗品茗茶，闲来习草书。
境遇志不达，莫叹归家路。

当大雪遇上十一月四日的风雨

2021 年 12 月 7 日，今天在节气上是“大雪”，同时又是农历十一月初四。

大雪，是二十四节气中的第二十一个节气，冬季的第三个节气。大雪节气标志着仲冬时节正式开始。大雪是“进补”的好时节，素有“冬天进补，开春打虎”的说法。

大雪节气最常见的就是降温。据资料显示，我国强冷空气最多的月份是在 11 月，强冷空气过后，北方大部分地区 12 月的平均温度在−20℃至−5℃，南方也会出现霜冻，强冷空气往往能够带来降雪或暴雪。

南宋著名爱国诗人陆游多次以《大雪》为题写下诗篇，如：

《大雪》　宋·陆游

大雪江南见未曾，今年方始是严凝。
巧穿帘罅如相觅，重压林梢欲不胜。
毡幄掷卢忘夜睡，金羁立马怯晨兴。
此生自笑功名晚，空想黄河彻底冰。

《大雪》　宋·陆游

海天黯黯万重云，欲到前村路不分。
烈风吹雪深一丈，大布缝衫重七斤。

《大雪自夜至旦欲午始晴》　宋·陆游

薄暮雪云低，清宵气惨凄。
方听打窗急，已报与阶齐。
疏箔穿飞蝶，空庭聚戏猊。
新晴思访客，愁绝满城泥。

十一月四日，对陆游而言，更是一个特殊的日子。他有著名的诗篇**《十一月四日风雨大作》**传世。

僵卧孤村不自哀，尚思为国戍轮台。
夜阑卧听风吹雨，铁马冰河入梦来。

陆游写这首诗的时候虽然年迈，但爱国情怀丝毫未减，日夜思念报效祖国。诗人收复国土的强烈愿望，在现实中已不可能实现，于是，在一个“风雨大作”的夜里，触景生情，由情生思，在梦中实现了自己金戈铁马驰骋中原的愿望。

不过，很多人也许不知道，陆游以“十一月四日风雨大作”为题，写了两首诗，还有一首是：

风卷江湖雨暗村，四山声作海涛翻。

溪柴火软蛮毡暖，我与狸奴不出门。

陆游在思绪飘到边疆之前，还认真描写了十一月四日的大雨和现实处境。前两句以夸张之法写大雨瓢泼、声响之巨，描绘出黑天大风大雨之境，很是生动，波涛汹涌之声正与作者渴望为国出力、光复中原之心相印。后两句转写近处，描写其所处之境，写出作者因天冷而不思出门，其妙处是把作者的主观之感和猫结合在一起写。

再将这首其一翻译一下：大风好像卷起江湖中水，大雨之下的村庄显得昏暗，风雨吹打的声音在四面的山中回响，像大海波涛翻滚。若耶溪出产的小束柴火和裹在身上的毛毡都很暖和，我和猫咪一样啊，都不想出门。

特别篇最后，依旧口占一绝：

今日之后降温多，
冬月初四风雨作。
放翁笔下见大雪，
孤村狸伴思报国。

月夜忆舍弟

唐·杜甫

戍鼓断人行，边秋一雁声。
露从今夜白，月是故乡明。
有弟皆分散，无家问死生。
寄书长不达，况乃未休兵。

释义：

戍楼更鼓响起，路上没有行人，秋夜的边塞，孤雁哀鸣。
从今夜开始就进入了白露节气，月亮还是故乡的最明亮。
虽有兄弟但离散各地，不在一起，无法打听到他们的消息。
寄出的家书总是不能送到，纷乱的战争到现在还没有结束。

赏析：

杜甫兄弟五人，他为长，杜甫寓居秦州（今甘肃天水）时，只有五弟在身边，其余三人散处河南、山东。安禄山、史思明叛军从范阳引兵南下，山东、河南都处于战乱之中。所以，杜甫写下这首诗，表达担忧之情。

诗中先写边塞景色，再写望月所感，接着从望眼前到忆兄弟，最后写兵祸乱中原，家书无处达，进一步表达担忧。全诗从悲凉环境到不安心情，把诗人对兄弟的挂念体现得淋漓尽致。颔联为思念家乡的名句，千古传颂。

读《月夜忆舍弟》有感

秦州战乱思乡亲，边塞秋声雁哀鸣。
白露夜内清盈盈，人说故乡月最明。
兄弟离散家不在，亲人断绝无有应。
颠沛流离倍艰辛，又忧国难望休兵。

酬乐天扬州初逢席上见赠

唐 · 刘禹锡

巴山楚水凄凉地，二十三年弃置身。
怀旧空吟闻笛赋，到乡翻似烂柯人。
沉舟侧畔千帆过，病树前头万木春。
今日听君歌一曲，暂凭杯酒长精神。

释义：

在巴山楚水这些荒凉的地方，度过了二十三年贬谪的时光。
怀念过去徒然吟诵闻笛赋，久谪归来感觉已是物是人非。
沉船附近仍有千万的船只经过，枯树前面也有万木欣欣向荣。
今天听了你为我吟诵的诗篇，暂且借这杯美酒振奋精神。

赏析：

刘禹锡参与“永贞革新”，卷入“二王八司马事件”。之后，几次被召回，又几次被贬。宝历二年（826）刘禹锡从和州刺史任上奉调回洛阳。同时白居易从苏州返洛阳，二人在扬州初逢。白居易在筵席上写了《醉赠刘二十八使君》相赠：“为我引杯添酒饮，与君把箸击盘歌。诗称国手徒为尔，命压人头不奈何。举眼风光长寂寞，满朝官职独蹉跎。亦知合被才名折，二十三年折太多。”

刘禹锡写了这首《酬乐天扬州初逢席上见赠》回赠。白诗多同情和不平，刘诗更通透和豁达。看得出来，刘禹锡信念坚定，对前途很乐观。

读《酬乐天扬州初逢席上见赠》有感

回赠白乐天，贬谪事多难。
闻笛烂柯事，用典传思念。
沉舟病树去，我亦豁达然。
扬州席上遇，互勉心相连。

玉楼春·春景

宋·宋祁

东城渐觉风光好，縠皱波纹迎客棹。绿杨烟外晓寒轻，红杏枝头春意闹。

浮生长恨欢娱少，肯爱千金轻一笑。为君持酒劝斜阳，且向花间留晚照。

释义：

东城行走，感觉春光越来越好，船儿迎客，在水上划出波纹。翠绿杨柳在晓光晨雾中，轻轻舞动，红艳杏花开满枝头，春意妖娆。

人生总是觉得欢娱的时光太少，不要为了吝惜千金而轻视欢笑。为你举起酒杯奉劝斜阳，慢一点下山，留下来再把花儿照一照。

赏析：

宋祁是北宋著名文学家、史学家、词人。曾与欧阳修等合修《新唐书》，前后长达十余年。

这是一首咏春词，上阕起句写春来风光好，表达了对春天的赞美之情，之后，乘船游玩，见绿柳如烟，红杏闹春，写出春光无限。下阕先写人生苦短欢娱少，千金不如欢笑好，后说举酒劝夕阳，不急退去，多照花间。诗人将珍惜年华，流连时光，更惜春光之意，表达得韵味十足。

“绿杨烟外晓寒轻，红杏枝头春意闹”是词中名句，绿杨对红杏，晓寒轻对春意闹，颜色互衬、状态活跃，写得春意十足。特别是“闹”字，广为后人称赞，有“卓绝千古”之誉。也正因此句，宋祁被称为“红杏尚书”。

读《玉楼春·春景》有感

春光明媚游人涌，红杏尚书叹春浓。
功名利禄浮生短，劝君莫待欢乐空。

夜　　直

宋·王安石

金炉香尽漏声残，翦翦轻风阵阵寒。
春色恼人眠不得，月移花影上栏杆。

释义：

香炉里的香已经燃尽，漏壶里的水快漏完了。轻柔夜风带来一点寒意。春色美得令人难以入睡，只见花影随着月照而移，悄悄地爬上了栏杆。

赏析：

按宋朝制度，翰林学士每晚留一人于学士院值夜，随时准备皇帝召对，或咨询政务，或草拟制诰，或收发当夜外廷呈送的紧急封奏转呈皇帝。宋神宗熙宁元年（1068）四月，王安石奉诏进京，越次入对，从此才有资格到内廷值宿。

金炉香烬，水漏将尽，夜风仍寒。虽然忙碌了一夜，但看到室外春色，月照花影，心情激动。看得出来，王安石这个夜班上得很开心。

王安石为什么激动呢？因为此前，在君臣问答中，王安石提出变法观点，得到宋神宗认可。所以，诗中的夜色、春景，都包含了王安石春风得意的心情。

读《夜直》有感

皇帝意图新，官府值宿禁。
春色不成眠，于心不能矜。

渔　　家

明·孙承宗

呵冻提篙手未苏，满船凉月雪模糊。
画家不识渔家苦，好作寒江钓雪图。

释义：

撑船篙的手冻僵了，呵气取暖也没有复苏，冰冷的月光照在船上，雪影模糊。

画家不了解渔人的辛苦，只喜欢画雪天寒冷江面上的垂钓图。

赏析：

孙承宗是明末爱国将领，进士出身，中过榜眼；曾为帝师，明熹宗朱由校是他的学生；上过前线，督师蓟辽期间，修关宁锦防线。官至兵部尚书，著过兵书，写过诗集。

这首渔家写得也是观点独具。古代文人大多把渔家生活想象得充满闲情逸致，当作仕途不顺、隐居山林时的精神寄托。孙承宗却写出了渔家的艰难与哀怨。前两句生动地体现了渔家冬天打鱼之苦寒。后两句直接对不接地气的诗人、画家表示不满：只知道画寒江钓雪图，不知渔家真实苦。

作为朝廷高官，能细致地写出民间疾苦，实属不易。

读《渔家》有感

画家想悠闲，渔家多艰难。
凉冻船上苦，笔下不知寒。

龟 虽 寿

东汉·曹操

神龟虽寿，犹有竟时；
腾蛇乘雾，终为土灰。
老骥伏枥，志在千里；
烈士暮年，壮心不已。
盈缩之期，不但在天；
养怡之福，可得永年。
幸甚至哉，歌以咏志。

释义：

神龟虽然长寿，但也会死亡。
腾蛇能乘云雾升天，死后终究也会成土灰。
年老的千里马虽然伏在马槽里，但志向仍然是驰骋千里。
有着远大抱负的人，到了晚年，依然有奋发进取的雄心。
人的寿命长短，不仅是由上天所决定的。
自己调养好身心，也可以益寿延年。
庆幸得很啊！就用诗歌来表达内心的志向吧！

赏析：

《龟虽寿》和《观沧海》所表达的思想感情是一致的。《观沧海》写景，以景抒情；《龟虽寿》抒怀，富有哲理。此时曹操已经五十三岁了，他感慨人生，虽是暮年，但志在千里，壮心不已，还要建功立业。

有人说，《龟虽寿》更可贵的价值在于开辟了一个新时代。曹操一反前人，“外定武功，内兴文学”，开建安文风，给人耳目一新的感觉。此后，才有建安文学、建安七子的辉煌。

读《龟虽寿》有感

得意抱负满胸怀，本初败后定乌桓。
生命有限神物去，立于天地志高远。
老当益壮存气概，建安风骨永流传。

南宋 马远 松寿图

在狱咏蝉

唐·骆宾王

西陆蝉声唱，南冠客思深。
那堪玄鬓影，来对白头吟。
露重飞难进，风多响易沉。
无人信高洁，谁为表予心？

释义：

秋天到了，蝉儿不停鸣叫，蝉声让我这个囚徒更添愁思。
怎能忍受这鸣蝉扇动乌黑翅膀，对我这一头白发，无休止地长吟。
秋露浓重，蝉儿展开双翼也难以高飞，寒风呼号，轻易淹没蝉鸣。
没人相信我是清廉高洁的，谁能听我表白内心，为我沉冤昭雪呢？

赏析：

骆宾王出身寒门，年少出名，号称“神童”，七岁能诗，作《咏鹅》。唐高宗仪凤三年（678），骆宾王为侍御史时因上疏论事触怒武则天，被诬入狱，于狱中作《在狱咏蝉》。

身陷囹圄的骆宾王为这首诗写了很长的序，说自己在牢房中听到蝉鸣，自己坚持品行却遭难被囚。因为不知自己之后会面临怎样的处境，于是写下这首诗明志，大有遗作之感。所以，骆宾王在诗中以蝉比兴，以蝉寓己，寓情于物，寄托遥深，表明自己清廉高洁，含冤受屈，希望沉冤昭雪。

前三联都是实写秋蝉，最后一联是诗人的呼告与呐喊。正是这样的升华，让这首《在狱咏蝉》成为“咏蝉三绝”之一。

读《在狱咏蝉》有感

秋蝉鸣中愁自身，鬓发苍白心意沉。
露重风多声难出，仍思报国做忠臣。

三衢道中

宋·曾几

梅子黄时日日晴，小溪泛尽却山行。
绿阴不减来时路，添得黄鹂四五声。

释义：

今年梅子成熟的时候，天天都是晴朗好天气，乘小船来到小溪的尽头，再换走山间小路。

山路上绿树如荫，景色不比水路的风景差，林中传来几声黄鹂欢鸣，更增添些许幽趣。

赏析：

曾几是南宋诗人，陆游的老师，后人将其列入江西诗派。他的诗大多抒情遣兴、唱酬题赠，闲雅清淡。这首诗虽是写景，但很自然，将一次平常的行程景色写得让人无限向往。

三衢即衢州，在今浙江省，因境内有三衢山而得名。梅子成熟时候的江南，应该是阴雨绵绵的，这一年却日日晴朗，所以曾几才有机会感受后面的景色：泛舟小溪，改行山路，一路绿荫，黄鹂鸣唱。

这首诗只是在写三衢道中的美丽景色，没有抒发诗人感受。但是我们通过曾几用词，从描绘的景色中，也能感受到他愉快的心情。

读《三衢道中》有感

三衢道中行，梅黄小溪清。
绿树满山间，黄鹂添幽静。

浪淘沙·其一

唐·刘禹锡

九曲黄河万里沙，浪淘风簸自天涯。
如今直上银河去，同到牵牛织女家。

释义：

万里黄河弯弯曲曲挟带着泥沙，飓风掀起波涛滚滚，仿佛来自天涯。这河水仿佛直上天上银河，请你带上我吧，一起去往牛郎织女的家。

赏析：

永贞元年（805），刘禹锡被贬连州刺史，行至江陵，再贬朗州司马。奉诏还京后，他又因《游玄都观》触怒当朝权贵而被贬连州刺史，后任和州刺史。但从他的诗作、行为，以及与白居易的唱和来看，刘禹锡一直以积极乐观的态度面对世事的变迁。

如果说《浪淘沙·其八》是写迁客情怀，淘金之苦，那么这首其一，就成功演绎了神话故事。前是写实，黄河九曲带沙而下，波浪滔天；后是想象，黄河风波浪涌连通银河，可达仙家。

这首诗，让我们看到了刘禹锡的浪漫主义情怀。有人认为，在这首诗中刘禹锡不全是写景话神，还带有自身贬谪，期望再回原位的想法。

读《浪淘沙·其一》有感

官场多贬谪，风沙曲黄河。
逆流亦可上，直到九霄阁。

别董大·其一

唐·高适

千里黄云白日曛，北风吹雁雪纷纷。
莫愁前路无知己，天下谁人不识君？

释义：

黄云千里遮蔽，白天的太阳也黯淡无光，北风吹走了大雁，又带来了纷纷的大雪。

不要担心前路茫茫，没有知己，天下哪个人不识你呢？

赏析：

董大是谁？大多观点认为，董大是当时著名的琴师董庭兰。唐玄宗天宝六载（747）春，吏部尚书房琯被贬出朝，门客董庭兰也离开长安。这时的高适很不得志，到处浪游，常处于贫贱的境遇之中。高适与董庭兰会于睢阳，写了《别董大二首》。

赠别诗中，有缠绵凄婉的，也有慷慨豪迈的，这首诗兼而有之。本诗前写离别环境，日暮昏暗，冬雪纷飞，北风断雁，这样的天气，这种环境下的送别，感觉不伤感、不哭上一会儿都不行；后面突然转折，天下都识君，前路不可怕。用这样慷慨激昂的言辞，对朋友进行安慰，充满了力量和信心。高适这样先抑后扬的手法，实在令人拍案叫绝。

另一首为：“六翮飘飖私自怜，一离京洛十余年。丈夫贫贱应未足，今日相逢无酒钱。”可见当时高适的境遇也不太好，但依旧不掩大丈夫的豪情。

读《别董大·其一》有感

乌云压风来，睢阳别庭兰。
贫贱有知音，漂泊情未淡。

山房春事·其二

唐·岑参

梁园日暮乱飞鸦，极目萧条三两家。
庭树不知人去尽，春来还发旧时花。

释义：

夕阳下的梁园中，几只乌鸦乱飞，放眼望去满目萧条，只剩散落的两三户人家。

树木不知旧人已去，世事已改，春天到来的时候，还是开着如昔日般鲜艳的花。

赏析：

梁园是西汉梁孝王刘武营造的规模宏大的皇家园林。司马迁《史记》称梁孝王“筑东苑，方三百余里，广睢阳城七十里，大治宫室，为复道，自宫连属于平台三十余里……”刘武曾在园中设宴，招揽文人谋士，吟诗作赋，大文学家司马相如、辞赋家枚乘等都曾应召而至。

唐代李白、杜甫、高适、王昌龄、李商隐、王勃、李贺等都曾慕名访梁园。李白更是“十载客梁园”，写下名篇《梁园吟》。“安史之乱”中，三百里梁园遭到了毁灭性的摧残，大部分建筑物毁于战火。

梁园的兴衰给岑参的这首吊古之作增添了悲伤的气息。往日何等繁华处所，今日岑参看来，已经极度萧条了，景残日暮，乱鸦飞过，只余两三人家。庭中树木无知，春来依旧发花。就算花开依旧，可梁园再难复，这样首尾呼应，让全诗始终沉浸在历史的感伤中。

读《山房春事·其二》有感

春日梁园行，安史乱后景。
萧条人家少，树花开冷清。

乡 村 四 月

宋·翁卷

绿遍山原白满川，子规声里雨如烟。
乡村四月闲人少，才了蚕桑又插田。

释义：

山陵和原野绿色满眼，稻田的水色映着天光，烟雨蒙蒙，杜鹃啼叫。

乡村的四月是最忙碌的时候，没有什么闲人，刚刚忙完蚕桑的事又要忙着插秧了。

赏析：

翁卷，南宋诗人，永嘉（今浙江温州）人，生卒年不详。翁卷的山水田园诗有传神之功。这首诗就写出了江南农村初夏时节的美丽风光。

诗的前两句写自然景象，绿意满野，水光映天，梅雨纷纷，子规声声，通过景物描写，表现出农忙时节有雨有田、子规催耕的场景，自然地过渡到后两句，写农家繁忙，不说人忙，反说闲人少。在这农忙的季节，家家户户都是刚刚忙完了蚕桑，又要忙着插秧。

翁卷选取即景，写得轻松，把自然美景和劳作景象融合在一起，展现了乡村生活的美好。

读《乡村四月》有感

江南初夏旖旎风，梅雨鸟声正催耕。
农家人人皆繁忙，蚕桑插田莫在等。

小儿垂钓

唐·胡令能

蓬头稚子学垂纶，侧坐莓苔草映身。
路人借问遥招手，怕得鱼惊不应人。

释义：

一个头发蓬乱的小孩在河边学钓鱼，侧身坐在青苔上，绿草遮掩着身影。

听到有过路的人问路，赶紧远远地摇手，不敢回应路人，生怕惊动了鱼儿。

赏析：

胡令能的作品现仅存四首七绝诗。因为家贫，他年轻时以修补锅碗盆缸为生，人称“胡钉铰”。传说，胡令能做过一个梦，梦中有人剖其腹，放入了一卷书，之后便能吟咏。我也好想有这样的奇遇啊，那样学习就会变得很简单。

胡令能的诗语言浅显，构思精巧，生活情趣很浓。这首就是胡令能寻友，向钓鱼儿童问路后所作之诗，描述了这样的场景：一个可爱的孩子，正在学大人钓鱼，自己躲在草丛里，露出一半的身影。小孩子看到胡令能来了，听到问路的声音，于是赶紧招手，他害怕两人的问答把鱼给吓跑了。

胡令能只是简单述说了所见，就把孩子的纯真、可爱，以及对待钓鱼的认真之感，描绘了出来。由于唐诗中，写儿童的题材比较少，所以这首七绝就显得更加可贵了。

读《小儿垂钓》有感

观钓者钉铰，诗言构思巧。
稚子草中坐，为鱼手频招。

蝶恋花·槛菊愁烟兰泣露

宋·晏殊

槛菊愁烟兰泣露，罗幕轻寒，燕子双飞去。明月不谙离恨苦，斜光到晓穿朱户。

昨夜西风凋碧树，独上高楼，望尽天涯路。欲寄彩笺兼尺素，山长水阔知何处？

释义：

栏杆外菊花笼罩在忧愁的烟雾中，兰花沾露好似默默泣泪。罗幕闲垂，空气微寒，一双燕子飞过。明月不明白离别之苦，斜斜的银辉穿入朱户，照到天明。

昨天夜里秋风劲吹，凋零了绿树。我独自登上高楼，远望那道路的尽头。想寄出一封书信，可是山高水长，又该把这封信寄到什么地方去呢？

赏析：

这首词是晏殊的代表作，在婉约派词人众多伤离怀远作品中颇负盛名，具备了一般婉约词少见的辽阔高远。

上阕全部拟人，菊花有愁兰花哭，燕子畏寒飞离去，明月不知离别苦，仍有余晖穿朱户，整体渲染出悲伤气氛。下阕登楼远望，视野开阔，意境提升，西风吹落叶，登高远望有遐想。想寄诗笺和书信，不知该送何方去……将前面登楼悲壮之感，归于惆怅。“欲寄彩笺兼尺素，山长水阔知何处”是词中名句，两句之间形成矛盾的对比。“昨夜西风凋碧树，独上高楼，望尽天涯路”后来被王国维借用，用来描述古今成大事业、大学问的第一种境界。

读《蝶恋花·槛菊愁烟兰泣露》有感

借物传情哀伤意，愁菊泣兰幕寒气。
双燕明月别样离，彻夜无眠怨不息。
西风落叶碧树稀，楼台远望心难及。
思念书信何处寄，山水相隔无奈弃。

《唐诗三百首》真的是三百首吗？

2021 年 12 月 9 日，今天是《与诗词共成长》节目的第三百期，本期特别篇里，讲一讲《唐诗三百首》真的是三百首吗？

“熟读唐诗三百首，不会作诗也会吟”。《唐诗三百首》无人不知，无人不晓。

可是，你知道《唐诗三百首》共有多少首诗吗，收录了多少位诗人的诗作呢，其中哪位诗人的作品最多呢，哪首诗最长呢？下面啊，我就给大家讲一讲。

唐代是我国诗歌的黄金时代，名家辈出，唐诗数量约有五万多首，后世多有选本。

清代乾隆年间蘅塘退士以沈德潜所编《唐诗别裁》为蓝本，选择了唐诗中脍炙人口的作品，既好读又好背诵的作品，编选《唐诗三百首》收录诗三百余首，就是我们现在看到的《唐诗三百首》。

《唐诗三百首》自编成以来，每有增补，有三百一十三首、三百一十八首、三百二十一首等不同版本。以三百一十八首的《唐诗三百首》为例，这个版本共收录诗人七十七位，既有李白、杜甫这样的大家，也有佚名诗人。

其中，诗作较多的分别是：杜甫三十九首，李白三十三首，王维二十九首，李商隐二十四首，孟浩然十五首。

最全能的诗人：杜甫和李白，每个分类都有诗作被收录。

按诗歌体裁分类，其中五言古诗三十五首，乐府四十三首，七言古诗二十八首，五言律诗七十九首，七言律诗五十三首，五言绝句二十九首，七言绝句五十一首。

《唐诗三百首》中最长的诗：白居易的《长恨歌》，共一百二十句，八百四十字。这首长篇叙事诗形象地叙述了唐玄宗与杨贵妃的爱情故事，真实历史结合民间传说，展现了一个悲剧故事，感染了无数后世读者。

《唐诗三百首》中被引用最多的诗句是“天若有情天亦老”，出自唐代诗人李贺的《金铜仙人辞汉歌》。这句诗因为太过闻名、意境美好，后来被无数文人引用。如孙洙《何满子 · 秋怨》、万俟咏《忆秦娥 · 万俟咏》、欧阳修《减字木兰花 · 伤怀离抱》、贺铸《行路难》、元好问《蝶恋花 · 春到桃源人不到》、张弘范《寿阳曲 · 酒可红双颊》、孙蕡《朝云集句诗七言律诗·其十》、沈曾植《金缕曲·为藏山题画》、程颂万《玉楼春·其十》、毛泽东《七律·人民解放军占领南京》、施蛰存《题沈本千西湖长春图卷》等。

《唐诗三百首》中最著名的节气：《清明》——杜牧。

《唐诗三百首》中唯一的皇帝诗人：唐玄宗《经邹鲁祭孔子而叹之》。

《唐诗三百首》中题目最短的诗：李商隐的《蝉》。

《唐诗三百首》中题目最长的诗：白居易的《自河南经乱，关内阻饥，兄弟离散，各在一处。因望月有感，聊书所怀，寄上浮梁大兄，於潜七兄，乌江十五兄，兼示符离及下邽弟妹》。这首诗全诗 56 字，题目却有 50 字。因为原题名太长，后人简称为《望月有感》，“一夜乡心五处同”也成为表达思念之情的名句。

和以前一样，特别篇最后，依然口占一绝：

诗歌璀璨已千年，
律诗绝句乐府传。
唐诗三百非三百，
长短不一皆名篇。

明 文徵明 山水诗画

凉州词·其一

唐·王之涣

黄河远上白云间，一片孤城万仞山。
羌笛何须怨杨柳，春风不度玉门关。

释义：

黄河仿佛从天上白云间奔流而下，玉门关孤独地镇守在高山中。

羌笛吹起《折杨柳》曲，何必埋怨春光迟迟不来呢，春风是吹不到玉门关这里的啊！

赏析：

凉州（今甘肃省武威市），因“地处西北，常寒凉也”而得名。《凉州词》是唐代民族乐府第一曲调。王之涣初到凉州，面对黄河、玉门关的雄奇景象，听到《折杨柳》曲，有感而发，作此诗。

诗的前两句写景，黄河在高原上奔流，仿佛连接云端，边关夹在高大群山之中，显得更加孤独。后两句抒情，羌笛吹出折杨柳，自然勾起乡情，但是春风不度玉门，戍卒更难归家。全诗景情交融，苍凉悲壮，意境却不颓废消沉。边塞孤苦，乡愁难免，但责任更大。这首《凉州词》在当时已成为广为传唱的名篇。

读《凉州词·其一》有感

初到凉州界，黄河边城列。
一曲思乡起，戍边苦难解。

凉州词·其二

唐·王之涣

单于北望拂云堆，杀马登坛祭几回。
汉家天子今神武，不肯和亲归去来。

释义：

突厥首领北望拂云堆神祠，回想昔日多次在这里杀马祭祀，然后兴兵犯唐的往事。

现在大唐天子英雄神武，国强兵盛，不肯和亲，突厥人只好无功而返。

赏析：

这首其二反映了唐朝与北方少数民族政权之间的关系。拂云堆是祠庙名，在今内蒙古巴彦淖尔五原。唐代朔方军北接突厥，以河为界，河北岸有拂云堆神祠，突厥如有军事行动，则先往祠中祭祀。隋末唐初时，突厥势力极其强大，经常南下进犯，唐高祖、太宗、高宗等朝都以战争与和亲并举，以此来缓和与突厥的紧张关系。

开元年间，突厥首领小杀曾乞与玄宗为子，玄宗许之。又欲娶公主，玄宗只厚赐而不许和亲。诗中后两句赞颂了唐玄宗的文治武功，拒绝和亲也反映了唐朝的强大。

读《凉州词·其二》有感

突厥曾势大，祭祀兴兵马。
玄宗不和亲，唐盛自不怕。

忆江南·其二

唐·白居易

江南忆，最忆是杭州。山寺月中寻桂子，郡亭枕上看潮头。何日更重游！

释义：

江南的回忆，最让人怀念的是杭州：走在天竺寺中寻找盛开的桂花，枕卧郡亭就能观赏钱塘江大潮。什么时候才能重游旧地？

赏析：

紧承《忆江南·其一》结句“能不忆江南?”，回忆杭州美景，选取最具代表性的月中桂子和钱塘江大潮。前者“旧说杭州天竺寺每岁中秋有月桂子堕”。后者“潮头高数丈”，白居易做过杭州刺史，躺在郡衙亭子里，就能看见大潮。最后，期待重游。

读《忆江南·其二》有感

江南忆杭州，天竺寺中走。
卧看潮头起，期待再重游。

忆江南·其三

唐·白居易

江南忆，其次忆吴宫。吴酒一杯春竹叶，吴娃双舞醉芙蓉。早晚复相逢！

释义：

江南的回忆，其次值得回忆的就是苏州的吴宫。喝一杯吴地美酒竹叶青，看一场芙蓉般地吴女歌舞。早晚会再次相逢！

赏析：

《忆江南·其三》追忆苏州往事。同样选取了吴宫两大特色，想一面品尝美味吴酒，一面欣赏美丽“吴娃”。歌舞助酒，人心自醉。三首词都是在洛阳忆江南，从今时忆往昔，挑选最难忘的江南往事，体现江南的美好。结句都是希望再回江南。

读《忆江南·其三》有感

江南回忆有吴宫，春酒熟来一饮空。
醉舞美人助客兴，何时再看似芙蓉。

北宋　惠崇　溪山春晓图（局部）

临江仙·滚滚长江东逝水

明·杨慎

滚滚长江东逝水，浪花淘尽英雄。是非成败转头空。青山依旧在，几度夕阳红。

白发渔樵江渚上，惯看秋月春风。一壶浊酒喜相逢。古今多少事，都付笑谈中。

释义：

滚滚长江向东流去，多少英雄像浪花般消逝。不管是非成败，随着时间推移都是一场空。当年的青山依然存在，太阳也依旧升起落下。

白发隐士在这江边上，早已看惯了岁月的变化。相聚欣喜，痛快地畅饮一番吧。古往今来的多少事，都只留在人们的谈笑之中了。

赏析：

杨慎是明朝著名的文学家，首辅杨廷和之子，因“大礼议”受廷杖，被明世宗朱厚熜削夺官爵，定罪为谪戍终老于云南永昌卫。杨慎到云南后，并没有消沉，而是经常四处游历，观察民风民情，写下大量诗篇。这首《临江仙》就是其中一篇。

这首咏史词大气磅礴，既有兴衰历史感，又有淡泊名利气，还有人生哲理意。经历人生大起大落的杨慎，在这个时候已经大彻大悟了，看透了古今，说尽了兴亡。在他看来，所有一切转头成空，人生成败只在笑谈之中。

读《临江仙·滚滚长江东逝水》有感

历史兴亡叹人生，漫漫长河英雄成。
成败得失转瞬逝，青山夕阳存永恒。
渔樵春秋看风月，四季朝代次第更。
浊酒知己相对饮，古今人生一笑剩。

钗头凤·红酥手

宋·陆游

红酥手，黄縢酒，满城春色宫墙柳。东风恶，欢情薄。一怀愁绪，几年离索。错！错！错！

春如旧，人空瘦，泪痕红浥鲛绡透。桃花落，闲池阁。山盟虽在，锦书难托。莫！莫！莫！

释义：

红润的手中捧着黄縢酒，春色满城，你像那宫墙中的绿柳，遥不可及。春风是多么可恶，吹散了欢情。满怀的忧愁，离别后的几年，生活十分萧索。只能感叹：错，错，错！

春景依旧，人却憔悴消瘦。泪水湿润了脸上的胭脂，也把手帕湿透了。桃花被吹落，洒满清冷的池塘、楼阁。还记得当初的山盟海誓，可是书信已无法交托。只能感叹：莫，莫，莫！

赏析：

陆游的原配夫人唐婉是陆游舅父唐闳之女。结婚之后，两人十分恩爱。不料，陆母棒打鸳鸯，二人被迫分离。唐氏改嫁。七年后的一个春日，陆游在家乡沈园，与偕夫同游的唐氏邂逅。唐氏安排酒肴，抚慰陆游。陆游见人感事，心中感触很深，遂乘醉吟赋这首词，信笔题于园壁之上。

前写昔日和今时的相聚变化，后写离别之后的相思之苦。全词节奏急促，催人泪下，特别是“错！错！错”和“莫！莫！莫”的两次感叹，充分体现了陆游心中的强烈苦闷。这首词是陆游悲剧爱情的写照。

读《钗头凤·红酥手》有感

门可当，户也对，大家闺秀成原配。家母恶，逼迫休。相隔数年，再遇春游。愁！愁！愁！

五味杂，愁难丢，园壁题诗心头悲。眷恋多，相思留。情丝已断，深爱仍有。忧！忧！忧！

虞美人·听雨

宋·蒋捷

少年听雨歌楼上，红烛昏罗帐。壮年听雨客舟中，江阔云低，断雁叫西风。

而今听雨僧庐下，鬓已星星也。悲欢离合总无情，一任阶前点滴到天明。

释义：

年少的时候，在歌楼上听雨，红烛昏暗，罗帐轻盈。中年的时候，在异地的小船上听雨，茫茫江面，水天相接，西风中，一只孤雁阵阵哀鸣。

如今在僧庐下听细雨，人已暮年，两鬓斑白。人世的悲欢离合，总是那样的无情，只能任由窗外的雨，在台阶前滴滴答答作响，直到天明。

赏析：

蒋捷，南宋词人，咸淳十年（1274）进士。几年之后，南宋就覆灭了。蒋捷深怀亡国之痛，隐居不仕，其气节为时人所重。他的词多抒发故国之思、山河之恸，风格多样，以悲凉清俊、萧寥疏爽为主。

这首词作于宋亡之后，以时间为顺序，以“听雨”为线索，写出了人生三个阶段的不同感受。少年听雨，歌舞相伴，欢笑陶醉；中年听雨，客舟漂泊，雁叫悲伤；老年听雨，僧庐白发，孤独难眠。词人将其一生的悲欢离合，全部通过雨声来体现。

在这首词中，蒋捷将自己几十年的经历，将时间和空间融合在一起，道出了悲苦凄凉。这里有自身的感伤，有世事的无奈，也有亡国的愁绪。

读《虞美人·听雨》有感

少年欢宴纵情游，壮年漂泊随波流。
晚年僧舍萧索意，悲欢离合在心头。

南乡子·登京口北固亭有怀

宋·辛弃疾

何处望神州？满眼风光北固楼。千古兴亡多少事？悠悠。不尽长江滚滚流。

年少万兜鍪，坐断东南战未休。天下英雄谁敌手？曹刘。生子当如孙仲谋。

释义：

从哪里可以眺望故土中原？北固楼上一派壮丽江山景象。千百年来，到底经历了多少兴亡盛衰啊？说不清呀。如同这没有尽头的长江，滚滚东去，奔流不息。

孙权在青年时代，已统领千军万马。坐镇东南，连年征战。天下英雄谁是孙权的敌手呢？只有曹操和刘备。难怪曹操说："生儿子就应当像孙权一样！"

赏析：

嘉泰四年（1204），六十五岁的辛弃疾晋见宋宁宗，认为金国"必乱必亡"，不久后，出任镇江知府。镇江当时是和金人对垒的第二道防线，历史上曾是英雄用武和建功立业之地。

辛弃疾登临北固亭，凭栏望远，触景生情，抚今追昔，从眼前风光，滚滚长江，联系到三国英雄人物。通过对古人的歌颂，表达了自己渴望金戈铁马、为国效力的壮烈情怀，也流露出报国无门的感慨，以及对苟且偷安的南宋朝廷的不满。三问三答，层次分明；以景抒情，借古讽今；气魄宏大，情绪昂扬，写景、抒情及议论密切结合。

北固山是孙刘联盟地、刘备招亲处，留有诸多三国遗迹。小时候有一段时间，我曾每日去北固山，古木林中，拾级而上，看历史旧迹。登顶后，常至北固亭中休息，和辛弃疾当年一样，看大江东去，满眼风光。

读《南乡子·登京口北固亭有怀》有感

北固楼上向北望，江山易主中原亡。
同坐东南志已休，不复孙权英勇状。

集灵台·其二

唐·张祜

虢国夫人承主恩，平明骑马入宫门。
却嫌脂粉污颜色，淡扫蛾眉朝至尊。

释义：

虢国夫人受到皇上的宠恩，大清早就骑马入宫去了。
嫌弃脂粉污损她的美艳，轻轻画过眉毛就去朝见天子了。

赏析：

这首诗讽刺了虢国夫人的骄纵。虢国夫人是杨玉环的三姊，嫁给裴家，是当时名声极坏的人。《新唐书》甚至直言“道路为耻骇”。她并非“后妃”，却“承主恩”，自恃美艳，不施脂粉，而且“骑马入宫”“朝至尊”，可见玄宗的昏庸。

读《集灵台·其二》有感

咏史七绝诗，娇纵须讽刺。
自持美艳色，更是帝王失。

唐　张萱　虢国夫人游春图

无题·相见时难别亦难

唐·李商隐

相见时难别亦难，东风无力百花残。
春蚕到死丝方尽，蜡炬成灰泪始干。
晓镜但愁云鬓改，夜吟应觉月光寒。
蓬山此去无多路，青鸟殷勤为探看。

释义：

相见很难，离别更难，何况在这东风无力、百花凋谢的时候。

春蚕到死时会把丝吐完，蜡烛要烧尽时，像眼泪一样的蜡油才能滴干。

早晨梳妆照镜，担心鬓发改变颜色。长夜吟诗不寐，自然感受到月光清冷。

蓬莱山离这儿不算太远，想请青鸟作为使者，带着我的深情去探望吧。

赏析：

这首诗首联是因相思发出的感叹。颔联以象征的手法，借春蚕和蜡烛，写出至死不悔的爱情追求。颈联想象对方的生活情景。尾联体现别后虽不远，但却难相见。名句“春蚕到死丝方尽，蜡炬成灰泪始干”现在多用来形容教师或者无私奉献的人。

读《无题·相见时难别亦难》有感

情人相会难，别离似花残。
思念如丝尽，蜡炬灰泪干。
不眠白发改，心情凄凉寒。
仙山寻无路，仙人代为看。

无题·昨夜星辰昨夜风

唐·李商隐

昨夜星辰昨夜风，画楼西畔桂堂东。
身无彩凤双飞翼，心有灵犀一点通。
隔座送钩春酒暖，分曹射覆蜡灯红。
嗟余听鼓应官去，走马兰台类转蓬。

释义：

昨夜星光灿烂，昨夜阵阵清风，酒筵就设在画楼西畔、桂堂之东。

没有彩凤的双翼，不能比翼齐飞，但你我却像灵犀一样，心意相通。

猜钩嬉戏，隔座对饮，春酒暖心，分组猜物，比较胜负，烛光泛红。

可叹啊，听到五更鼓便要去官署应卯，策马赶到兰台，就像随风飘转的蓬蒿一样。

赏析：

首联交代时间和地点，星辰美好，夜风习习，昨日酒宴欢饮。颔联抒写今日的相思之苦，无飞翼相见，愿心灵相通，表达了心思挂念却不能厮守的无奈。颈联表面写酒宴的热闹，送钩射覆、酒暖灯红，但诗人的心思已经不在这里。尾联回忆今晨离席应差时的情景和感慨，自叹事业未成而身不由己。这首诗中，昨夜和今日情景不断切换，诗人的情感也随之变幻。名句“身无彩凤双飞翼，心有灵犀一点通”现在常用来形容男女心灵相通，或彼此心领神会。

读《无题·昨夜星辰昨夜风》有感

夜深醉春风，楼堂各西东。
相思凤翼少，相知犀角通。
游戏似酒暖，佳人如灯红。
更鼓报晓去，随风类草蓬。

与诸子登岘山

唐·孟浩然

人事有代谢，往来成古今。
江山留胜迹，我辈复登临。
水落鱼梁浅，天寒梦泽深。
羊公碑尚在，读罢泪沾襟。

释义：

世间的人事不停变化，古往今来，时光流逝。
江山留下的名胜古迹，今天我们又可像古人一样亲临。
水势退去，鱼梁洲显得清浅；天气渐寒，云梦泽变得深远。
纪念羊祜的碑刻如今依然矗立在这里，读罢碑文泪水沾湿了衣襟。

赏析：

岘山在今湖北襄阳。这首诗应作于孟浩然在家乡隐居读书期间。这一天孟浩然和几个朋友登上岘山游玩，凭吊羊公碑，怀古伤今，抒发感慨，想到抱负未成，不觉悲伤，泪湿衣襟。

羊祜是三国末期杰出的战略家、政治家、文学家，汉末才女蔡文姬的外甥。他在荆州屯田兴学，以德怀柔，深得军民之心。死后立碑，百姓常去祭拜，祭拜者莫不流泪。羊公碑又名堕泪碑。羊祜镇守襄阳时，常与友人到岘山饮酒诗赋。

《晋书·羊祜传》中记载了他有关江山依旧人事短暂的感伤：“自有宇宙，便有此山。由来贤达胜士，登此远望，如我与卿者多矣！皆湮灭无闻，使人悲伤……”孟浩然复登临的感慨，或与此有关。

读《与诸子登岘山》有感

吊古伤今登岘山，江山留迹人悲欢。
羊公碑下鱼梁洲，云梦深处泪伤感。

春　　怨

唐·金昌绪

打起黄莺儿，莫教枝上啼。
啼时惊妾梦，不得到辽西。

释义：

敲打树枝赶走了树上的黄莺，不让它在树枝上鸣叫。

叫声会惊扰我的好梦，不能在梦中和辽西戍边的亲人相见。

赏析：

金昌绪生卒年不详，生平不详，因这首《春怨》，千古留名。

这首诗描绘了一幅有趣的场景：一家庭院的树上，几只黄莺正在鸣唱，忽然从房中走出一位女子，将黄莺全部赶走了。为什么会这样呢？诗人用层层倒叙的手法，说出缘由。

首句写女子“打黄莺”；次句写原因，是“莫教啼”；三句写“莫教啼”的目的是不让“惊妾梦”；四句写“妾梦”是到辽西会见夫婿。全诗结构精巧，风趣幽默，展现了一位女子对远征辽西的丈夫的深深思念。

五言绝句妙在以小见大，语短意长。这首诗含蓄而又深刻地体现了战争给人们带来的痛苦。

读《春怨》有感

契丹辽西犯唐境，多少夫妻离别情。
梦中相会远征夫，却让侍女赶黄莺。

咸阳城东楼

唐 · 许浑

一上高城万里愁，蒹葭杨柳似汀洲。
溪云初起日沉阁，山雨欲来风满楼。
鸟下绿芜秦苑夕，蝉鸣黄叶汉宫秋。
行人莫问当年事，故国东来渭水流。

释义：

登上高楼，万里乡愁油然而生，眼前芦苇杨柳丛生，好似江南汀洲。

溪边乌云刚刚浮起，夕阳已经沉落在楼阁的后面，山雨欲来，满楼风声。

秦苑荒凉，鸟儿飞入乱草之中，汉宫秋瑟，蝉儿躲在枯黄叶后鸣叫。

来往的行人不要问从前的事情，只有渭河的水，还是一如既往地向东流。

赏析：

许浑是我的老乡，润州丹阳人，晚唐最具影响力的诗人之一。其诗多描写水、雨之景，后人将其与杜甫并列，称“许浑千首湿，杜甫一生愁”。后移家京口丁卯涧，留《丁卯集》，后人称“许丁卯”。代表作就是这首《咸阳城东楼》。

许浑写这首诗的时候，大唐王朝已经处于风雨飘摇之中，所以诗中满是秋日愁绪。诗人登楼远望，看云日风雨暗淡，见秦苑汉宫荒芜，抒发了对家国衰败的无限感慨。诗中有自然之景，有对历史和现实的思考，是唐人登临诗篇的佳作。“山雨欲来风满楼”现在用来比喻重大变化前的紧张气氛。

读《咸阳城东楼》有感

登临咸阳楼，感叹国家忧。夕云照汀州，山雨欲来愁。
秦苑已沧桑，汉宫亦荒休。古来征人多，悲凉付水流。

纪念日，聊聊王安石与镇江

2021年12月18日，今天是王安石诞辰1000周年的日子。本期特别篇里，讲一讲这位北宋著名政治家、文学家、思想家、改革家，重点说说他和我所生活的城市——镇江的不解之缘。

“京口瓜洲一水间，钟山只隔数重山。春风又绿江南岸，明月何时照我还？”一首《泊船瓜洲》将王安石和镇江的文脉牢牢锁定。千百年来，每当江南又被春风唤醒，每当思念自己的家乡，很多人脑海便会浮现这几句诗。

王安石出生于1021年12月18日，抚州临川人，今天的江西省抚州市人。他字介甫，号半山。

王安石出身仕宦家庭，其父王益，字损之，一生在南北各地做了几任州县官。王安石自幼勤奋好学，博览群书。他年幼时曾随父亲宦游各地，接触到一些社会现实，对农民的疾苦有所了解。因此，年轻时便立下了“矫世变俗”之志。

王安石于庆历二年（1042）考中进士，步入仕途。嘉祐三年（1058），王安石出任度支判官，进京述职时作《上仁宗皇帝言事书》，系统地提出了变法主张，受到宋仁宗重视。此后的宦海沉浮中，他两度拜相，又两度被罢相。

王安石在文学上也取得了很大成就，无论文、诗、词都有佳作。他有力推动了北宋中期开展的诗文革新运动，对扫除宋初风靡一时的浮华余风做出了贡献。他的文章具有较强的概括性与逻辑力量，短文简洁峻切、短小精悍，名列“唐宋八大家”。

王安石诗歌人称“王荆公体”，重炼意，又重修辞，既新奇工巧又含蓄深婉。大起大落的复杂人生经历，造就了王安石那凄恻蕴悲壮的风格。

王安石少时就随父亲来到了江南，自己也曾三次出任江宁（南京）府，晚年，他又退居江宁。他的政治生涯起落，往返汴京，游历多地，古之润州、今之镇江是必经之地。

据初步统计，王安石从十八岁到六十多岁这四十多年中，由于游历和游宦，他曾到过润州十次：

宝元元年（1038），王安石初到润州，至京口，游金山。王安石在《再至京口寄漕使郎中》中回忆说：“漂流曾落此江边，忆与诗翁赋浩然。”

庆历四年（1044），再到润州，至京口，游金山。当时王安石由扬州归临川途中经京口。他在《金山寺》中说："重经高处寺，一与白云亲。树木有春意，江山如故人。"

庆历七年（1047），王安石三到润州，至京口，遇张先（字子野），游竹林寺。他在《次韵张子野竹林寺二首》中说："十年亲友半零落，回首旧游成古今。""扁舟过客十年事，一梦此山愁至今。"

皇祐二年（1050）、嘉祐二年（1057）、嘉祐三年（1058）、治平四年（1067）、熙宁七年（1074），王安石先后共五次到润州。

熙宁八年（1075），王安石九到润州，至瓜洲。二月，王安石复授同中书门下平章事，由江宁赴汴京。这一次，他写了《泊船瓜洲》，成为千古名诗。

元丰年间（1078—1085），王安石十到润州，游金山。从他的五古《化城阁》和《金山寺》看，他登化城阁，抚今思昔，陈说素志，抒发幽愤。

王安石十次到镇江，七次都写有诗歌；前九次都是经过，最后一次则专程到访，其中四次到访金山。

王安石这十次到润州，与他一生仕途的升沉起伏有一定联系，也为他的诗歌创作提供了素材和灵感，他的金山诗及《再至京口寄漕使郎中》，特别是《泊船瓜洲》等诗也丰富了镇江的历史文化。

有道是：

介甫诞辰已千年，
立志变革做贡献。
十至润州留诗词，
明月至今照人还。

垓　下　歌

秦·项羽

力拔山兮气盖世。时不利兮骓不逝。
骓不逝兮可奈何！虞兮虞兮奈若何！

释义：

力量可以拔起大山，豪气世上无人能比。可时运不济啊，乌骓马也难奔驰。乌骓马没法驰骋，我又能怎样呢？虞姬啊！虞姬啊！我该拿你怎么办？

赏析：

《史记》载，项羽被困垓下，闻四面楚歌，大惊“汉皆已得楚乎？是何楚人之多也！”于是慷慨悲歌。虞姬听后，起而舞剑唱道：“汉兵已略地，四方楚歌声。大王意气尽，贱妾何聊生？”歌罢自刎。之后，项羽突围兵败，自刎乌江。

读《垓下歌》有感

垓下被围时，霸王绝命诗。
力可拔山岳，豪气盖绝世。
美人可奈何，乌骓亦不逝。

大 风 歌

西汉·刘邦

大风起兮云飞扬，
威加海内兮归故乡，
安得猛士兮守四方！

释义：

大风刮起来了，云也随着风翻涌，威武平定天下，回到故乡，怎样才能得到勇士啊，为国家镇守四方！

赏析：

公元前196年，淮南王英布起兵反汉，军势很盛，刘邦不得不亲自出征。击败英布后还师，刘邦顺路回了一次故乡沛县，“悉召故人、父老子弟佐酒”。共同欢饮十数日。一日酒酣，刘邦“击筑自歌”。歌中有满怀豪情，亦有不安惆怅。

读《大风歌》有感

邀饮击筑唱此歌，回军长安经沛县。
风云变幻四海服，愿得文武固江山。

南宋　赵芾　江山万里图（局部）

前出塞·其六

唐·杜甫

挽弓当挽强，用箭当用长。
射人先射马，擒贼先擒王。
杀人亦有限，列国自有疆。
苟能制侵陵，岂在多杀伤。

释义：

拉弓要拉最强硬的，射箭要选最长的。
射人可以先射马，擒贼最好先擒住首领。
杀人需要有限制，每个国家都有边界。
如果能够制止敌人的侵犯，何必要多杀人呢？

赏析：

杜甫写了多首以出塞为名的诗，《前出塞》有九首，《后出塞》五首。

明末学者朱鹤龄分析，杜甫《前出塞》九首是为天宝末年哥舒翰用兵于吐蕃而作。因为战事不断，杜甫对此提出自己的看法。

诗中前面主张练兵要强，对敌有方；后面提出自己观点，战争应有限，杀伐需有度。这样的观点，是辩证超前的。“射人先射马，擒贼先擒王”现在常比喻要抓住主要矛盾。

读《前出塞·其六》有感

远征吐蕃哥舒翰，弓箭人马写新见。
守边镇国长久计，诗圣出塞颇有感。
穷兵黩武非能事，射马擒王是关键。

行香子·树绕村庄

宋·秦观

树绕村庄，水满陂塘。倚东风，豪兴徜徉。小园几许，收尽春光。有桃花红，李花白，菜花黄。

远远围墙，隐隐茅堂。飏青旗，流水桥旁。偶然乘兴，步过东冈。正莺儿啼，燕儿舞，蝶儿忙。

释义：

绿树环绕着村庄，春水满池塘，伴着春风，悠闲地信步行走。小小的院落，收尽春光，桃花红艳，李花雪白，菜花金黄。

越过围墙远望，可见几处茅屋。溪水桥旁，青色的酒旗在风中飞扬。偶然乘着游兴，走过东面的山冈。看到黄莺鸣啼，燕子飞舞，蝴蝶匆忙。

赏析：

秦观是北宋婉约派的代表人物，他的作品大多含蓄委婉，意境凄凉，带有孤寂之感。他擅长通过凄迷的景色，婉转的语调，表现感伤的情绪。这首词却不一样，描写景色有欣欣向荣之意，抒发心情有轻松快意之感。

上阕写远看村庄，随风漫步，入园赏景，春光无限，花开多样；下阕写园内外望，几处人家，桥旁酒旗，乘兴游走，鸟虫飞舞。词人用浅近直白的语言，信步闲游的角度，给人置身其中的美好感受。“桃花红，李花白，菜花黄”“莺儿啼，燕儿舞，蝶儿忙”两句，写活了春光。

读《行香子·树绕村庄》有感

春日明媚田园光，信步而行有豪情，桃李菜花红白黄。

围墙茅堂青旗桥，怡然自得入田野，黄莺燕蝶啼舞忙。

一剪梅·红藕香残玉簟秋

宋·李清照

红藕香残玉簟秋。轻解罗裳，独上兰舟。云中谁寄锦书来？雁字回时，月满西楼。

花自飘零水自流。一种相思，两处闲愁。此情无计可消除，才下眉头，却上心头。

释义：

荷花已经凋谢，香气也已消散，光滑如玉的竹席带着秋凉。解开罗裙，换着便装，独自登上小船。白云深处，谁会将锦书寄来？雁群飞回时，月光已经洒满了西楼。

落花飘零，水自流淌。彼此都在思念对方，分隔两处，只能各愁苦。这相思的愁苦实在无法排遣，刚从眉间消失，又缠绕上了心头。

赏析：

李清照嫁与赵明诚后，伉俪之情甚笃，有共同的兴趣爱好。而后其父李格非在党争中蒙冤，李清照亦受到株连，被迫还乡，与丈夫时有别离。别离时难免思念丈夫，写下了多首词篇，这首《一剪梅》是其中的代表作。

上阕先写分别之后，荷花凋零，秋意已浓。兰舟遣怀，期盼音信，西楼望月，未见家书。下阕再写人在两地，落花飘零，水亦自流。相思不减，两地皆愁，心头眉间，无法排遣。其中包含着词人见景生情，浓浓的相思之情。这是一首用词精巧、饱含别情的佳作，词中多有名句，今人也常引用。

读《一剪梅·红藕香残玉簟秋》有感

婚后不久少相聚，新婚夫妇别离苦。
荷谢香散席凉秋，独上小舟盼锦书。
雁回西楼花水流，相思不减闲愁处。
眉间心上为此事，挚爱相思无可除。

明　吕纪　残荷鹰鹭图

咏怀古迹·其三

唐·杜甫

群山万壑赴荆门，生长明妃尚有村。
一去紫台连朔漠，独留青冢向黄昏。
画图省识春风面，环珮空归月夜魂。
千载琵琶作胡语，分明怨恨曲中论。

释义：

山峦起伏，连绵直到荆门，王昭君生长的山村，现在还在。
从紫台离开，去往塞外大漠，最后只留一座孤坟对着黄昏。
糊涂的君王凭借画像辨美丑，月夜里环佩叮当是昭君魂归之声。
千载流传她作的琵琶胡曲，曲中倾诉的分明是满腔悲愤。

赏析：

《咏怀古迹》组诗五首分别吟咏了长江三峡一带与庾信、宋玉、王昭君、刘备和诸葛亮有关的古迹。杜甫赞颂了他们的文章学问、心性品德、丰功伟绩，对这些历史人物的凄凉身世、未竟事业表示了同情，也寄寓了仕途失意、颠沛流离的自身感受。

这首其三中，杜甫写了王昭君的出生地，概括了昭君一生，远去大漠，不能归乡，认为君王昏庸，千载留恨。

2019 年，我去内蒙古时，曾至昭君墓前，看和亲文化，见昭君立像，有青冢牌坊。离时傍晚，蓝天泛白云，青冢向黄昏。

读《咏怀古迹·其三》有感

专访美人乡，雄壮不凡村。
汉宫远大漠，青冢入黄昏。
画师误君王，环佩响归魂。
琵琶悲境遇，胡音混怨恨。

齐安郡中偶题·其一

唐·杜牧

两竿落日溪桥上，半缕轻烟柳影中。
多少绿荷相倚恨，一时回首背西风。

释义：

站在溪桥远眺，夕阳西下，对岸杨柳身影朦胧，轻烟笼罩。

多少绿色的荷叶带着怨情相互依偎，忽然风过，荷叶一下都转过头去背对秋风。

赏析：

古人写风荷的诗句很多：白居易有“水鹭双飞起，风荷一向翻”；黄庭坚写“野日草光合，水风荷气浮”；苏轼看“归途十里尽风荷，清唱一声闻露薤”；杨万里叹“秋生露竹风荷外，寒到云窗雾合中”。

而杜牧在齐安郡中看到的风荷，又是另一番风情。诗中先写景色，溪桥日暮，杨柳含烟，意态朦胧。后将绿荷拟人，相互依偎，心中含恨，背对西风，充满哀怨。不仅仅描绘出一幅风景画卷，更使风荷显得娇柔可爱，更加生动。字里含情，通篇传神，洵为佳作。

读《齐安郡中偶题·其一》有感

黄州任上作，烟柳含日落。
无为堪变老，西风绿荷躲。

上　　邪

汉·佚名

上邪！我欲与君相知，长命无绝衰。山无陵，江水为竭，冬雷震震，夏雨雪，天地合，乃敢与君绝。

释义：

天呀！我愿与你相爱，让我们的爱情永不衰绝。除非高山变平地，大江水断流，冬天打雷，夏天下大雪，天地合于一处，我才会与你分开！

赏析：

《上邪》是《铙歌十八曲》之一，属于乐府《鼓吹曲辞》。这首汉乐府民歌，是一首情歌，是女主人公对爱情的忠贞誓言。本诗列举了自然界不可能发生的五件事，来表明自己的生死不渝。后人评："《上邪》言情，短章中神品！"

读《上邪》有感

爱情求专一，发誓向天指。
山平江水干，冬雷夏雪日。
天地分而合，绝君五事异。

易　水　歌

先秦·荆轲

风萧萧兮易水寒，壮士一去兮不复还。

释义：

风声萧萧作响，易水寒气袭人，壮士在此远去啊，不完成任务誓不回还！

赏析：

荆轲即将出发去秦国刺杀秦王，燕太子丹同众宾客“皆白衣冠以送之”。至易水河畔，荆轲好友高渐离击筑（一种形状似筝的古代乐器），荆轲高声地吟唱出这首短歌。有肃杀之气，报必死决心，短短两句诗，垂名于千古。

读《易水歌》有感

易水别燕丹，风起水更寒。
荆轲刺秦王，壮士不复还。

明　沈周　京江送别图

赋得自君之出矣

唐·张九龄

自君之出矣，不复理残机。
思君如满月，夜夜减清辉。

释义：

自从你离开家乡，我就再没动过织布机。
对你的思念犹如天边圆月，一夜一夜地减弱了光辉。

赏析：

“自君之出矣”是古乐府杂曲歌辞名，起于三国诗人、建安七子之一的徐干《室思》。这类诗的结构均以“自君之出矣”为起句，前两句实写，表示离别后对丈夫的思念；后两句用比喻虚写，表达自己的情意。

张九龄生活的盛唐时期，曾流行用乐府古题写近体诗，张九龄加上“赋得”二字，有效仿古人、限定题作之意。诗中描写了丈夫远行后，妻子在家中孤单一人，无心织布，看着月亮，无限思念。“不复理残机”含义丰富，发人深思。“思君如满月，夜夜减清辉”更是意境生动，比喻独特，妙不可言。

明人钟惺在《唐诗归》中说：“从满字生出减字，妙想。此题古今作者，毕竟此首第一。”清人沈德潜在《唐诗别裁集》中也评论说：“巧思全在满字生出。”

读《赋得自君之出矣》有感

丈夫远行离家久，满月之时皎洁照。
妻子思念忘布机，人随月光日渐消。

新添声杨柳枝词·其一

唐·温庭筠

一尺深红胜曲尘，天生旧物不如新。
合欢桃核终堪恨，里许元来别有人。

释义：

红色的丝绸放得久了便会蒙尘变黄，自古以来旧的东西就不如新的东西讨人喜欢。

你我虽有相合的约定，但我心中还是有怨恨的，因为你的心中已经有了他人。

赏析：

两首《新添声杨枝词》是温庭筠与友人饮筵时为所唱小曲填的词。

诗中前两句写，红色的丝绸因为时间太久，已经变黄了。旧物不如新，出自《古怨歌》："衣不如新，人不如故。"诗人这里用"衣不如新"反衬"人不如故"，比喻丈夫又有了新欢，女子倍觉哀怨。后两句借鉴了民歌中常用的谐音双关的手法。桃核本是夫妇好合恩爱的象征物，现在却带有恨意。因为"合欢桃核"里面，已经另外有人了。人取"仁"的谐音，一语双关，与前句呼应。

第一首词利用蒙尘的红丝绸和合欢桃核抒发被弃女子的恨意，比兴、暗示、谐音双关等手法的运用增强了表达效果。

读《新添声杨柳枝词·其一》有感

红绸沾灰尘，喜新厌旧身。
核桃寓好合，不料有新人。

新添声杨柳枝词·其二

唐·温庭筠

井底点灯深烛伊，共郎长行莫围棋。
玲珑骰子安红豆，入骨相思知不知。

释义：

我像井底点亮的烛火深深地嘱咐你。此去路途遥远，我的心与你在一起，切莫要忘了归期。

像玲珑骰子里镶嵌的红豆，这深入骨的思念你到底知不知道？

赏析：

这首其二借井底点灯和长行围棋的骰子抒写女子对情郎的眷恋。

首句井底点灯，则是深处之烛。“深烛”又隐喻“深嘱”。“伊”是人称代词，在此代“你”。“深烛伊”也就是“非常诚恳地嘱咐你”。次句“长行”既指唐时游戏，又指“长途旅行”；围棋既是传统棋艺，又是“违期”的谐音。所以，只“长行”不“围棋”。三句因为“长行”游戏要用到“骰子”，所以顺接前句。“安红豆”将骰子上的红点比作红豆。四句再用红豆引发相思，“入骨相思”既是说骰子上的红点嵌入，也是说自己对丈夫的刻骨相思。

大量使用谐音双关，让这两首词生动灵活，寓意颇深，虽然表达含蓄婉转，但也更加风趣有味，更富有感染力。

读《新添声杨柳枝词·其二》有感

远行莫违期，谐音为深嘱。
骰子点点红，相思已入骨。

题李凝幽居

唐·贾岛

闲居少邻并，草径入荒园。
鸟宿池边树，僧敲月下门。
过桥分野色，移石动云根。
暂去还来此，幽期不负言。

释义：

悠闲地住在这里，很少有邻居来，小路杂草丛生，通向荒芜小园。
鸟儿栖息在池塘边的树上，皎洁的月光下，有一名僧人正在敲门。
走过桥去，看见原野迷人的景色，云在飘动，山石好像也在移动。
暂时离开这里，一会还将归来，相约一起归隐，到时候绝不失约。

赏析：

这首诗写贾岛寻访友人李凝未遇。虽是一件小事，却描绘得意境独具。草径、荒园、宿鸟、池树、野色、山石，无一不是寻常所见景物；闲居、敲门、过桥、暂去，无一不是寻常的行事。诗人于寻常处写出了他人无法表达的境界。

关于此诗的创作，还有一个故事：贾岛在京城长安骑驴在官道上行走，思考诗中的“推”字用得不够恰当，想把“推”字改为“敲”字。于是他在驴背上，一面嘴里念叨着，一面用手反复做着推门和敲门两种动作，不想撞上了京兆尹韩愈的仪仗队。韩愈问明原委，不但没有责备他，反而立马思之良久，对贾岛说：还是“敲”字好。两人于是并骑而行，从此成了朋友。这也是“推敲”典故的由来。

读《题李凝幽居》有感

飞鸟树下人推敲，长安郊外见荒原。
斑斓原野石根云，幽雅处所得悠闲。

菩萨蛮·人人尽说江南好

唐·韦庄

人人尽说江南好，游人只合江南老。春水碧于天，画船听雨眠。

垆边人似月，皓腕凝霜雪。未老莫还乡，还乡须断肠。

释义：

人人都说江南好，来到这里游人也想着留在江南，慢慢变老。春天的江水清澈碧绿，更胜天空的颜色，还可以在画船上听着雨声入眠。

江南酒家卖酒的美丽女子，打酒时露出的双臂，洁白如雪。不到老年不要回家乡，回到家乡后必定要愁肠寸断。

赏析：

这首词创作于韦庄晚年寓居蜀地时期，是回忆江南旧游而作。

词中开头两句和结尾两句抒发感情，中间四句写景写人，描绘出江南水乡的人美景美生活美，表达了诗人无比依恋之情。但回忆的美好与漂泊的愁苦相对比，更让人颇多感慨。

江南之美，甲于天下，但寓居在此逃避战乱的人，又怎会有归属感？说“莫还乡”实则是因为想到了还乡。但“还乡须断肠”，因为战火纷乱，家乡一定生灵涂炭，看了悲哀会断肠。因此，反过来再看“游人只合江南老”这句，不仅仅是江南的人好景好生活好，大家劝你留下来，实在是有些迫于无奈的选择。

读《菩萨蛮·人人尽说江南好》有感

黄巢乱后避江南，江南之美令人老。
水碧天蓝自在眠，雨中当思垆边人。
回想故乡归不得，烽火不息只断肠。

昼最短，夜最长，冬至费思量

2021年12月21日，今日冬至。冬至兼具自然与人文两大内涵，既是二十四节气中一个重要的节气，也是中国民间的传统祭祖节日，素有“冬至大如年”之说。

冬至节，民间历来十分重视。南北各地风俗文化各异，有“画九”、酿米酒、吃汤圆、吃饺子等习俗。北方民间至今还流传着“冬至不端饺子碗，冻掉耳朵没人管”的民谚。

“天时人事日相催，冬至阳生春又来。”冬至，这一天昼最短，夜最长，阳气始至。古往今来，冬日总给人带来无尽的遐思。

在最长的夜里，让我们一同品读关于冬至的诗词吧！

《冬至》　唐·杜甫

年年至日长为客，忽忽穷愁泥杀人。

江上形容吾独老，天边风俗自相亲。

杖藜雪后临丹壑，鸣玉朝来散紫宸。

心折此时无一寸，路迷何处见三秦。

杜甫先描写眼前之景，说明冬至旅居的情形；后回忆长安的冬至日情形。从自身的漂泊流浪联想到朝廷变化，体现了杜甫忧国忧民的情怀。

《邯郸冬至夜思家》　唐·白居易

邯郸驿里逢冬至，抱膝灯前影伴身。

想得家中夜深坐，还应说着远行人。

白居易在驿站里遇上冬至日，抱着膝盖坐在灯影前，一方面是自己思念家乡亲人，另一方面推测家里人也应该想着他这个“远行人”，表达了浓浓的思乡怀亲之意。

《冬至宿杨梅馆》　唐·白居易

十一月中长至夜，三千里外远行人。

若为独宿杨梅馆，冷枕单床一病身。

白居易好像到了冬天就在外漂泊，上一次在驿站，这一次在杨梅馆。依然是“远行人”，这一次好像更远了，在“三千里外”，比上一次的感觉还要凄凉。连用“独”“冷”“单”“病”四个字，写出了白居易身在他乡的孤独寂寞之情。

《冬至感怀》　宋·梅尧臣

衔泣想慈颜，感物哀不平。

自古九泉死，靡随新阳生。

禀命异草木，彼将美勾萌。

人实嗣其世，一衰复一荣。

梅尧臣在这个冬至想念家人，哀悼不平，想生念死，草木枯荣，人生荣辱，盛衰往复。其实，不必为冬季感伤，新阳总会重现生机。人生不必绝望，一衰还要复一荣。

《辛酉冬至》　宋·陆游

今日日南至，吾门方寂然。

家贫轻过节，身老怯增年。

毕祭皆扶拜，分盘独早眠。

惟应探春梦，已绕镜湖边。

陆游有点忘记今天是什么日子了，开门看到别人家过节才知道是冬至节。因为家贫，所以只能简单一点儿。祭拜完了感觉也无事可做，于是就早点睡觉了。在梦中盼望春天早点到来。

《冬至日独游吉祥寺》　宋·苏轼

井底微阳回未回，萧萧寒雨湿枯荄。

何人更似苏夫子，不是花时肯独来。

苏轼冬至日跑去吉祥寺，感受着寒雨，看着冷清的寺庙，有点自嘲，不是花开的时候，谁又像我这样，在这么冷的天气，跑到这里来呢？

时至冬至，即将进入寒冷时节，从这一天开始也就进入了人们常说的“数九”寒天，大家要注意保暖哦！

本期特别篇的最后，我还是口占一绝：

白昼渐短天渐凉，

冬日已至夜最长。

数九寒天从今起，

心有感怀费思量。

梅　花

宋·王安石

墙角数枝梅，凌寒独自开。
遥知不是雪，为有暗香来。

释义：

墙角有几枝梅花，正冒着严寒独自盛开。
远远地就知道那不是雪，因为有梅花的淡香传了过来。

赏析：

梅花常用来象征坚韧不拔、不与世俗同流、不争名求利、高风亮节的君子。很多文人都吟咏过梅花：卢照邻说“梅岭花初发，天山雪未开”；苏轼写“玉骨那愁瘴雾，冰姿自有仙风”；杨万里称“月朵千痕雪半梢，便无雪月更飘萧”。

王安石的这首《梅花》简单明了，通俗易懂。前两句写梅花长在墙角，悄然生长，凌寒独放；后两句写梅花开得茂盛，花团似雪，但有暗香。一方面是夸赞梅花不惧严寒；另一方面是暗喻梅花品格高贵，暗香沁人。

熙宁九年（1076），王安石再次被罢相后，心灰意冷，放弃了改革，后退居钟山。此时他的退居处境和孤独心态，与凌寒独放的梅花有共通之处，赞梅花多少有托物言志的意味。

读《梅花》有感

花草树木皆言志，梅花迎寒墙角开。
暗淡幽香胜雪出，一身清正品自高。

菩萨蛮·书江西造口壁

宋·辛弃疾

郁孤台下清江水，中间多少行人泪。西北望长安，可怜无数山。

青山遮不住，毕竟东流去。江晚正愁予，山深闻鹧鸪。

释义：

郁孤台下这赣江的流水，其中有多少苦难之人的眼泪啊！我举目眺望西北的长安，可惜只看到了无数青山。

青山怎能挡住江水，江水滚滚，终究还是向东而去。江边暮色中，我正满怀愁绪，又听到了深山里传来鹧鸪悲鸣声。

赏析：

这首词是宋孝宗淳熙三年（1176）辛弃疾任江西提点刑狱，驻节赣州、途经造口时所作。

建炎三年（1129），金兵南侵，直入江西，隆祐太后在造口弃船登陆，逃往赣州。辛弃疾想起从前金兵肆虐、人民受苦的情景，不禁忧伤满怀。

辛弃疾在造口，登郁孤台，看江流水，想起曾令无数人落泪的历史往事。遥望长安视线被挡，家国沦陷收复无望。自己有心报国，愿意像江水一样破除种种障碍，但南归后的现实又实在让人发愁，山中鹧鸪的悲鸣更添愁绪。全词内涵丰富，寓意深刻，忆往日叹今夕，表达了浓浓的爱国情思。

读《菩萨蛮·书江西造口壁》有感

郁孤台上望清江，国耻未雪泪悲凉。
青山遮蔽长安路，水自东流鹧鸪伤。

采桑子·轻舟短棹西湖好

宋·欧阳修

轻舟短棹西湖好，绿水逶迤。芳草长堤，隐隐笙歌处处随。

无风水面琉璃滑，不觉船移。微动涟漪，惊起沙禽掠岸飞。

释义：

西湖风光好，驾着小舟划着短桨多么自在。碧绿的湖水绵延不断。长堤上芳草青青，随着船移，到哪里都能听见隐隐传来的笙歌声。

无风的水面，光滑得好似琉璃，连小船移动都感觉不到。只见船儿带起了微波荡漾，被行船惊起的水中小鸟，掠过湖岸飞走了。

赏析：

词中的西湖，不是杭州西湖，而是颍州西湖，在今安徽阜阳境内。欧阳修曾在颍州做官，被这里的风光吸引，晚年辞官后也退居颍州。

欧阳修在自己的《思颍诗后序》中叙述："爱其民淳讼简而物产美，土厚水甘而风气和，于是慨然已有终焉之意也。"

因此，欧阳修游颍州西湖时心情一定很轻松，用这首词将所见美景记录了下来。上阕先表明人在船上，船游湖中，看堤岸风景，芳草青青，笙歌相随。下阕写水面清澈平滑，不觉船移，偶惊鸟飞。起句的重点是"西湖好"，此后每句中的美景，都在印证词人这一观点。

读《采桑子·轻舟短棹西湖好》有感

轻舟悠闲漂湖面，绿水芳草笙歌连。
船儿轻移起涟漪，沙滩飞鸟好春天。

赠从弟·其二

东汉·刘桢

亭亭山上松，瑟瑟谷中风。
风声一何盛，松枝一何劲。
冰霜正惨凄，终岁常端正。
岂不罹凝寒？松柏有本性。

释义：

高山上松树挺拔耸立，山谷间狂风呼啸不停。
风声是那么的猛烈，松枝又是那么的刚劲！
任满天冰霜凄然覆盖，松树还是终年端正挺拔。
难道松树没有遭受严寒的侵袭吗？是松柏本身就有不畏严寒的品性啊！

赏析：

刘桢是“建安七子”之一，文学成就主要在于诗歌。当时负有盛名，与曹植并称“曹刘”。刘桢诗作风格遒劲，语言质朴。《赠从弟》共三首，是其代表作，这是第二首。

诗先写高山松树，不畏狂风，显示青松傲骨。再进行对比，风盛猛烈，松劲不屈。接着写虽有冰霜凌身，但却常年不惧，恶劣环境更突出松树特性。最后以问答结尾，以作升华，表明松树不畏风寒，是因品性高洁。

全诗运用了象征手法，用松树象征高尚的志趣、情操和希望，借以勉励兄弟。诗中虽无一语提及兄弟情谊，但读来仍觉情深意长。

读《赠从弟·其二》有感

谷中寒风山上松，刚劲松枝风吼中。
屹立不动迎冰霜，坚韧不畏严寒浓。

梁　甫　行

三国魏·曹植

八方各异气，千里殊风雨。
剧哉边海民，寄身于草野。
妻子象禽兽，行止依林阻。
柴门何萧条，狐兔翔我宇。

释义：

八方的气候各不相同，千里之内的风雨也不同时。
海边贫民是多么艰苦啊，平时就住在野外草棚里。
妻子和儿女像禽兽一样生活，出没在险阻的山林里。
简陋柴门如此冷清，狐兔在房屋周围乱跑，毫无顾忌。

赏析：

这首诗中，曹植描述了边海百姓的艰难生活，住得很差，衣服没有，家中穷苦，狐兔乱窜，比较深刻地反映了百姓生活困苦不堪的惨痛景象，也表现了对劳动人民的同情。

魏明帝曹叡时期徭役繁兴，赋敛苛细，百姓为了逃避征调，常常不敢家居而避入山林。诗中写的正是这种悲惨情景。曹植曾在《谏伐辽东表》中劝曹叡“省徭役薄赋敛，勤农桑”。这首诗又直接为民生疾苦而呼吁。建安诗人反映下层人民生活的题材较少，所以曹植这首诗就显得更为宝贵。

读《梁甫行》有感

贬居海边多风雨，贫民草棚艰难苦。
活在山林似禽兽，柴门狐兔无人顾。

采桑子·时光只解催人老

宋·晏殊

时光只解催人老，不信多情，长恨离亭，泪滴春衫酒易醒。

梧桐昨夜西风急，淡月胧明，好梦频惊，何处高楼雁一声？

释义：

时光只知道催人老去，却不相信人间的多情，长亭送别时，伤心的泪水滴到衣衫上，伤心满怀，酒醉易醒。

昨夜，急促西风刮得梧桐树叶飒飒作响，月色朦胧，美梦不断地被惊醒，不知何处的高楼上，忽然传来一声凄凉的雁鸣。

赏析：

这首词我们不知道是晏殊写给谁的，但是从“离亭”二字可以推测，这是与人分别之后，产生离别之思。心伤离别，时光无情，词中就有了双重的无奈和伤感。

时间对每个人都是公平的，每时每刻都从身边溜走，不解多情，只催人老。长亭送别总有恨意，就算想把自己喝醉，但很快又醒来，泪湿春衫。往日场景，今日时光，来日紧迫，交织在一起。

前面就已经让人感受到紧迫了，西风偏又急来，月影朦胧，本该入梦。睡着了也许就能忘记离愁别恨了，没想到一声雁叫，又把人从梦中惊醒。如此环境，就只能让人更添失落和惆怅了。

晏殊这首词写出时光流逝、人生紧迫的深沉之感，令人沉浸其中。

读《采桑子·时光只解催人老》有感

时光催人不解情，送别醉酒伤难醒。
梧桐飒飒西风月，雁叫声声高楼清。

卜算子·黄州定慧院寓居作

宋·苏轼

缺月挂疏桐，漏断人初静。谁见幽人独往来，缥缈孤鸿影。

惊起却回头，有恨无人省。拣尽寒枝不肯栖，寂寞沙洲冷。

释义：

弯弯的月亮悬挂在疏落的梧桐树上，夜深人静，漏壶的水早已滴光了。见到幽居的人独自往来，仿佛天边孤独鸿雁的缥缈身影。

突然惊起，回过头去，心有遗憾却无人知晓。挑遍了清冷的树枝也不肯栖息，宁愿在沙洲里，忍受寂寞凄冷。

赏析：

这首词是苏轼初贬黄州寓居定慧院时所作。定慧院，在今湖北省黄冈市东南。苏轼因“乌台诗案”遭遇人生最大挫折，险遭杀身之祸。之后，被贬为黄州团练副使。团练副使一职相当低微，并无实权，收入也很低。苏轼只好带领家人开垦城东的一块坡地，种田帮补生计。“东坡居士”便是由此而来。

这首词写景抒怀，缺月、疏桐、幽人、孤鸿、寒枝、沙洲，六个意象将孤独表现得淋漓尽致。苏轼以“孤鸿”自比，虽然孤寂，可依旧不愿随波逐流，还是要坚守本心。

读《卜算子·黄州定慧院寓居作》有感

黄州寓居树上月，漏尽人闲雁孤掠。
四顾寻觅无人解，沙洲寂寞寒枝缺。

别　云　间

明·夏完淳

三年羁旅客，今日又南冠。
无限山河泪，谁言天地宽。
已知泉路近，欲别故乡难。
毅魄归来日，灵旗空际看。

释义：

为抗清兵三年辗转飘零，今天兵败成为阶下囚。
山河破碎，伤心的眼泪不停地流，国土沦丧，谁还能说天地宽？
已经知道自己的生命即将走到尽头，想到永别故乡心中实在难受。
等到我魂魄归来的那一天，也要在空中看后继队伍抵抗清军。

赏析：

夏完淳是明末诗人、抗清英雄。父亲夏允彝是江南名士，老师陈子龙是抗清将领。他自幼聪慧，十四岁从军征战抗清。1644 年夏允彝在江南领兵激战，战败自杀殉国后，夏完淳继续抗清，后兵败被俘，不屈而死，年仅十七岁。

《别云间》是夏完淳临别松江，解送南京前所作。诀别家乡之时，年轻的英雄没有表达自身的哀怨，而是对山河沦丧的极度悲愤。在明知道自己黄泉已近的情况下，依然对抗清斗争保持坚定信念。

在南京受押八十天后，夏完淳慷慨就义。在狱中，他赋诗写词多篇，表达了“今生已矣，来世为期；万岁千秋，不销义魄”的冲天豪情。

读《别云间》有感

辗转抗清今成囚，山河破碎谁能救。
不舍家乡黄泉近，大业不成魂仍留。

太常引·建康中秋夜为吕叔潜赋

宋·辛弃疾

一轮秋影转金波，飞镜又重磨。把酒问姮娥：被白发，欺人奈何？

乘风好去，长空万里，直下看山河。斫去桂婆娑，人道是，清光更多。

释义：

中秋皓月洒下万里金波，好似那刚磨亮的铜镜飞上了天空。举起酒杯问月中的嫦娥：被白发欺负的我，该怎么办呢？

我要乘风飞上万里长空，俯看大好山河。还要飞去砍下月中摇曳的桂树，因为人们都说，这样月亮洒下人间的光辉就会更多。

赏析：

该词作于宋孝宗淳熙元年（1174）中秋夜，为赠友之作。当时辛弃疾任江东安抚司参议官，治所建康（今江苏省南京市）。吕叔潜，生平不详。

为了收复中原，辛弃疾曾多次上书，力主抗金。乾道元年（1165），上孝宗《美芹十论》；乾道六年（1170），上宰相虞允文《九议》；等等。但朝廷反应冷淡，只对辛弃疾在建议书中表现出的实际才干感兴趣，先后把他派到江西、湖北、湖南等地担任转运使、安抚使等地方官职，负责治理荒政、整顿治安。

一心报国却只忙闲事，这一年中秋，辛弃疾只能用诗词向朋友抒发感慨。这首词中，词人发挥大胆想象，与嫦娥对话，用豪迈之语，表达收复中原失土、反对妥协投降的政治理想，也体现了浓厚的浪漫主义色彩。

读《太常引·建康中秋夜为吕叔潜赋》有感

中秋皓月镜飞空，举杯问月白发浓。
乘风上天看山河，除去桂树月光宏。

浣溪沙·身向云山那畔行

清·纳兰性德

身向云山那畔行，北风吹断马嘶声，深秋远塞若为情！
一抹晚烟荒戍垒，半竿斜日旧关城。古今幽恨几时平！

释义：

向着北方边疆一路前行，凛冽北风吹散了骏马的嘶鸣。深秋时节，遥远边塞，我的心情久久不能平静。

一股晚烟从荒凉的营垒升起，西坠红日映照着旧时关城。想起古往今来的世事兴衰，心潮起伏难以平息。

赏析：

康熙二十一年（1682）八月，纳兰性德受命与副都统郎谈等出使觇梭龙打虎山，十二月还京，这首词大约作于此行中，抒发了奉使出塞的凄惘之情。

上阕首先说明目的地，身向云山。北风与深秋呼应，说明季节，路途遥远，寒风吹来，尽闻马嘶。纳兰的心中应该也是萧瑟的。下阕写边塞景色，荒凉营垒，有烟升起，旧时关城，落日斜照，入眼也是萧索之景。最后抒发情感，突出古今幽恨，终究难平。

纳兰的边塞词大多只是边塞所见所历的客观描写，用词精美，但和前人作品相比，缺少主观情感的注入，读者较难产生强烈共鸣。然而纳兰笔下边塞的萧瑟、冷清、破败，与唐人展现的雄浑、苍凉、悲壮不同，那种漂泊的诗意，孤独的感受，也是独特的。

读《浣溪沙·身向云山那畔行》有感

边疆北风行，骏马深秋鸣。
落日照营垒，古今意难平。

山坡羊·潼关怀古

元·张养浩

峰峦如聚，波涛如怒，山河表里潼关路。望西都，意踌躇。

伤心秦汉经行处，宫阙万间都做了土。兴，百姓苦；亡，百姓苦。

释义：

华山山峰从四面八方会聚，黄河波涛像发怒般地汹涌，走在附近的潼关古道上。遥望古都长安，我思绪起伏。

令人伤心的是，走过曾经有秦宫汉阙的地方，万间宫殿早已化作了尘土。朝代兴盛，百姓受苦；朝代灭亡，百姓还是受苦。

赏析：

《元史·张养浩传》载："天历二年，关中大旱，饥民相食，特拜（张养浩）为陕西行台中丞。既闻命，即散其家之所有与乡里贫乏者，登车就道，遇饥者则赈之，死者则葬之。"张养浩为官清廉，爱民如子。尽管已辞官隐居，但他听说是为了赈济饥民，就不顾年事已高，毅然应命。他散尽家财，尽力救灾，途中亲睹人民的深重灾难，感慨颇多。

此曲抚今追昔，从眼前路途景色抒发感慨，从历代王朝的兴衰引到对百姓苦难的慨叹。这其中，有对历史的思索和总结，有对人民的同情和悲悯。全曲采用层层深入的方式，将苍茫的景色、深沉的情感和精辟的议论完美结合，具有强烈的感染力。

读《山坡羊·潼关怀古》有感

山峰四聚黄河怒，徘徊潼关望古都。
秦宫汉阙都成土，古来兴亡百姓苦。

山坡羊·骊山怀古

元·张养浩

骊山四顾，阿房一炬，当时奢侈今何处？只见草萧疏，水萦纡。

至今遗恨迷烟树。列国周齐秦汉楚。赢，都变做了土；输，都变做了土。

释义：

站在骊山上环望四周，阿房宫已被付之一炬，当年奢侈的场面现在到哪里去了？眼前只有稀疏寥落的草木，回转的流水。

那些遗恨已经消失在烟雾弥漫的树林中了。想想周齐秦汉楚这些国家和君王，赢得天下的，变成了土；输掉天下的，还是变成了土！

赏析：

站在骊山向四周望去，可以看见，阿房宫宫殿台基仍有残存。阿房宫占地极广，规模宏大，极其奢华。公元前206年秦朝灭亡，项羽攻入咸阳后焚毁阿房宫。现在的观点一般认为，阿房宫并没有完全建成。

与前一首相比，这首依然是层层深入，先写景而后怀古，再发议论。张养浩触目伤怀，引史为证，抒发了世事轮回、本质不改的感叹。回顾历史上的王朝，大都是从夺取政权地位到奢侈暴戾统治，到最后败亡。杜牧说阿房宫“楚人一炬，可怜焦土”，张养浩更进一层：赢、输都变做了土……

前一首的兴亡百姓苦，是从百姓的角度看，封建王朝的更迭带来的都是苦难。这一首则是从统治阶级的角度来看，输赢皆成土。在张养浩所处的时代，这样的观点很超前，也很大胆。

读《山坡羊·骊山怀古》有感

奢侈阿房已作古，水流回转稀草木。
遗恨消弭树林中，君王土中留赢输。

南　安　军

宋・文天祥

梅花南北路，风雨湿征衣。
出岭同谁出？归乡如此归！
山河千古在，城郭一时非。
饿死真吾志，梦中行采薇。

释义：

由南往北走过大庾岭口，一路风雨打湿衣裳。
想起去南岭时的那些同伴，没想到回到家乡我却身为俘囚。
祖国的河山千年永存，城郭也只是暂时落入敌人手中。
绝食而死是我真正的想法，梦中也要学伯夷叔齐吃野菜等死。

赏析：

文天祥，南宋末年政治家、文学家。景炎三年（1278），文天祥在南岭兵败被俘，押解北行，经南安军（治所在今江西大余县）时写此诗。

这首诗叙述了行程中的地点和景色，表达了这次行程中的悲苦心情，同时表明自己的态度：学伯夷叔齐，决心饿死殉国。文天祥是这么说的，也是这样做的，在押解途中，曾绝食多日。他拒绝威逼利诱，誓死不屈，最终就义。

德祐二年（1276），文天祥以右丞相兼枢密使身份出使元军议和，与元军主帅伯颜在皋亭山争论。伯颜发怒，拘捕了文天祥等人。北至镇江时，文天祥等十二人夜间脱逃。文天祥镇江脱险遗址，就在离我学校镇江市实验小学不远的长江边上。

读《南安军》有感

兵败梅岭湿征衣，故乡庐陵归心急。
城郭易帜山河变，不屈绝食以明志。

朝天子·咏喇叭

明·王磐

喇叭，唢呐，曲儿小腔儿大。官船来往乱如麻，全仗你抬声价。军听了军愁，民听了民怕。哪里去辨甚么真共假？眼见的吹翻了这家，吹伤了那家，只吹的水尽鹅飞罢！

释义：

喇叭、唢呐吹出的曲子虽短，声音却很响亮。官船来往频繁，全凭借你们抬高地位。军队听了军队发愁，百姓听了百姓害怕。哪里会去辨别什么真和假？眼看着吹得有人倾家荡产，有人元气大伤，直吹得江水枯竭，鹅飞跑啊！

赏析：

王磐，高邮（今江苏高邮）人，明代散曲家、画家，被称为南曲之冠。他没有参加过科举，一生没有做过官，尽情放纵于山水诗画之间，筑楼于城西，与文人雅士歌吹吟咏，自号“西楼”。

正德年间，宦官当权，运河之上，来往频繁，船到高邮，频吹喇叭，骚扰民间。王磐以词讽之。先写喇叭、唢呐最突出的特征是“曲儿小腔儿大”，暗示宦官们小人得意。再写喇叭、唢呐的用途，是为来往频繁的官船抬声价。接着说明喇叭、唢呐用途的另一面：肆意侵害军民的利益，让人不论真假，听到就怕。最后写喇叭、唢呐吹奏的结果：吹翻多家，致使民穷财尽，家破人亡。

曲中不离喇叭和唢呐，其实处处在讽刺和揭露明代宦官狐假虎威、残害百姓的恶劣行径，表达了诗人对宦官们的极度痛恨。

读《朝天子·咏喇叭》有感

喇叭唢呐声响大，运河宦官害百家。
军愁民怕难分辨，江山摇动亦会塌。

元旦，诗词里的新年与众不同

2022 年 1 月 1 日，元旦，祝大家新年快乐！今天是《与诗词共成长》节目的 323 讲，新的一年，让我们继续与诗词共成长。

“元旦”一词最早出现于《晋书》里：“颛帝以孟春三月为元，其时正朔元旦之春。”“元”有开始之意，“旦”是天明的意思，元旦便是一年开始的第一天。然而，“元旦”在古代非指公历新年，而是农历正月初一。从古到今，历代诗人都为元旦抒情作诗，留下不少名篇佳作：

每逢元旦，古代宫廷里都会有规模宏大而又隆重的贺岁之礼，用以庆贺佳节，场面十分宏大。

三国时期**曹植**的**《元会诗》**就描绘过这样场景：

初岁元祚，吉日惟良。乃为嘉会，讌此高堂。
尊卑列叙，典而有章。衣裳鲜洁，黼黻玄黄。
清酤盈爵，中坐腾光。珍膳杂遝，充溢圆方。
笙磬既设，筝瑟俱张。悲歌厉响，咀嚼清商。
俯视文轩，仰瞻华梁。愿保兹善，千载为常。
欢笑尽娱，乐哉未央。皇室荣贵，寿若东王。

唐朝是诗歌发展的鼎盛时期，其间出现了多首描写元旦的诗歌。

“初唐四杰”**卢照邻**的**《元日述怀》**诗曰：

筮仕无中秩，归耕有外臣。
人歌小岁酒，花舞大唐春。
草色迷三径，风光动四邻。
愿得长如此，年年物候新。

孟浩然在元旦写过**《田家元日》**：

昨夜斗回北，今朝岁起东。
我年已强仕，无禄尚忧农。
桑野就耕父，荷锄随牧童。
田家占气候，共说此年丰。

当然，新年之际，那些罪臣流贬者，便也格外伤心。如刘长卿从鱼肥水美的江南苏州迁至荒僻的潘州，被贬为南巴尉后，写下**《新年作》**：

乡心新岁切，天畔独潸然。

老至居人下，春归在客先。

岭猿同旦暮，江柳共风烟。

已似长沙傅，从今又几年。

唐宋时期，元旦还要饮用屠苏酒，据说可以防病祛灾。这一天家家户户聚在一起饮酒，从年幼者开始，按照年龄顺序，最长者最后一个饮用。

这个饮酒言欢的场景便被诗人**成彦雄**记载进了他《**元日**》诗中：

戴星先捧祝尧觞，镜里堪惊两鬓霜。

好是灯前偷失笑，屠苏应不得先尝。

描写元旦最著名的古诗，大概是宋代**王安石**的《**元日**》了：

爆竹声中一岁除，春风送暖入屠苏。

千门万户曈曈日，总把新桃换旧符。

通过描写元旦新气象，诗人抒发了期待变法成功、强国富民的抱负。

南宋诗人**陆游**在《**己酉元日**》写道：

夜雨解残雪，朝阳开积阴。

桃符呵笔写，椒酒过花斟。

巷柳摇风早，街泥溅马深。

行宫放朝贺，共识慕尧心。

一夜的细雨融化了残雪，太阳放晴，将阴郁一扫而光，在这特别的日子里，把酒写桃符，辞旧迎新，让人感觉很开心。

明代**陈献章**的《**元旦试笔**》诗中：

天上风云庆会时，庙谟争遣草茆知。

邻墙旋打娱宾酒，稚子齐歌乐岁诗。

老去又逢新岁月，春来更有好花枝。

晚风何处江楼笛，吹到东溟月上时。

这一幅“乐岁图”，将人们欢庆佳节的场景展露在世人面前。

特别篇的最后，再次祝大家新年快乐！再次口占一绝：

新年伊始第一天，

贺岁之期多欢颜。

共饮屠苏祛病灾，

且换新桃庆元旦。

临江仙·夜登小阁忆洛中旧游

宋·陈与义

忆昔午桥桥上饮，坐中多是豪英。长沟流月去无声。杏花疏影里，吹笛到天明。

二十余年如一梦，此身虽在堪惊！闲登小阁看新晴。古今多少事，渔唱起三更。

释义：

回忆当年在午桥畅饮，在座的都是英雄豪杰。河面映着月光，流水悄悄流淌，在杏花稀疏的花影中，吹起竹笛直到天明。

二十多年的经历好似一场梦，我回首往昔，胆战心惊。闲来无事登上阁楼，看雨后初晴的景致。古往今来多少事转瞬即逝，只有渔歌还在半夜里传来。

赏析：

陈与义，洛阳人，两宋之交间杰出诗人。因为家国之变，作品前期清新明快，后期雄浑沉郁。

年轻时候的陈与义是很得意的。词中回忆的二十多年前的洛中旧游，还是北宋徽宗年间，当时国家尚未统一。之后金兵南下，北宋灭亡，陈与义离开洛阳，流离逃难，生活艰苦。

上阕写早年在洛阳，与友交往，赏花听曲的快乐生活。下阕回顾二十年来奔波，再联系眼前现实，感怀颠沛流离的痛苦，国破家亡的悲伤。全词以对比的手法展现，虽是忆旧游，更是感国殇，在最后的“渔唱”之中，留下无限感慨。

读《临江仙·夜登小阁忆洛中旧游》有感

午桥唱和多英豪，月映河面水流悄。
杏花笛声乐逍遥，一朝惊梦流离逃。
国破家亡待晴好，兴衰过往渔歌了。

长沙过贾谊宅

唐·刘长卿

三年谪宦此栖迟，万古惟留楚客悲。
秋草独寻人去后，寒林空见日斜时。
汉文有道恩犹薄，湘水无情吊岂知？
寂寂江山摇落处，怜君何事到天涯！

释义：

你被贬长沙三年，只给人留下了万古的悲伤。
在秋草中寻觅着你的足迹，清冷的树林里看着夕阳缓缓斜倾。
贤明的汉文帝为何对你恩疏情薄，有谁知道湘江水在无意凭吊着你。
寂寞深山里落叶纷纷，可怜你究竟为什么被贬到这里呢？

赏析：

贾谊因针砭时弊遭受排挤，谪居长沙，为长沙王太傅。三年后被召回长安，但不得重用。刘长卿“刚而犯上，两遭迁谪”，与贾谊有相似经历。这一年的秋天，刘长卿来到了贾谊故居。

这首诗中，刘长卿联系与贾谊的共同遭遇，对古来有才之士多遭不幸发表感慨。既有对贾谊遭遇的凭吊和痛惜，也有对自己境遇的感伤和不满。

读《长沙过贾谊宅》有感

境遇万代悲，贾谊贬此地。
湘水流无情，秋草寻足迹。
文帝尚薄恩，寒林落日依。
山冷落叶多，无辜受罚离。

渔家傲·天接云涛连晓雾

宋·李清照

天接云涛连晓雾，星河欲转千帆舞。仿佛梦魂归帝所，闻天语，殷勤问我归何处。

我报路长嗟日暮，学诗谩有惊人句。九万里风鹏正举。风休住，蓬舟吹取三山去！

释义：

水天相接，晨雾蒙蒙，像银河转动，无数的船只在舞动风帆。仿佛梦中回天庭，听见天帝在对我说话。他热情地问我要回到哪去。

我告诉天帝路途还很漫长，时间已近黄昏。我学诗能写好句，又有什么用呢？长空九万里，大鹏乘风起。风可千万别停，将这一叶轻舟，吹送到蓬莱三仙岛去吧！

赏析：

这首词据说作于李清照南渡之后。南渡后不久，丈夫赵明诚病死。国破家亡夫死，使李清照生活上和精神上受到很大的打击。所以，李清照南渡以后的词大多哀愁苦闷之作。这一首却是例外，也是李清照唯一的豪放词。

词中写梦中之境，有海天景象，与天帝问答，有惊人之志，学大鹏飞举，欲驾临仙山。与一般作品上阕写景、下阕抒情不同，全词连贯叙事，大胆想象，气象壮阔，语出豪迈，把屈原的《离骚》、庄子的《逍遥游》以至神话传说，融为一体，体现了李清照豪迈的一面。

读《渔家傲·天接云涛连晓雾》有感

星河千帆天云雾，梦回天庭归何处？
黄昏未达诗句惊，大鹏乘风蓬莱去。

庭中有奇树

汉·佚名

庭中有奇树，绿叶发华滋。
攀条折其荣，将以遗所思。
馨香盈怀袖，路远莫致之。
此物何足贵？但感别经时。

释义：

庭院里有一棵奇树，满树绿叶衬托着繁盛的花朵。
攀着树枝，摘下了一朵，想把它送给心中日夜思念的人。
花香充满了我的襟袖，可是路途遥远，没能送到心上人的手中。
并不是这朵花有什么珍贵，只是有感于离别多时，思念情深。

赏析：

这是《古诗十九首》的第九首。《古诗十九首》是中国古代文人五言诗选辑，由南朝萧统从传世无名氏古诗中选录十九首编入《文选》。在镇江南山有一处读书台，相传萧统当年在此读书。

这首《庭中有奇树》，描写了一名妇女对远行的丈夫的深切思念，期盼丈夫归来，又表达无门，只能寄情于庭中树花。全诗八句，前半写庭中事，后半发心内思，从日常所见的场景，引发内心无限的思念。全诗层层递进，思发自然，感情真挚。

读《庭中有奇树》有感

庭树绿叶衬繁花，我摘一朵欲送达。
花香盈袖天地远，花枝寻常思无涯。

相见欢·金陵城上西楼

宋·朱敦儒

金陵城上西楼，倚清秋。万里夕阳垂地大江流。
中原乱，簪缨散，几时收？试倩悲风吹泪过扬州。

释义：

独自登上金陵城西门城楼，倚楼看清秋景色。夕阳照耀着大地，大江缓缓流去。

中原大乱，贵族逃散，什么时候才能收复国土？想请悲风将自己的热泪吹到扬州前线。

赏析：

朱敦儒，称伊水老人、洛川先生。早年两次被举荐为学官而不出任。后宋高宗下诏，先后任秘书郎、兵部郎中、临安府通判、两浙东路提点刑狱等职。有“词俊”之名。

古人登楼、登高，多有感慨。每位诗（词）人的处境不同，抒发的感想亦不同。

全词由登楼起句，上阕写金陵城楼远望景色，下阕转言国事，抒发悲愤之情，表现了强烈的亡国之痛和深切的爱国之情。这首词应写于南渡之初，当时朱敦儒站在主战派一边，所以说“中原乱，簪缨散，几时收”。后来，朱敦儒因发表主战言论，被弹劾免职。

读《相见欢·金陵城上西楼》有感

金陵西城看清秋，夕阳之下大江流。
靖康乱后国难收，扬州战事几时休？

生查子·三尺龙泉剑

不详·佚名

三尺龙泉剑，匣里无人见。
一张落雁弓，百支金花箭。
为国竭忠贞，苦处曾征战。
先望立功勋，后见君王面。

释义：

三尺宝剑名叫龙泉，藏在匣中无人看见。
一张宝弓号称落雁，配有百支金花箭矢。
竭尽全力为国尽忠，纵横沙场辛苦作战。
渴望先建功立业，然后去朝堂拜见君王。

赏析：

这是一首称赞百战将军之词。用词浅显易懂，风格朴实自然，字里行间洋溢着一种爱国主义的乐观情怀，抒发了一位将军渴求为国立功的豪迈心情。

前面没有描绘将军的外貌，只是通过宝剑、良弓和好箭来塑造勇士形象。后面也没有记录将军豪言，只是写他四处征战，为国尽忠，来表明面君愿望。一个武艺超群、作战英勇、想法淳朴、爱国忠君的将军形象跃然而出。

读《生查子·三尺龙泉剑》有感

龙泉宝剑匣内藏，良弓箭簇闪金光。
为国尽忠征战苦，取得功勋拜君王。

客　至

唐·杜甫

舍南舍北皆春水，但见群鸥日日来。
花径不曾缘客扫，蓬门今始为君开。
盘飧市远无兼味，樽酒家贫只旧醅。
肯与邻翁相对饮，隔篱呼取尽余杯。

释义：

草堂南北都是绿水缭绕、春意盎然，每天都可以看见鸥群结队飞来。

花间的小路，因为您的到来才打扫，常关的柴门，因为您的到来才打开。

离集市太远，盘中没好菜肴，家境贫寒只有陈酒待客。

如果愿意和邻家老翁一起对饮的话，那我就隔着篱笆，将他唤来。

赏析：

据《集千家杜诗补注》记载，这是杜甫五十岁时在成都草堂所作。杜甫心情很好，有注："喜崔明府相过。"

杜甫诗中多次提到接待客人。《宾至》中"竟日淹留佳客坐，百年粗粝腐儒餐"，不仅敬而远之，还有些发牢骚的味道。《有客》中"自锄稀菜甲，小摘为情亲"；《过客相寻》中"挂壁移筐果，呼儿问煮鱼"，都只用一两句交代。而《客至》中，除前两句写居处景色，后面全是待客描写，有激动的心情，有诚恳的招待，甚至要唤邻翁相对饮，把好客的心情表露无遗，充满了浓郁的生活气息。

读《客至》有感

草堂春水缭，鸥群结对绕。
庭内满花草，开门迎客到。
远居菜非好，家贫陈酒招。
邻家有翁老，唤来同饮笑。

江城子·密州出猎

宋·苏轼

老夫聊发少年狂，左牵黄，右擎苍，锦帽貂裘，千骑卷平冈。为报倾城随太守，亲射虎，看孙郎。

酒酣胸胆尚开张。鬓微霜，又何妨！持节云中，何日遣冯唐？会挽雕弓如满月，西北望，射天狼。

释义：

抒发一下少年时的豪情壮志吧，左牵黄犬，右托苍鹰，戴着美帽，身穿裘衣，带着浩浩荡荡的人马，席卷山冈。报知全城百姓，随我一起出猎吧，我要像孙权一样，亲自射杀猛虎。

痛饮美酒，敞开胸怀，两鬓微白，又有何妨？什么时候皇帝会像汉文帝派冯唐去云中赦免魏尚那样信任我呢？到时候，我会使尽力气把弓拉成满月，瞄准西北，射向敌人的军队。

赏析：

这首词作于苏轼密州（今山东诸城）知州任上，是苏轼的代表作。当时苏轼还未受到“乌台诗案”打击，正值壮年，胸怀壮志。

上阕叙事，写会猎景象，苍黄相伴，千骑相随，愿射猛虎，报答全城。下阕抒情，写猎后畅饮，不惧年华，自比魏尚，愿领边兵，对战外敌。

词中叙事、抒情，用典、言志，表达了报效祖国的愿望，志在杀敌的豪情。有人说，这首词开“豪放之先河”，对后世影响很大。苏轼对这首词也很满意，《与鲜于子骏书》中说：“数日前猎于郊外，所获颇多，作得一阕，令东州壮士抵掌顿足而歌之，吹笛击鼓以为节，颇壮观也。”

读《江城子·密州出猎》有感

少年意气伴苍黄，身着锦貂上山岗。
倾城出猎学孙郎，痛饮美酒胆气扬。
待我持节似冯唐，满弓如月射天狼。

离　　思

唐·元稹

曾经沧海难为水，除却巫山不是云。
取次花丛懒回顾，半缘修道半缘君。

释义：

看过波澜壮阔的大海，别处的水就不值得一观。看过巫山的云雨的梦幻，别处的风景就不能称之为云雨了。

即使身处万花丛中，我也懒得回头看；这一半是因为修道的原因，一半是因为你！

赏析：

诗中前用典故，后说现实。“曾经沧海难为水”化用自《孟子·尽心》“观于海者难为水”；“除却巫山不是云”用宋玉《高唐赋》里“巫山云雨”的典故。元稹用“沧海水”“巫山云”表达对感情的坚贞。“取次花丛懒回顾”，以花喻人，表明除了爱人，其他的花、人再不入眼。“半缘修道半缘君”是总结，说明失去了心爱的人，自己也就看破红尘，只想修道了。

元稹这首诗，淋漓尽致地表达了诗人对已经失去的爱人的深深眷恋。因为饱含深情，这首诗也常被后人引用。前两句现在用来形容感情坚贞深厚，或某方面阅历丰富而眼界极高。

读《离思》有感

沧海水曾看，巫山云也览。
万花不屑顾，君道各一半。

问刘十九

唐·白居易

绿蚁新醅酒，红泥小火炉。
晚来天欲雪，能饮一杯无？

释义：

泛着绿沫新酿的米酒已经盛好，烫酒用的红泥制成的小火炉已准备好了。

傍晚天色阴沉，看样子要下雪了，能否留下，与我共饮一杯呢？

赏析：

这首小诗写得简单有趣，记录了在一个即将飘雪的傍晚，白居易邀请好友一起饮酒的场景。新酒绿沫、火炉红泥、天色灰沉、白雪将落，全诗短短二十字，色彩丰富，意境独具，写出了不平淡的生活，包含了很深厚的友谊。

这首诗是我四岁上幼儿园小班时学会的。记得那是一个下雪天，老师教了这首唐诗。放学后，爸爸还带我去北固山下玩雪，所以印象深刻。

刘十九是谁？有人根据白居易《刘十九同宿》，认为是嵩阳处士；有人认为是刘禹锡（刘二十八）的堂兄刘禹铜，排行十九，洛阳富商。

为了探究这个问题，我当天还学了白居易的另外两首诗。《闻新蝉赠刘二十八》：“蝉发一声时，槐花带两枝。只应催我老，兼遣报君知。白发生头速，青云入手迟。无过一杯酒，相劝数开眉。”《过刘三十二故宅》：“不见刘君来近远，门前两度满枝花。朝来惆怅宣平过，柳巷当头第一家。”

读《问刘十九》有感

酒色微绿沫如蚁，火炉渐红暖人意。
暮色苍茫雪将至，能否同饮酒一席。

宋　佚名　雪景图

无题·飒飒东风细雨来

唐·李商隐

飒飒东风细雨来，芙蓉塘外有轻雷。
金蟾啮锁烧香入，玉虎牵丝汲井回。
贾氏窥帘韩掾少，宓妃留枕魏王才。
春心莫共花争发，一寸相思一寸灰！

释义：

东风吹着蒙蒙细雨，到处飘洒，荷花塘外传来了声声轻雷。

金蟾啮锁的香炉散发沁人香气，状似玉虎的辘轳，正打着井水。

贾氏隔帘偷窥英俊年少的韩寿，宓妃赠送玉枕给自己钦慕其文采的曹植。

向往爱情的心愿切莫和春花相争，免得我寸寸相思，都化成了灰烬。

赏析：

这首无题诗写一位深锁幽闺的女子感情变化的过程。

首联描绘环境，东风细雨，内涵“梦雨”的典故；芙蓉塘，在南朝乐府和唐人诗作中，常代指传情之地；“轻雷”又暗用司马相如《长门赋》：“雷殷殷而响起兮，声象君之车音。”

颔联写居处物品。香炉和辘轳，在诗词中也常与相思有关。颈联用贾充女与韩寿“窥帘私慕”的故事、甄宓与曹植“梦中送枕”的典故。尾联突然转折，给本来美好的故事留下一个悲剧结尾。

读《无题·飒飒东风细雨来》有感

细雨随风洒，雷声震荷花。
轱辘汲井水，香炉幽气发。
一窥英俊貌，再赠为才华。
春心同花开，相思与灰杂。

登金陵凤凰台

唐·李白

凤凰台上凤凰游，凤去台空江自流。
吴宫花草埋幽径，晋代衣冠成古丘。
三山半落青天外，二水中分白鹭洲。
总为浮云能蔽日，长安不见使人愁。

释义：

凤凰台上曾经有凤凰来游，凤凰飞去，空台下只有江水依旧奔流。
吴国宫殿的鲜花芳草遮没路径，晋代多少王族只留下荒冢。
远处的三山看不清楚，近处的江水被白鹭洲分成两条河流。
悠悠浮云总是遮蔽太阳的光辉，高台上看不见长安城，让人心中烦闷。

赏析：

据《江南通志》载：“凤凰台在江宁府城内之西南隅……宋元嘉十六年，有三鸟翔集山间，文彩五色，状如孔雀，音声谐和，众鸟群附，时人谓之凤凰……”

李白这时看到的凤凰台已经衰败了。前两句写凤凰台，十四字中连用了三个凤字，不觉重复，音节明快，很是优美。一直有人认为，李白登临黄鹤楼未留诗作，是因为崔颢珠玉在前，所以写出这篇凤凰台，大有一比高低之意。

“总为浮云能蔽日，长安不见使人愁”一句，让诗的意蕴更加深远，历史典故、眼前景物和诗人自己的感受都融合在了一起。

读《登金陵凤凰台》有感

凤凰曾来游，空余江水流。
吴宫已荒芜，六朝繁华休。
秦淮入长江，山河云雾忧。
帝王遮蔽目，报国无门愁。

水槛遣心二首·其一

唐·杜甫

去郭轩楹敞，无村眺望赊。
澄江平少岸，幽树晚多花。
细雨鱼儿出，微风燕子斜。
城中十万户，此地两三家。

释义：

远离喧闹的城郭，庭院开阔宽敞，一眼望去四周村落。
碧澄江水，几乎涨平两岸，黄昏里，树木葱茏，鲜花盛开。
细雨蒙蒙，鱼儿欢快地跃出水面，微风习习，燕子倾斜飞过天空。
城里熙熙攘攘十万人家，这里清闲自在，只有两三处灯火。

赏析：

杜甫定居草堂后，对草堂进行了扩建，树木栽多了，水亭旁还添了专供垂钓、眺望的水槛。面对这美好的风光，杜甫写下了这样美好的诗句。

这首其一，写了傍晚时分所见景象。视野开阔，江水拍岸，树茂花开，微风细雨，鱼跃燕飞，城内繁华，居处自在。描写景色，远近交替，穿插欣赏。全诗八句皆用对仗，句句写景，句句遣心，表达了对草堂环境、对大自然的热爱，反映了杜甫当时清闲悠然的心境。

读《水槛遣心二首·其一》有感

庭院开阔远草堂，四周无边放眼望。
大江波涛掩两岸，黄昏树木花开旁。
鱼儿冒雨出水面，燕子迎风飞过忙。
城内熙攘十万家，野外清悠三两廊。

客 中 作

唐·李白

兰陵美酒郁金香，玉碗盛来琥珀光。
但使主人能醉客，不知何处是他乡。

释义：

兰陵美酒散发着郁金的香气，玉碗盛来美酒，如琥珀般色泽美观。
只要主人陪我一起畅饮，那就一醉方休，不管这里是家乡还是异乡！

赏析：

李白一生爱酒，有“将进酒，杯莫停”的发泄，有“风吹柳花满店香，吴姬压酒唤客尝”的美好，有“花间一壶酒，独酌无相亲”的孤独，有“青天有月来几时？我今停杯一问之”的疑问，有“抽刀断水水更流，举杯销愁愁更愁”的感伤……

这首诗里，却是“但使主人能醉客，不知何处是他乡”的痛快。明明是作客他乡，却没有羁旅游子的愁苦。看到兰陵美酒，碗中琥珀，尽情享受，一醉方休，充分体现了李白的豪迈和乐观。

读《客中作》有感

做客在鲁东，手持美酒中。
主人齐畅饮，异乡与家同。

明　唐寅　临李公麟饮中八仙图（局部）

天寒地冻，感受浓浓暖意的腊八诗词

2022年1月10日，农历十二月初八，也就是俗称的腊月初八、“腊八节”。今天大家有没有吃腊八粥呢？

腊八粥，又称“七宝五味粥”“佛粥”“大家饭”等，是一种由多样食材熬制而成的粥。腊八粥最早的文字记载在宋代。南宋吴自牧《梦粱录》载：“此月八日，寺院谓之腊八。大刹等寺，俱设五味粥，名曰腊八粥。”我国喝腊八粥的历史，已有一千多年了。

腊八节，又称为“法宝节”“佛成道节”“成道会”等。这一天，在佛教中是纪念释迦牟尼成道的节日。

先秦时期我国已有腊月的腊祭习俗，具体日期并不固定。在这个月里会有冬天的围猎和祭祀，冬至之后，以皇帝为首，要祭祀百神。汉代后将腊祭日期定于冬至后第三个戌日。南北朝时腊日已固定在农历十二月初八。

在这样一个特别的日子，还是来说说有关腊日和腊八的诗词：

《蜡日》　东晋·陶渊明

风雪送余运，无妨时已和。梅柳夹门植，一条有佳花。

我唱尔言得，酒中适何多！未能明多少，章山有奇歌。

陶渊明为什么说章山有奇歌呢？这个奇歌，就是腊月里的祭祀迎神的歌声，非常热闹神秘，也非常好听。

《腊日》　唐·杜甫

腊日常年暖尚遥，今年腊日冻全消。

侵陵雪色还萱草，漏泄春光有柳条。

纵酒欲谋良夜醉，还家初散紫宸朝。

口脂面药随恩泽，翠管银罂下九霄。

唐朝的腊日，因为有冬至的大祭祀在前，所以皇帝此日相对休闲，将其作为一个迎春的日子，宴请群臣，并且下发过冬的日用品。这年腊月，杜甫在朝拜之后回来的路上，心情大好作了此诗。

《腊日宣诏幸上苑》　唐·武则天

明朝游上苑，火急报春知。

花须连夜发，莫待晓风吹。

作为中国历史上唯一的女皇帝，武则天自然认为她有令百花齐放的神力。据说，第二天只有牡丹没有开，武则天一怒之下将牡丹贬谪到了洛阳。

《腊月八日于剡县石城寺礼拜》　唐·孟浩然

石壁开金像，香山倚铁围。下生弥勒见，回向一心归。

竹柏禅庭古，楼台世界稀。夕岚增气色，余照发光辉。

讲席邀谈柄，泉堂施浴衣。愿承功德水，从此濯尘机。

孟浩然常常与僧人为友，这首诗写了腊日拜寺的情景：法会盛况，高僧讲经，贵客洗沐。

《腊八危家饷粥有感》　宋·赵万年

襄阳城外涨胡尘，矢石丛中未死身。

不为主人供粥饷，争知腊八是今辰。

公元1206年十一月，金兵以二十万大军包围襄阳城，时襄阳城仅万余兵马。身为襄阳制置司干办官的赵万年，率领三千兵马固守岘山，以少敌多，切断金国粮道，苦守九十余日。

这首诗，让我们知道了乡亲父老对防守将士的关爱，相信将士们喝上腊八粥也会增强信心。金军最终因为粮道断绝撤退，襄阳之围被解。

《腊八粥》　清·王季珠

开锅便喜百蔬香，差糁清盐不费糖。

团坐朝阳同一啜，大家存有热心肠。

从诗中内容来看，这应该不是家里人一起享用腊八粥，而是大户人家的街头施粥。谁的人生都有落魄，存有互助之心，这碗粥也就将温暖连绵传递。

最后，还是循例，口占一绝：

腊月腊祭久传承，

佛陀此日成道升。

腊八品粥已千年，

诗词暖身去寒冷。

狱中题壁

清·谭嗣同

望门投止思张俭，忍死须臾待杜根。
我自横刀向天笑，去留肝胆两昆仑。

释义：

希望参与维新的仁人志士在逃亡中，能像张俭一样受人们的保护。希望战友们能像杜根一样忍死，再找机会完成变法。

我仰天大笑，慷慨赴死，因为去者和留者肝胆相照，都有像昆仑山一样的雄伟气魄。

赏析：

戊戌变法失败后，光绪帝被囚，康有为、梁启超出逃海外。谭嗣同不愿离开，他说："不有行者，无以图将来；不有死者，无以召后来""各国变法，无不从流血而成，今日中国未闻有因变法而流血者，此国之所以不昌也。有之，请自嗣同始！"之后，他与杨深秀、刘光第、康广仁、杨锐、林旭五人同时被捕。这首诗即在狱中所作。

"我自横刀向天笑，去留肝胆两昆仑"更是表达了谭嗣同视死如归的豪情。

读《狱中题壁》有感

逃亡思保护，赴死待维新。
大笑慨然死，肝胆磊落人。

曲江二首·其二

唐·杜甫

朝回日日典春衣，每日江头尽醉归。
酒债寻常行处有，人生七十古来稀。
穿花蛱蝶深深见，点水蜻蜓款款飞。
传语风光共流转，暂时相赏莫相违。

释义：

每天退朝归来，都去典衣沽酒。常常到曲江池边喝醉了才回来。

欠酒债是常常发生的事，人能够活到七十岁自古以来也是很少见的事。

蝴蝶在花丛穿行，飞来飞去，蜻蜓在水面慢慢地飞，时不时点一下水。

传话给世人，要与这美好春光共同流连，就算是暂时相互观赏，也不要错过啊！

赏析：

这首诗写于乾元元年（758），当时长安虽已收复，但安史之乱还在继续。杜甫又卷入房琯案，游曲江又是暮春，心境十分杂乱。

曲江又名曲江池，故址在今西安城南五公里处，为汉武帝所造，开元年间大加整修。其南有紫云楼、芙蓉苑，西有杏园、慈恩寺，是唐代长安城最大的名胜风景区。

杜甫《曲江》共两首诗，其一中以曲江的盛衰比大唐的盛衰。

这首其二，杜甫先写了生活的窘迫和人生的无奈，又通过暮春江景含蓄表达自己仕不得志。

读《曲江二首·其二》有感

朝罢衣换酒，江边醉不留。
七十古来稀，酒债时常有。
蝴蝶花丛入，蜻蜓水面游。
传语给世人，春光随人流。

咏怀古迹·其五

唐·杜甫

诸葛大名垂宇宙，宗臣遗像肃清高。
三分割据纡筹策，万古云霄一羽毛。
伯仲之间见伊吕，指挥若定失萧曹。
运移汉祚终难复，志决身歼军务劳。

释义：

诸葛亮大名垂宇宙，万古流芳，看着他的遗像，心中无比敬仰。
三分天下，是源自他的筹谋，他就像那展翅高飞在云霄的鸾凤。
诸葛的才华与伊尹、吕尚难分高下，指挥军队超过曹参、萧何。
汉朝气运衰落，难以恢复，但他意志坚定，终因过度操劳而亡。

赏析：

杜甫于唐代宗大历元年（766）从夔州出三峡，先后游历了宋玉宅、庾信古居、昭君村、永安宫、先主庙、武侯祠等古迹，写下了《咏怀古迹》组诗五首。

本首诗是最后一首。杜甫一直视诸葛武侯为偶像，这次到访了夔州的武侯祠，自然情绪更加激动，感怀更加深刻。诗中慷慨激昂地赞颂了诸葛亮的雄才大略，又十分惋惜地表达了壮志未酬的遗憾，成为咏古诗中的名篇。

2017 年，我曾去成都武侯祠，也见诸葛遗像。祠中有“名垂宇宙”“万古云霄一羽毛”的匾额，想来是出自此诗。

读《咏怀古迹·其五》有感

咏怀有古迹，瞻仰武侯祠。
对像肃然敬，三分天下计。
鸾凤高翔处，胜曹萧吕伊。
心高输气数，英雄未遂志。

明 戴进 三顾草庐图

寄黄几复

宋·黄庭坚

我居北海君南海，寄雁传书谢不能。
桃李春风一杯酒，江湖夜雨十年灯。
持家但有四立壁，治病不蕲三折肱。
想得读书头已白，隔溪猿哭瘴溪藤。

释义：

我住在北方海边，而你住在南方海边，想要鸿雁传书，可它却飞不过衡阳。

当年的春风中，观赏桃李共饮美酒，江湖一别已十年，对着孤灯想念着你。

虽然你不善理家而家徒四壁，但你治理国家就像良医一样，经验丰富，不用问人。

你发奋读书，如今已经白头，你所在之地条件很差，山溪充满瘴气，猿猴林中哀鸣。

赏析：

黄几复与黄庭坚少年交游，交情很深。黄庭坚为黄几复写过不少诗。这首诗是两人相别多年，黄庭坚遥想友人而作。黄庭坚“跋”中说：“几复在广州四会，予在德州德平镇，皆海滨也。”所以引出“我居北海君南海。”

“桃李春风一杯酒，江湖夜雨十年灯”是诗中名句，回忆当年相聚时光，表明久别之后挂念。之后体现黄几复廉洁，家徒四壁。“三折肱，知为良医。”语出《左传》，指能治国。勤奋好学，以致白头。最后表达黄几复所处的环境恶劣，为友人身处偏远、未得大用鸣不平。

读《寄黄几复》有感

我北与君南，雁书飞达难。春风酒共饮，秋雨灯思念。
立壁可持家，折肱需医看。人贫白发书，猿哀青藤攀。

登　快　阁

宋・黄庭坚

痴儿了却公家事，快阁东西倚晚晴。
落木千山天远大，澄江一道月分明。
朱弦已为佳人绝，青眼聊因美酒横。
万里归船弄长笛，此心吾与白鸥盟。

释义：

我办完了公事，登上快阁，在这傍晚的余辉里倚栏远眺。
秋山无数，落叶飘零，远望天地阔大。月光下的澄江显得更加澄澈。
不再弹琴，因为友人已经远去，看到美酒的时候，眼中才流露出喜色。
万里之外归来的船只，鸣起了长笛；我的这颗心，愿与白鸥结为朋友。

赏析：

这首诗作于黄庭坚任吉州泰和县（今属江西）知县期间。黄庭坚在任上，坚持平易宽简施政理念，整吏治，抗盐税、察民情，被百姓称为“黄青天”。公事之余，他常到快阁览胜，有感而发。

快阁，始建于唐代，初名“慈氏阁”。宋初太常博士沈遵任泰和县令期间，因政通人和、百姓安居乐业，常登阁远眺，心旷神怡，遂易名“快阁”。今建快阁在泰和中学校园内。

诗中既写眼前景，又抒胸中情。痴儿、绝弦、青眼皆是用典。“落木千山天远大，澄江一道月分明”是诗中名句，广受称赞。

读《登快阁》有感

完事登快阁，余晖依栏眺。
秋叶天地远，月下澄水绕。
友去无兴致，眼见美酒笑。
笛起万里船，心随白鸥遥。

哥 舒 歌

唐·西鄙人

北斗七星高，哥舒夜带刀。
至今窥牧马，不敢过临洮。

释义：

黑夜里北斗七星，天边高挂，哥舒翰夜巡边疆，身带宝刀。
吐蕃族至今牧马，只敢远远观望，再也不敢越过临洮挑衅了。

赏析：

西鄙人，意为西北边境人。《全唐诗》题下注：“天宝中，哥舒翰为安西节度使，控地数千里，甚著威令，故西鄙人歌此。”这首民歌通过对唐朝名将哥舒翰的歌颂，表达了各族人民对和平生活的向往。

哥舒翰治军有方，疏财仗义，很多兵士都钦佩他。哥舒翰多次击退吐蕃侵扰，安定了边境。

“北斗七星高，哥舒夜带刀”，用高挂在天上的北斗星，表达边地百姓对哥舒翰的敬仰。“至今窥牧马，不敢过临洮”，说明哥舒翰英勇善战，防御有力，让敌军不敢越过边界挑衅。

读《哥舒歌》有感

西北边民赞不停，北斗之下哥舒兵。
吐蕃侵袭不敢越，为有名将保和平。

闺　　怨

唐·王昌龄

闺中少妇不知愁，春日凝妆上翠楼。
忽见陌头杨柳色，悔教夫婿觅封侯。

释义：

闺中少妇未有相思离别之愁，明媚春日，精心打扮后登上翠楼。
看见路边杨柳青青，忽然后悔让丈夫从军边塞，建功封侯了。

赏析：

唐代前期国力强盛，从军远征，立功边塞，成为当时人们“觅封侯”的一条重要途径。所以，杨炯说“宁为百夫长，胜作一书生”，岑参言“功名只向马上取，真是英雄一丈夫”。但这些大多是从男人的角度而言的。

王昌龄却换了个角度，写闺中妇人。他笔下的这名女子，一开始和她的丈夫一样，对这条道路充满了幻想。所以，她最初不知愁，在美好春日，精心打扮，登楼远望。可是杨柳又青，夫婿仍未归，不免勾起了相思。最后，她露出悔意，不该要丈夫从军边塞，建功封侯。通过触景生情，王昌龄细致地描写出闺中妇人的心理状态及微妙变化。

读《闺怨》有感

春日凝妆者，登楼看春色。
柳意入眼来，封侯悔不乐。

马诗·其四

唐·李贺

此马非凡马，房星本是星。
向前敲瘦骨，犹自带铜声。

释义：

这匹马不像是人间的凡马，似乎是天上的房星下到凡间。
别看它瘦，可如果上前去敲一敲，还能发出铮铮的铜声。

赏析：

李贺这组《马诗》一共写了二十三首，描绘不同马的形象，有整体刻画，有细节描写，有展现形体，有揣测心理，写出了各不相同的骏马风采。

这首其四，写了一匹瘦马，但将其比作天马下凡，非同寻常。“瘦骨”写其外形，“铜声”表其素质。其中，也有李贺景况不佳，怀才不遇，恰似瘦马的自比。

读《马诗·其四》有感

好马一匹非寻常，天马下凡自星房。
瘦骨嶙峋铜声响，怀才得遇需明王。

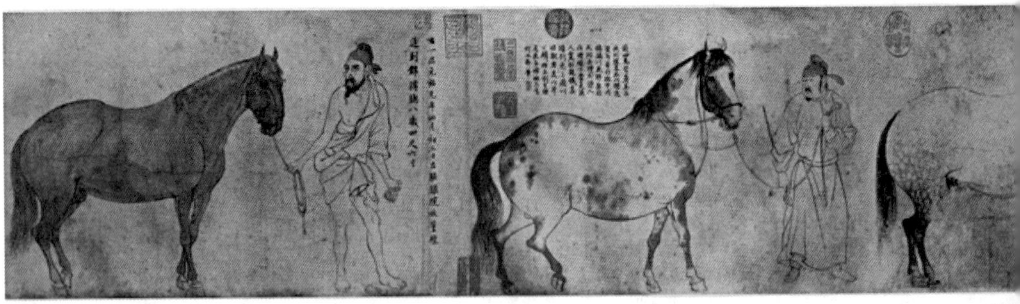

马诗·其五

唐·李贺

大漠沙如雪，燕山月似钩。
何当金络脑，快走踏清秋。

释义：

大漠月光下的黄沙，如同霜雪。连绵的燕山上，弯月如钩。
什么时候给这匹骏马戴上黄金络头，让它在秋日战场快意驰骋呢？

赏析：

这首其五，前两句写边塞、疆场特有的自然景象，有悲凉肃杀之意。后两句写骏马渴望沙场驰骋，有轻松快意之感。“金络脑”象征马受重用，也有李贺期盼被重用的寓意。

李贺这组《马诗》，都是表面写马，实则借马抒怀，抒发自己怀才不遇的感叹，以及渴望建功立业的想法。

读《马诗·其五》有感

月光照沙似霜雪，燕山岭上月弯钩。
骏马何时戴金辔，秋日功勋疆场留。

北宋　李公麟　五马图

浣溪沙·游蕲水清泉寺

宋·苏轼

游蕲水清泉寺，寺临兰溪，溪水西流。

山下兰芽短浸溪，松间沙路净无泥，萧萧暮雨子规啼。
谁道人生无再少？门前流水尚能西！休将白发唱黄鸡。

释义：

兰草幼芽浸润在山下的溪水中，松林间的道路被冲洗得一尘不染，傍晚细雨纷纷，布谷声声。

谁说人生就不能再回到少年的时候？寺门前的溪水都还能向西流淌！就不要总是感叹时光飞逝了！

赏析：

苏轼因“乌台诗案”，被贬任黄州（今湖北黄冈）团练副使。蕲水，县名，即今湖北浠水县，距黄州不远。

上阕写清泉寺附近的风光，十分美好。有溪水流过，兰草发芽，松间沙路洁净，雨中杜鹃轻啼。下阕借眼前溪水西流，反问“谁道人生无再少？”前人以“白发”“黄鸡”叹时光的流逝，苏轼反其意用之，“休将白发唱黄鸡”。

苏轼虽遭贬谪，政治失意，但仍不失豪迈之情。歌眼前景，云心中志，这一日，苏轼“剧饮而归”。

读《浣溪沙·游蕲水清泉寺》有感

兰草幼芽溪，松林沙路依。
雨中子规啼，人生难少时。
门前水流西，莫叹光阴逝。

清平乐·春归何处

宋·黄庭坚

春归何处？寂寞无行路。若有人知春去处，唤取归来同住。

春无踪迹谁知？除非问取黄鹂。百啭无人能解，因风飞过蔷薇。

释义：

春天去了哪里？寻不见踪迹只能寂寞前行。如果有人知道春天的消息，一定要帮我呼唤它回来，与我同住。

没人知道春天的踪迹，只好去问一问黄鹂。黄鹂虽然啼鸣得好听，但谁又能懂呢？一阵风吹过，它便随风飞过了盛开的蔷薇。

赏析：

这是一首惜春词，感叹时光一去不复返。上阕写春天在不知不觉中过去，感觉春天过去了，才想起来寻找。同时赋予春天拟人的特点，如果有人知道春天去了哪里，我要把春天唤来同住在一起，不再分离。

下阕写春天虽去，仍可找寻。在问人无果后，词人想到了问鸟，想问黄鹂春天去了哪里，又听不懂鸟鸣。这时候，风起鸟飞，飞过了蔷薇。这时候，词人才彻底明白，夏天已至，春天归去。这首词写得平淡自然，风趣可爱。

读《清平乐·春归何处》有感

去春无踪迹，知春请唤回。
寻春问黄鹂，别春见蔷薇。

雪梅·其一

宋·卢钺

梅雪争春未肯降，骚人阁笔费评章。
梅须逊雪三分白，雪却输梅一段香。

释义：

梅花和雪花都认为自己早春的代表，互不相让。难以评判高下，只好放下笔，想一想。

梅花比雪花少了三分洁白，雪花却输给梅花一段清香。

赏析：

其一先用拟人的手法写梅雪争春，各不相让，需要人来评判。再写诗人也发了愁，停笔思考。最后给出评价，梅逊雪花白，雪输梅花香。其实，是在否定一方的同时，肯定了另一方的特点，雪更白，梅有香。用笔风趣。

《雪梅·其一》有感

梅雪争春色，文人费思量。
梅输雪花白，雪让梅花香。

雪梅·其二

宋·卢钺

有梅无雪不精神，有雪无诗俗了人。
日暮诗成天又雪，与梅并作十分春。

释义：

有梅花没有雪花，看起来就没有什么精神。雪天没有诗文相配，感觉就很俗气。

傍晚写好了诗，天空又下起了雪。诗文、雪花、梅花并在一起，才生出满满的春天气息。

赏析：

其二先写梅与雪的关系，再写雪与诗的关系，最后总结梅、雪与诗三者的关系。通过三者的比较、联系，表达出梅、雪、诗缺一不可，只有三者结合在一起，才能组成最美丽的春色，全诗极富韵味。

读《雪梅·其二》有感

梅有雪映衬，诗赞雪吟成。
三者不可缺，同来把春生。

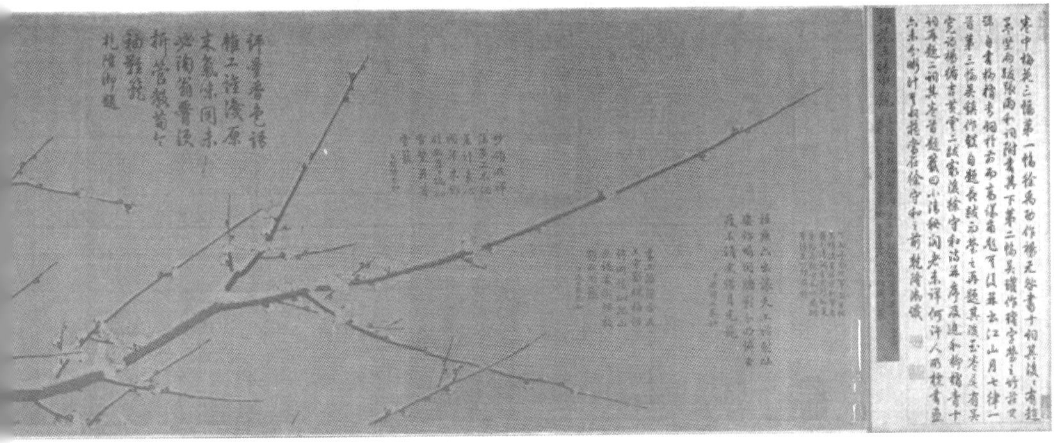

南宋　徐禹功　雪中梅竹图

满江红·小住京华

近现代·秋瑾

小住京华，早又是中秋佳节。为篱下黄花开遍，秋容如拭。四面歌残终破楚，八年风味徒思浙。苦将侬强派作蛾眉，殊未屑！

身不得，男儿列，心却比，男儿烈。算平生肝胆，因人常热。俗子胸襟谁识我？英雄末路当磨折。莽红尘何处觅知音？青衫湿！

释义：

在北京住了一段时间，转眼间就又到了中秋节。篱笆下的菊花盛开，秋色明净，就像擦洗过一般。国家四面受敌，前途危急，八年来空想着故乡的风味。他们苦苦地想让我做一个贵妇人，可我是多么不屑啊！

虽是女儿身不在男儿行列，但是我的心要比男子还要刚烈。平日我的一颗心，常为别人而热。俗人心胸狭窄，怎么能理解我呢？英雄无路可走，肯定要经受磨难挫折。莽莽红尘中，哪里才能找到知音？我的眼泪打湿了衣襟。

赏析：

1900 年、1903 年，秋瑾两次随丈夫王廷钧到北京，结交了不少当时的社会精英，通过阅读进步书报等方式，开阔了眼界。加上曾经亲历庚子之乱，目睹外国侵略军的野蛮暴行，便立志改变现实，以身报国。这是秋瑾在 1903 年中秋节的述怀之作，之后不久，她便东渡日本留学。

读《满江红·小住京华》有感

北京小住又中秋，菊花盛开秋色洗。
国破家离徒为愁，不做贵妇求独立。
身为女子性儿烈，热心肝胆为人义。
俗人不懂英雄难，红尘知己泪湿衣。

今日除夕夜，诗词仍相伴

2022 年 1 月 31 日，今天是农历除夕，大家都做好“守岁”的准备了吗？除夕，为岁末的最后一天夜晚，又称大年夜、除夕夜、除夜等。除夕自古就有祭祖、守岁、团圆饭、贴春联、挂灯笼等习俗流传，经久不息。

除夕，在中国人心中具有特殊意义，在这个重要的日子，漂泊再远的游子也要赶着回家去和家人团聚，在爆竹声中辞旧岁，烟花满天迎新春。

在即将送走牛年、迎来虎年的特别日子里，我还是用一期特别篇陪伴大家，分享古人在除夕这天写下的诗词：

《除夜作》　唐·高适

旅馆寒灯独不眠，客心何事转凄然。

故乡今夜思千里，霜鬓明朝又一年。

在古代，交通不发达，那些客居他乡的读书人、为官之人不能回家过年是常有的事情。这首诗就是高适除夕客居所作。

《除夕》　唐·史青

今岁今宵尽，明年明日催。寒随一夜去，春逐五更来。

气色空中改，容颜暗里回。风光人不觉，已入后园梅。

相传此诗是唐玄宗李隆基命题，史青五步成诗。“催”字用得很妙，点出紧迫感，一语双关，大有画龙点睛之妙。

《除夜宿石头驿》　唐·戴叔伦

旅馆谁相问？寒灯独可亲。一年将尽夜，万里未归人。

寥落悲前事，支离笑此身。愁颜与衰鬓，明日又逢春。

这一年的除夕之夜，戴叔伦寄居在石头驿中，对着旅馆寒灯，感慨不已。万家灯火之时，别人家家团聚，而他独自对着旅馆的寒灯。

《除夜雪》　宋·陆游

北风吹雪四更初，嘉瑞天教及岁除。

半盏屠苏犹未举，灯前小草写桃符。

除夕之夜，北风吹雪，到了四更天，陆游还没有睡觉。桌上放着半盏屠苏酒，他在灯前写桃符。古人用桃木板分别写上“神荼”“郁垒”二神的名字，或者用纸画上二神的图像，悬挂、嵌缀或者张贴于门首，意在祈福辟邪。

《除夜野宿常州城外》　宋·苏轼

南来三见岁云徂，直恐终身走道途。
老去怕看新历日，退归拟学旧桃符。
烟花已作青春意，霜雪偏寻病客须。
但把穷愁博长健，不辞最后饮屠苏。

据说屠苏酒是汉末名医华佗创制而成的，是将大黄、白术、桂枝、防风、花椒、乌头、附子等中药入酒中浸制而成，具有益气温阳、祛风散寒、避除疫疠之邪的功效。

一般来说，饮酒总是从年长者饮起，饮屠苏酒却正好相反。晋人董勋解释："少者得岁，先酒贺之；老者失时，故后与酒。"

《鹧鸪天·丁巳除夕》　宋·赵师侠

爆竹声中岁又除。顿回和气满寰区。春见解绿江南树，不与人间染白须。

残蜡烛，旧桃符。宁辞末后饮屠苏。归欤幸有园林胜，次第花开可自娱。

爆竹起源至今已有两千多年的历史。在火药发明之前，人们焚烧竹子发出"噼噼啪啪"的响声，故称爆竹。

《除夕口占》　明·唐寅

柴米油盐酱醋茶，般般都在别人家。
岁暮清淡无一事，竹堂寺里看梅花。

唐寅虽然是著名画家、书法家、诗人，但一生经历波折，以卖画为生，经常陷于潦倒的境地。这年除夕，他写诗自嘲，反映自身的无奈与悲哀。

除夕来了，一年就走到了尽头。祝愿大家的每个除夕夜，都是欢声一片，全家幸福，如意安康！最后，特别的日子里，依然要口占一绝：

牛去虎来除夕夜，
阖家团圆心相连。
爆竹声中饮屠苏，
诗词相伴欢乐年。

夜泊水村

宋·陆游

腰间羽箭久凋零，太息燕然未勒铭。
老子犹堪绝大漠，诸君何至泣新亭。
一身报国有万死，双鬓向人无再青。
记取江湖泊船处，卧闻新雁落寒汀。

释义：

腰上佩带的羽箭已经凋零，可叹未能像窦宪一样到燕然山刻石记功名。
若老夫我还能穿越那边塞沙漠，诸位何至于在新亭内流泪。
我愿献身报国，万死不辞，怎奈双鬓已斑白，不能转青。
记住这常年江湖的泊船处吧，能听到寒州上新雁的鸣叫。

赏析：

淳熙七年（1180），江西水灾，陆游时任江西常平提举，号令各郡开仓放粮，同时上奏朝廷，请求开常平仓赈灾。十一月，陆游奉诏返京，给事中赵汝愚借机弹劾。陆游愤然辞官，重回山阴。

山阴是江南水乡，陆游应该是乘舟出行，夜泊水村，随后而作。诗中没有过多描写水村景色，更多是抒发自己的感慨。首联写壮志未酬；颔联愿以身报国，恨同僚不争；颈联有心中死志，叹年华飞逝；尾联回到现实，夜泊船中，卧听雁鸣。

诗人身在水村，心系庙堂；爱国之情，丝毫不减；慷慨悲歌，以明心志。

读《夜泊水村》有感

退居乡野怅，壮心息长叹。
大漠尚能越，新亭相泣然。
万死报国志，鬓白复黑难。
水村泊船处，夜来鸣新雁。

长安晚秋

唐·赵嘏

云物凄清拂曙流，汉家宫阙动高秋。
残星几点雁横塞，长笛一声人倚楼。
紫艳半开篱菊静，红衣落尽渚莲愁。
鲈鱼正美不归去，空戴南冠学楚囚。

释义：

拂晓的云还在漫天游动，楼台殿阁耸立在这秋天里。
残星点点大雁飞越边关，我在倚楼中听到悠扬笛声。
菊花绕着篱笆正在开放，红莲花带着忧愁落下花瓣。
鲈鱼肥美之时也回不去，头戴楚冠试把己身当囚徒。

赏析：

赵嘏，楚州山阳（今江苏淮安）人，年轻时四处游历，举进士不第，留居长安多年。这首诗就是赵嘏客居长安时期所作，见深秋凄凉景象，有怀乡思归之念。

诗中描写的景物从高到低，从远到近。云物清、秋意凉显孤独之意，南归雁、东篱菊有归隐之情，用典“莼鲈之思”“南冠楚囚”，现思乡苦闷。

赵嘏因诗出名，常受王公大臣邀请出入豪门。因“残星几点雁横塞，长笛一声人倚楼”，被杜牧称作“赵倚楼”。离开长安后，赵嘏做过幕僚，在润州（今镇江）居住过。

读《长安晚秋》有感

拂晓云游动，楼台触高空。
星下雁飞关，依楼听笛中。
紫菊吐芬芳，红莲忧心忡。
味美思鲈鱼，楚冠囚徒充。

九月九日忆山东兄弟

唐·王维

独在异乡为异客，每逢佳节倍思亲。
遥知兄弟登高处，遍插茱萸少一人。

释义：

一个人独自在他乡作客，每逢节日就倍加思念远方的亲人。
遥想兄弟们今日在家乡登高时，头上插满茱萸就少我一人。

赏析：

这是一首写在重阳节的诗。由原诗注“时年十七”可知，这首诗是王维十七岁时，在重阳节之日，思念家乡的亲人而作。

九月九日是重阳节，很多地方有登高的习俗。《太平御览》卷三十二引《风土记》云：“俗于此日以茱萸气烈成熟，当此日折茱萸房以插头，言辟恶气而御初寒。”这首诗先写自己在异乡的孤独，再写因节日思念亲人，之后，遥想兄弟登高情景，发“少一人”的感慨。这时的“倍思亲”，不仅是节日的思念加倍，还有亲人身处两地的双重想念。

“每逢佳节倍思亲”更成了千古名句。

读《九月九日忆山东兄弟》有感

一人在他乡，节日费思量。
登高插茱萸，少我在重阳。

元　日

宋·王安石

爆竹声中一岁除，春风送暖入屠苏。
千门万户曈曈日，总把新桃换旧符。

释义：

听着爆竹声，旧的一年已经过去，迎着温暖的春风，开怀畅饮屠苏酒。太阳的光芒照耀着千家万户，人们都把旧的桃符取下，换上新的桃符。

赏析：

熙宁元年（1068）四月，宋神宗召王安石“越次入对”，认同了王安石变法的主张。次年，神宗任命王安石为参知政事，跻身执政之列。题目“元日”应为熙宁二年元日。

诗中描写了古代人们迎接新年的场景，放爆竹，饮苏酒，换桃符，体现了过年的欢乐氛围和浓厚的生活气息。屠苏，新年全家合饮屠苏酒，以驱邪避瘟疫，求得长寿；桃符，辞旧迎新时在桃木板上写神荼、郁垒两位神灵的名字，悬挂在门旁，用来压邪。

这时的王安石应该信心十足，看到元日里人们用新的桃符替换旧的，他也要施行新政，革除旧政，即将大展宏图。所以，全诗色彩轻松明快，是积极向上的。

读《元日》有感

爆竹送旧年，春风入酒暖。
旭日照万家，桃符换新颜。

淮上喜会梁州故人

唐·韦应物

江汉曾为客，相逢每醉还。
浮云一别后，流水十年间。
欢笑情如旧，萧疏鬓已斑。
何因不归去？淮上有秋山。

释义：

当年在江汉客居的时候，每次和你相聚，都要喝醉了才回去。
离别后，如浮云飘忽不定，流水时光，匆匆已过去了十年。
今日相见，我们谈笑如故，只是人已头发稀疏，两鬓斑白。
为什么我不能一同归去呢？因为这淮上风景秀美的秋山啊！

赏析：

韦应物出身京兆韦氏，曾担任过唐玄宗近侍。安史之乱爆发，唐玄宗奔蜀，韦应物流落失职。这首诗应该是韦应物在淮上（今江苏淮安一带）遇见了十年前在梁州江汉（今陕西汉中一带）一带有过交往的故人，有感而发。

诗题虽为“喜会”，但诗中表现的却是一种悲喜交集的感觉。首联回忆过去的交往，关系密切，相逢必醉。颔联概括离别的情形，十年人事，一语涵盖。颈联描写相聚的场景，感情依旧，岁月不留。尾联体现送别的意味，不能同去，需留淮上。

这首诗韦应物写得内容丰富，从喜会到伤别，从往昔到今日，有世事变迁，但友谊不改。全诗喜中有悲，满含深情，意蕴深远。

读《淮上喜会梁州故人》有感

客居江汉相逢醉，离乱十年岁月追。
相见欢笑白发鬓，不思归去有余晖。

题弟侄书堂

唐·杜荀鹤

何事居穷道不穷，乱时还与静时同。
家山虽在干戈地，弟侄常修礼乐风。
窗竹影摇书案上，野泉声入砚池中。
少年辛苦终身事，莫向光阴惰寸功。

释义：

身处穷困之境仍要注重修养，不管战乱还是和平，都应该好好学习。
家乡虽然饱受战乱之苦，可是弟侄仍然学习儒家思想，这样很好。
窗外竹影摇曳到书桌上，远处的泉水潺潺，缓缓流入砚池。
年轻时勤学是有益终身的大事，面对匆匆流逝的时光，不要丝毫放松努力。

赏析：

杜荀鹤认为“诗旨未能忘救物”，所以作品多反映社会现实，百姓疾苦。这首诗是杜荀鹤为侄子的书堂所题的诗，以劝勉侄儿珍惜光阴，勤奋学习。

首联写不管世道混乱还是平静，都要注重自身修养。颔联表扬侄子学习的精神，没有受战乱影响。颈联写书堂景色幽雅，竹影可见，泉声入耳。尾联作警示之语，劝侄子抓紧少年时光，努力学习，不要懈怠。

全诗从大的社会环境到小的书堂周边，从肯定之前安心学习到鼓励把握之后时光，流畅自然，言语质朴，充分表现了一位长辈对晚辈的殷殷教诲。

读《题弟侄书堂》有感

穷时重修养，战乱如往常。
故乡饱受苦，弟侄求思想。
竹影书台映，砚池泉水响。
少年需努力，有益终身长。

夜泊牛渚怀古

唐·李白

牛渚西江夜，青天无片云。
登舟望秋月，空忆谢将军。
余亦能高咏，斯人不可闻。
明朝挂帆席，枫叶落纷纷。

释义：

秋夜行舟停泊在牛渚山，蔚蓝天空没有一丝游云。
登上小船仰望明朗的秋月，徒然怀想起东晋的谢尚将军。
我也能吟咏袁宏的咏史诗，可惜没有识贤的将军倾听。
明早我将挂起船帆离开这里，只剩下满天枫叶纷纷飘落。

赏析：

牛渚，是紧靠长江的一座山，北端突入江中，即著名的采石矶。此诗原注说："此地即谢尚闻袁宏咏史处。"据《晋书·袁宏传》载，袁宏少时孤贫，以运租为业。将军谢尚镇守牛渚，乘秋夜月色，微服游江，听到袁宏船上诵诗，清晰悦耳，富有文采。谢尚听了很久，并请袁宏过船谈论，直到天明。袁宏从此声名日起。李白说"怀古"，就是指这件事。

这首诗前后写景，中间抒情。李白在牛渚夜色下，望月怀古，忆史叹今，既有怀才不遇的感慨，又有无人赏识的遗憾。

读《夜泊牛渚怀古》有感

秋夜停舟牛渚山，天无游云空余蓝。
舟上仰头望秋月，徒想东晋有谢尚。
前有袁宏能咏史，今日我诗无人赏。
明早扬帆且离去，满天枫叶落无常。

春思二首·其一

唐·贾至

草色青青柳色黄，桃花历乱李花香。
东风不为吹愁去，春日偏能惹恨长。

释义：

春天青草丛生，绿柳抽芽，桃花缀满枝头，李花一阵飘香。
春风不能吹散我的烦恼，而我的忧愁偏偏在这春天一直滋长。

赏析：

贾至，唐代文学家，所作文章颇受推崇，也有诗名。其交游广泛，和高适熟悉，与李白有诗唱和，杜甫曾称其诗“雄笔映千古”。这两首诗，一般认为是贾至在被贬岳州司马期间所作的。

诗中前两句写春天景色，草生柳长，花开有香。后两句写心中愁恨，风吹不散，日照更多。以前景衬后情，更突出了自己无法排遣、与日俱增的愁绪。

读《春思二首·其一》有感

草柳生春想，桃李缀枝香。
烦恼吹不去，愁思依旧长。

南宋　王诜　玉楼春思图

春思二首·其二

唐·贾至

红粉当垆弱柳垂，金花腊酒解酴醾。
笙歌日暮能留客，醉杀长安轻薄儿。

释义：

酒肆的美人正在卖酒，作陪的佳人扭动着腰肢，金花茶配着腊酒可以解酴醾酒。

日夜不断的歌舞声，最能留住来往的客人，这温柔乡能让长安轻薄人都醉死在这里。

赏析：

这首其二，贾至没有再写眼前景，而是转写长安美好的春光：美人当垆，花茶配酒，日夜笙歌，氛围醉人。贾至通过描绘这些生活场景，隐晦地表达自己被贬谪的失意与愁恨。

贾至还写过一首著名的《早朝大明宫呈两省僚友》，记录宫廷早朝景象，引得杜甫、岑参、王维纷纷作诗相和。

读《春思二首·其二》有感

佳人邀卖酒，茶酒可解酒。
歌舞能醉客，长安温柔久。

宿骆氏亭寄怀崔雍崔衮

唐·李商隐

竹坞无尘水槛清，相思迢递隔重城。
秋阴不散霜飞晚，留得枯荷听雨声。

释义：

骆氏亭外竹林环绕，雨后景物十分清新。相思之情飞向远方，中间重重高城相隔。

秋日天空一片阴沉，落霜的时间也来晚了。雨水打击凋残的荷叶发出滴答滴答的声响。

赏析：

崔雍、崔衮是李商隐的从表兄弟。李商隐年轻的时候，受到过崔氏兄弟的父亲崔戎的照顾。李商隐一次秋天的旅途中宿骆姓人家中，怀念起崔氏兄弟，写下了这首诗。

诗中先写骆氏亭外景，竹林清净，清水环绕，再写自己怀念的思绪飞到远方。接着，又回到眼前，阴沉秋日，雨打枯荷。先景后情，情后再景，李商隐把对远方亲友的怀念之情融入眼前之景，又用眼前秋日萧瑟景象，加深了这种异地感怀的心境。

“留得枯荷听雨声”一句极为传神，将李商隐人在旅途，心念亲友，孤独寂寞之感传递出来。

读《宿骆氏亭寄怀崔雍崔衮》有感

竹林雨后新，相思却难近。
天阴霜飞迟，枯荷滴雨音。

临江仙·梦后楼台高锁

宋·晏几道

梦后楼台高锁，酒醒帘幕低垂。去年春恨却来时。落花人独立，微雨燕双飞。

记得小蘋初见，两重心字罗衣。琵琶弦上说相思。当时明月在，曾照彩云归。

释义：

梦见楼台朱门紧锁，酒醒后看见帘幕低垂。去年的春恨，涌上心头，人独自站在落花的纷扬中，燕子在微风细雨中双双盘飞。

记得与小蘋初次相见的时候，穿着香熏过的心字罗衣。琵琶轻弹诉说相思滋味。当时明月，如今犹在，曾照着她彩云般的身影。

赏析：

这首词是晏几道众多怀念歌女词作中的一首，抒发对歌女小蘋怀念之情。上阕写人去楼已空，忆去年景象。下阕写初见小蘋之时，有琵琶低语。整体反映了对往日的回忆，和对如今物是人非的感慨。

“落花人独立，微雨燕双飞”“当时明月在，曾照彩云归”是词中名句，后人多有赞叹和引用。但这都不是晏几道的原创，前者引自翁宏《宫词》，后者化用李白《宫中行乐词》“只愁歌舞散，曾照彩云归”。

读《临江仙·梦后楼台高锁》有感

梦锁朱门帘幕垂，去年春恨心头随。
落花纷纷人幽立，微雨细细燕自飞。
初见小蘋香罗衣，琵琶轻弹想人回。
明月如今犹仍在，彩云身影何曾归？

西江月·世事一场大梦

宋·苏轼

世事一场大梦，人生几度秋凉？夜来风叶已鸣廊。看取眉头鬓上。

酒贱常愁客少，月明多被云妨。中秋谁与共孤光。把盏凄然北望。

释义：

世事如梦，人生凄凉。秋夜里风打庭叶，长廊里阵阵回响，两鬓白发而壮志难酬。经常担心因家中酒贱而很少有客人到访，月亮太亮了容易被乌云遮住。中秋团圆之夜我却孑然一身，凄然地端起酒杯向在北方的弟弟苏辙敬献一杯，以表思念。

赏析：

苏轼的这首中秋词情绪非常低沉，感情也很落寞，大概作于被贬岭南之时。苏轼的作品多豪迈风格，开朗胸怀，这样的哀怨之作较为少见。所以，应该是遭到贬谪之后不久所作。

上阕从“世事一场大梦”开始感慨，写秋凉夜里景象，愁思上头。下阕借酒消愁，望月不清，感人生孤独，北望凄凉。在中秋佳节的夜里，苏轼通过对秋凉、鸣叶、愁酒、明月等景物的描写，融入人生的感慨，世事的无奈。

“孤光”和“北望”，可能是苏轼在中秋之夜思念家人，也有人理解成苏轼对朝廷和皇帝的期望。

读《西江月·世事一场大梦》有感

世事人生似梦凉，风廊叶振鬓如霜。
酒廉客少云遮月，赏月停杯向北望。

一剪梅·舟过吴江

宋·蒋捷

一片春愁待酒浇。江上舟摇，楼上帘招。秋娘渡与泰娘桥，风又飘飘，雨又萧萧。

何日归家洗客袍？银字笙调，心字香烧。流光容易把人抛，红了樱桃，绿了芭蕉。

释义：

我满怀的春愁等着用酒来消除，船在吴江上飘摇，岸上酒楼酒旗摇动。船只经过吴江胜景秋娘渡与泰娘桥，江风飘过，雨声萧萧，真是令人烦恼啊。

什么时候才能回家，清洗长袍，调弄镶有银字的笙，点燃心字盘香呢？春光容易流逝，抛人在身后，樱桃红熟，芭蕉更绿，这就春去夏至了。

赏析：

这首词应该是南宋灭亡后，蒋捷在漂泊途中，舟过吴江县吴淞江时所写，表达思乡之情，以及对时光、对人生的感伤。

上阕开篇就写满腹愁绪，然后写了眼前看到的吴江景色，江上行船，岸边酒家，过渡经桥，风雨飘萧。下阕写思家之情，想着归家换洗征袍，调乐焚香。接着又从思乡转为对时光的感慨，植物红绿，春去夏来，流光抛人。这首词节奏明快，用语直白，朗朗上口，但眼前吴江的景色再好，依然不能缓解词人在外流浪的愁绪。

“流光容易把人抛，红了樱桃，绿了芭蕉”是词中名句，前句虚写时光，后句用樱桃转红、芭蕉更绿，把时光转为可感知的意象，令人回味无穷。后人也因此把蒋捷称作“樱桃进士”。

读《一剪梅·舟过吴江》有感

江船酒旗正飘摇，秋娘渡上泰娘桥。
江风迅疾落雨潇，归家洗衣有笙调。
春光流逝人难逃，樱桃红后绿芭蕉。

清平乐·别来春半

五代·李煜

别来春半，触目柔肠断。砌下落梅如雪乱，拂了一身还满。

雁来音信无凭，路遥归梦难成。离恨恰如春草，更行更远还生。

释义：

离别以后，春天已经过去一半，看着眼前景色柔肠寸断。台阶下飘落的白梅犹如雪花纷飞，拂去一身，很快又洒满了一身。

鸿雁虽然来了，但却没有带来书信。路途遥远，回家只是梦想。离别的愁恨像春天的野草，越行越远越是繁生。

赏析：

这首词是李煜思念被扣留在汴京的弟弟李从善而作。

上阕先写别后时间过得很快，看到眼前春景，想起心中愁思。再具化到“砌下落梅如雪乱，拂了一身还满”这样的场景。思念很深，站立很久，落花拂去一身，又落一身。下阕借大雁传书的典故，体现未得亲人音信，感慨有家难回。“离恨恰如春草，更行更远还生”，再将离恨比春草，两个“更”字，一个“还”字，加重语气，加深情感。

整首词从春半离愁到亲人别恨，感情深挚，同时，借落梅、大雁、春草逐步抒发感情，又层层推进，让人更觉愁思凄苦，离恨幽深。

读《清平乐·别来春半》有感

入目断肠春已半，白梅如雪去拂难。
无书鸿雁归家处，似草离愁恨更远。

365期，365天，与诗词共成长这一年

2022年2月12日，今天是《与诗词共成长》节目的第365期。这档节目，已经陪伴大家走过整整一年。

回忆节目开播的那一天，那是去年的2月13日，农历大年初二，也是《中国诗词大会》第六季开播的日子。从那一天开始，这一年间，无论春夏秋冬，还是刮风下雨，不管平时是否忙碌，我都坚持留出时间，坚持播讲节目，和大家分享诗词，讲解心得，与诗词共成长。

这一年，我坚持不懈，每天一讲，共上传365期节目，其中300多首名家诗词，20多篇特别篇。诗词讲解，包含字词意义、创作背景、作者生平等；特别篇更是联系自身经历、特殊时节、特别日子，讲述与诗词相关的故事。希望大家可以对诗词有更多理解。

这一年，我创作不断，每天一首。在播讲节目的同时，结合每天的名篇，我也试着创作不同风格的诗词；试图"用诗词解读诗词"，在自己创作的过程中，更好地理解名家名篇。

这一年，我成长不停，从五年级升到六年级，除了上学之外，还继续坚持体育运动，业余时间看书、习字，参加各种学校活动、社会活动，丰富阅历，增长见闻。

这一年里，我也遇到过瓶颈期，也想过放弃。有在羽毛球训练路上做节目，在活动场所的楼梯间做节目，生病时忍住咳嗽做节目，也有夜里睡下又爬起来做节目的经历……然而，我还是坚持下来了！

回望这一年，365 天，365 期，一天不落。对我来说，学习诗词，是一份成长，一种收获；每天坚持，是一份信念，一种力量。

回首这档节目，因为年龄还小，学识有限，在讲解过程中，难免有些疏漏，有些错误，希望大家能够多多包涵，也欢迎大家给我指出来。

回顾创作的过程，我写下的名篇有感和特别篇结尾诗，都是自身感悟的体现。虽然不免肤浅，但 365 天，365 首，我觉得坚持下来，就一种成功。

这一期，是总结，却不是尾声，希望经过这一年，你们和我一样，在生活中，已经习惯了这样一档节目的存在。

新的一年里，让我们继续与诗词共成长！

最后，我还是循例口占一绝：

名家名句意难忘，
特别篇中论短长。
坚定一年不懈怠，
诗词为伴共成长。